D1876866

grafit

Chemnitzer Str. 31, D-44139 Dortmund
Internet: http://www.grafit.de
E-Mail: info@grafit.de

Umschlagmotive: © Anna-Lena Thamm und © Friedberg – Fotolia.com
Druck und Bindearbeiten: GGP Media GmbH, Pößneck
ISBN 978-3-89425-411-7
1. 2. 3. 4. 5. / 2014 13 12

Lucie Flebbe

77 Tage

Kriminalroman

grafit

Die Autorin

Lucie Flebbe kam 1977 in Hameln zur Welt. Sie ist Physiotherapeutin und lebt mit Mann und Kindern in Bad Pyrmont. Mit ihrem Krimidebüt *Der 13. Brief* (noch unter dem Namen Lucie Klassen) mischte sie 2008 die deutsche Krimiszene auf. Folgerichtig wurde sie mit dem ›Friedrich-Glauser-Preis‹ als beste Newcomerin in der Sparte ›Romandebüt‹ ausgezeichnet. Es folgten: *Hämatom* und *Fliege machen.*

www.lucieflebbe.de

1.

Mein Herz rast.

Es ist eng in den Häuserschluchten der Bochumer Innenstadt. Und dunkel. Keine Straßenlaterne, kein beleuchtetes Fenster in Sicht. Einzig ein weit entfernter Mond taucht zwischen den Dächern der Hochhäuser auf, wirft sein fahles Licht auf das farblose Pflaster der Fußgängerzone und verschwindet schon wieder hinter Wolkenfetzen.

Die Stadt wirkt wie ausgestorben. Außer mir ist um diese Zeit niemand unterwegs. Die Stille ist ungewohnt und mein Herzklopfen unnatürlich laut zu hören. Genau wie das Echo meiner Schritte, das die düsteren Fassaden auf mich zurückschleudern. Es gaukelt mir fremde Schritte vor.

Kann nicht sein. Ich bin allein.

Zur Sicherheit umfasse ich den stabilen Plastikschaft des Federhalters in meiner Jackentasche fester.

Ich nehme meinen Mut zusammen, bleibe stehen und sehe mich hastig um. Die Gassen enden im Schatten.

Da! Wieder höre ich die Schritte. Kein Echo, kein Zweifel, jemand folgt mir. Eindeutig. Und rasch.

Ich habe es geahnt. Ich renne los.

Mein Verfolger beginnt ebenfalls zu laufen, bemüht sich nicht mehr, seine Geräusche zu dämpfen. Das Echo schwillt an, seine Schritte und meine, seine immer lauter.

Der ferne Mond leuchtet über mir. Jetzt sehe ich den Mann, er ist groß und kräftig. Verdammt! Ich renne, so schnell ich kann, zwischen den eng stehenden Häusern hindurch, deren bröckelnde Mauern immer dichter zusammenzurücken scheinen. Doch mein Verfolger kommt mir immer näher. Schon kann ich seinen schnaufenden Atem hören, spüren, in meinem Nacken.

»Nein!«, schreie ich laut, wirbele herum und reiße in der gleichen Bewegung den Federhalter in die Höhe, wie einen Dolch. Der Mann steht direkt vor mir. Mondlicht streift sein Gesicht und ich glaube, es zu erkennen.

Mit aller Kraft ramme ich die scharfkantige Feder in seinen Körper, direkt vor der Nackenmuskulatur, an der Stelle, an der der Hals in die Schulter übergeht. Ich weiß, ich habe getroffen. Ich habe die lebenswichtigen Gefäße durchtrennt, die an dieser Stelle beinahe ungeschützt unter der Haut liegen.

Trotzdem presse ich die Waffe mit beiden Händen tiefer in die Wunde. Warmes Blut strömt über meine Finger, meine Unterarme hinunter, lässt den Federhalter glitschig werden. Auch als der schwere Körper kippt wie ein gefällter Baum, lasse ich nicht los …

Schweißgebadet fuhr ich hoch, sog keuchend Luft ein. Suchte das Blut an meinen Händen. Ich brauchte einen Moment, um mich zu orientieren, um zu begreifen, dass ich aufrecht im Bett saß. Im Schlafzimmer unserer Dachwohnung. Neben Danner.

Mal wieder hatte mich meine Vergangenheit heimgesucht, ein bisschen in meinem Schlaf herumgespukt, wie ein gelangweiltes Gespenst.

Mein Name ist Lila Ziegler, ich bin zwanzig Jahre alt und ich weiß, wie man einen Menschen tötet.

Ich presste die Knöchel meiner geballten Fäuste gegen meine Stirn. Die eiskalte Zimmerluft half mir, wach zu werden, während Danner murrend nach der dicken Daunendecke angelte, die ich in meiner Panik zur Seite geschleudert hatte. In einer Ecke der Fensternische pendelte eine dünne Spinne vor der beschlagenen Scheibe und mein hastiger Atem kondensierte milchigweiß in der eisigen Luft.

»Wird sowieso Zeit, dass wir aufstehen«, brummte Danner nach einem Blick auf den Wecker.

Wenig später hockte ich beim Zähneputzen auf der Kante der Wanne in unserem renovierungsbedürftigen Badezimmer und ließ meine nackten Waden von einem brummenden Heizlüfter wärmen. Die Wände waren altmodisch beige gefliest, mehrere Kacheln hatten Risse oder Löcher von Haken und Schränken, die längst nicht mehr hingen. Die Keramik von Waschbecken, Wanne und Klo hatte man im Kontrast zur Wandfarbe eine Nuance dunkler gewählt – kotbraun.

Wie jeden Morgen störte mich meine Frisur. Von der Wannenkante aus konnte ich meinen Kopf im Spiegel über dem Waschbecken betrachten. Für die Ermittlungen zu unserem letzten Fall hatte ich meine langen Haare kurzerhand abrasiert. Statt bis über meine Schultern zu zotteln, strubbelte mein Blondschopf neuerdings streichholzkurz in alle Richtungen. Gewöhnungsbedürftig.

Ohne die langen Haare konnte man mehr von mir sehen. Ich war mir allerdings nicht sicher, ob das ein Vorteil war. Mein Kinn und meine Nase sahen noch spitzer aus und ich konnte mich nicht mehr hinter meiner Frisur verstecken, wenn es nötig war. Meine Haare fehlten mir mehr, als ich erwartet hatte.

Während das kleine Heizgerät weiter meine Füße wärmte, krabbelte eine Gänsehaut meine Oberschenkel hinauf bis unter meinen langen, lila Wollpulli. In unserer Wohnung herrschten so ziemlich die gleichen Temperaturen wie draußen. Um Strom zu sparen, hatte Molle, unser Vermieter, die Heizung ausgeschaltet. Anfang März ein wenig verfrüht, fand ich. Letzte Woche hatte es noch geschneit. Andererseits würde Molles Geiz womöglich spontan nachlassen, wenn Danner und ich mal wieder Miete zahlen würden. Doch unsere letzten Ermittlungen hatten uns zwar ein paar werbewirksame Schlagzeilen eingebracht, aber kaum die Kasse klingeln lassen.

Durch die Wohnzimmertür beobachtete ich, wie sich Danner ein dunkles T-Shirt über die Glatze zog. Mein Blick wanderte über seinen trainierten Rücken und blieb an seinem Hintern hängen. Mittlerweile hielt unsere Beziehung bereits ein halbes Jahr. Mehr oder weniger, in letzter Zeit eher mehr. Seit Neuestem hatte ich sogar einen Arbeitsvertrag, ein Gehalt und einen festen Wohnsitz hier in Bochum. Ich vögelte meinen Boss, aber ansonsten verlief mein Leben in für meine Verhältnisse erstaunlich geregelten Bahnen. Vielleicht benötigte ich meine langen Haare ja gar nicht mehr so dringend …

Pünktlich um halb zehn klingelte es an der Wohnungstür. So pünktlich, dass ich überlegte, ob die Person womöglich schon auf der Treppe gewartet hatte, bis der Zeiger ihrer Uhr umsprang.

Danner seufzte.

»Bock hab ich nicht auf den Job«, brummte er, während er sich auf den Weg zur Tür machte.

Hm. Also bei mir hatte das arktische Klima in unserer Wohnung deutlich mehr Arbeitseifer aufkommen lassen.

»Guten Morgen«, sagte die stämmige, kleine Frau, die vor unserer Wohnung im Treppenhaus stand. »Elsbeth van Pels mein Name. Wir haben telefoniert?!«

»Ben Danner, kommen Sie herein.«

Während ihres prüfenden Handschlags flitzten die wachen, grünlichen Augen der Frau hinter dem schmalen Silberrahmen ihrer Brille über Danners dunkle Kleidung, die kräftigen Unterarme, das unrasierte Gesicht und seine Glatze. Die hellgrauen Augenbrauen zuckten hinauf in ihre Stirn, doch ihre strenge Miene verriet nicht, ob der erste Eindruck des Privatdetektivs ihren Erwartungen entsprach. Oder vielleicht zu sehr?

Jedenfalls konnte Danners Schmuddellook die Frau nicht abschrecken. Sowieso wirkte sie wie jemand, der sich nur schlecht erschrecken lässt. Mit zackigen Schritten marschierte Elsbeth van Pels in unser extra aufgeräumtes Wohnbüro. Sie hielt sich sehr aufrecht, den Rücken durchgedrückt, konnte damit aber nicht über ihre geringe Körpergröße hinwegtäuschen. Wollte sie anscheinend auch nicht, denn sie trug sehr flache, sehr schlichte Schuhe.

»Und Sie sind …?«, erkundigte sie sich nach mir, während sie ihre Winterjacke mit Pelzbesatz über die Sessellehne hängte.

Sie war sicher über fünfzig und klappte zum Sprechen nur den Unterkiefer hoch und runter, wodurch sie an einen altertümlichen Holznussknacker erinnerte, der den Mund öffnete, wenn man den Hebel an der Rückseite bewegte.

»Meine Mitarbeiterin Lila Ziegler«, stellte Danner mich vor.

Wieder hob die Klientin, die noch gar keine war, ihre Brauen über den Rand der Brille. Ihre ungeschminkten Lippen pressten sich aufeinander, als hätte sie gerade eine Nuss zerbissen. Ich entsprach definitiv nicht den Erwartungen, die sie an eine einigermaßen fähige Detektivin stellte.

Trotzdem saß mir Elsbeth van Pels gleich darauf gegenüber in unserem alten, grauen Sessel. Wie ein Ringer in Kampfposition stellte sie die Füße breit und fest auf den Boden, die Ellenbogen stützte sie auf die Knie.

Danner platzierte einen Kaffeebecher vor ihr auf der Marmorplatte des Couchtisches. Der heiße Dampf stieg in hellen Wolken in der kalten Luft unseres ungeheizten Wohnzimmers auf. Elsbeth van Pels zog ihre Jacke wieder an, während ihr forschender Blick erneut wanderte. Über unseren beinahe aufgeräumten Schreibtisch, das von Akten überquellende Regal, den fleckigen Teppich. An einer leeren Bierflasche auf einem Pizzakarton, den wir beim Aufräumen neben dem Computer übersehen hatten, blieb ihr Blick hängen.

Danner hatte sich den Schreibtischstuhl herangerollt: »Was führt Sie zu uns?«

Elsbeth van Pels brach ihre Zimmerinspektion ab. »Ich bin durch einen Zeitungsartikel auf Ihre Detektei aufmerksam geworden. Sie haben doch diesen Korruptionsfall im Otto-Ruer-Klinikum aufgeklärt, nicht wahr?«

»Das war Frau Zieglers Fall, ja«, bestätigte Danner.

Die stämmige, kleine Frau wandte sich mir zu. Einen Augenblick lang betrachtete sie meine geringelten Wollsocken.

»Diskretion hätte in meinem Fall oberste Priorität«, erklärte sie dann meinen Füßen.

»In jedem Fall«, berichtigte Danner.

»Ich spreche von wirklicher Geheimhaltung.« Ihre Stimme wurde eine Spur schärfer. »Top secret sagt man wohl in Ihrer Branche.«

Danners Miene blieb unbewegt.

»Gut«, sagte Elsbeth van Pels, als er schwieg. »Ich bin mir nicht sicher, ob es sich überhaupt um einen Fall handelt. Besser, wenn nicht.« Die Schärfe ihrer Stimme wich einer überraschenden Unsicherheit. Statt mit Danner sprach sie lieber wieder mit meinen Socken. »Es ist nur – wie soll ich sagen – ein Verdacht.«

Sie klappte den Mund ein paarmal auf und zu, ohne dass weitere Worte herauskamen.

»Vielleicht bilde ich mir auch nur etwas ein ...«, fügte sie dann doch noch hinzu. »Hoffentlich.«

»Genau das könnten wir für Sie herausfinden«, bemerkte Danner, allmählich amüsiert. »Dabei wäre es natürlich von Vorteil, wenn wir wüssten, worum es geht.«

»Wie gesagt, ich bitte um absolute Diskretion«, wiederholte Elsbeth van Pels. Plötzlich schien ihr die Kälte zuzusetzen. Sie griff nach dem dampfenden Kaffeebecher und umschloss die warme Keramik mit den Fingern. »Ich bin kaufmännische Leiterin des ambulanten Pflegedienstes *Sonnenschein*. Wir sind einer der größten Pflegedienstleister im Ruhrgebiet, haben außer in Bochum Zweigstellen in Gelsenkirchen, Essen, Kamen und Unna. Mittlerweile bin ich seit über vier Jahren Geschäftsführerin. Qualität ...«, sie machte eine bedeutungsvolle Pause, »... Qualität hat für mich schon immer den höchsten Stellenwert gehabt. Deshalb habe ich gleich zu Beginn meiner Tätigkeit – schon vor der gesetzlichen Verpflichtung – ein Qualitätsmanagement eingeführt. Kennen Sie sich damit aus?« Ihr Mund klappte zu und sie sah unvermittelt von meinen Socken hoch zu Danner.

»Sie prüfen und optimieren die Arbeitsabläufe und legen Standards fest«, nickte der.

Die skeptischen Falten um den Mund der Klientin in spe wurden etwas weicher. Danner vermittelte anscheinend einen durchaus kompetenten Eindruck.

Ein etwas schmuddeliger, aber cleverer Privatschnüffler war vermutlich genau das, was die meisten Klienten suchten. Einen Augenblick lang überlegte ich, ob Danner sich womöglich aus geschäftsfördernden Gründen nicht rasierte. Ich betrachtete die kurz geschorenen Resthaare in seinem Nacken.

Nein, er war von Natur aus unrasiert.

Von seinen Resthaaren wanderte mein Blick zu meinen Wollsocken. Eine kaum volljährige Wollsockenträgerin hingegen erwarteten die meisten Klienten eher nicht. Ich war eine unschöne Begleiterscheinung.

»Bei den jährlichen Qualitätsprüfungen ist mir eine Kennzahl immer wieder aufgefallen. Im ersten Jahr dachte ich mir nichts dabei. Im zweiten Jahr glaubte ich an einen Zufall. Im dritten Jahr meinte ich, es könnte auf eine fehlerhafte Dokumentation zurückzuführen sein. Aber als der Wert bei der letzten Qualitätsprüfung im Dezember wieder aus dem Rahmen fiel, wurde mir klar, dass ich die Ursache herausfinden muss. Doch einfach nachfragen kann ich nicht. Da bin ich auf den Artikel über Ihre Ermittlungen im Otto-Ruer-Klinikum gestoßen und kam auf die Idee, Sie sozusagen undercover als Mitarbeiter einzustellen. Zur Tarnung.«

Offensichtlich hatte sie sich auf das Gespräch vorbereitet und sich über die Fachausdrücke informiert. Mithilfe überwiegend amerikanischer Fernsehserien.

»Die Mitarbeiter brauchen das nicht zu wissen, ich möchte ja niemandem etwas unterstellen. Und wenn Sie meinen Verdacht nicht bestätigen können, verschwinden Sie einfach wieder, ohne dass ich das ganze Team in Aufregung versetzen musste.«

»Genau das wäre unser Job«, nickte Danner unserer potenziellen Brötchengeberin aufmunternd zu. Selbst wenn er noch immer keine Lust auf den Auftrag hatte, war er offensichtlich neugierig geworden. Es machte ihm Spaß, herauszukitzeln, worum es genau ging.

»Um was für eine Kennzahl handelt es sich?«

Elsbeth van Pels erkannte, dass sie sich nicht mehr hinter ihrem Wirtschaftschinesisch verstecken konnte. Wieder klappte ihr Unterkiefer herunter.

»Die Kennzahl, ja, natürlich – also, es handelt sich um einen Wert, der bei allen unseren Pflegediensten jährlich erhoben wird. Unsere Zweigstelle hier in Bochum ist von der Größe, der Kunden- und Mitarbeiterzahl gut mit den Zweigstellen in Essen und Gelsenkirchen vergleichbar. Trotzdem liegt dieser Wert in Bochum regelmäßig um etwa zwanzig Prozent höher …«

Immer schön drum herum marschieren, um den heißen Brei.

»Welcher Wert?«, beharrte Danner auf einer Antwort.

»Wie? Ach so, ja natürlich. Es ist – ähm …« Sie senkte die Stimme, als hätte sie Angst, dass ein Fassadenkletterer vor unserem Fenster unterwegs war und zufällig mithörte.

»Es ist die Anzahl der Todesfälle«, flüsterte sie.

Ich hob den Kopf.

Einen Augenblick lang hallte der Satz wie ein Echo durch unser Wohnzimmer.

Danner verzog keine Miene, doch sein Schweigen verriet, dass auch er diese Antwort überdenken musste.

»Sie meinen, in einem Ihrer Pflegebezirke sterben mehr Patienten als in den anderen?«, vergewisserte ich mich.

»Ziemlich genau zwanzig Prozent mehr«, informierte die Geschäftsführerin, jetzt wieder mit der gewohnten Präzision.

Wow!

»Das kann natürlich alle möglichen Gründe haben!«, fügte sie rasch hinzu.

Klar, es konnte am Trinkwasser, am AKW Hamm-Uentrop, an kosmischer Strahlung oder dem unerträglichen Fernsehprogramm liegen, dass die alten Leute sich reihenweise aus dem Diesseits verabschiedeten.

Doch die Bilder, die die Pflegedienstchefin vermeiden wollte, drängten sich mit Macht in meinen Kopf. Zeitungsartikel über Pfleger oder Ärzte, die aus vermeintlichem Mitleid schwerstkranke Patienten töteten. Immer wieder hörte man davon. Der Super-GAU für jede medizinische Einrichtung. Kein Wunder, dass unsere Geschäftsführerin ins Stottern geriet und die Ermittlungen um jeden Preis ›top secret‹ halten wollte.

»Womöglich gibt es eine ganz banale Erklärung«, hoffte Elsbeth van Pels. Doch die Sorgenfalten auf ihrer Stirn verrieten, dass der weiß bekittelte Todesengel längst auch durch ihre Gedanken spukte. Vermutlich schon seit ein paar Jahren. Und mit ihm die Schlagzeilen, in die ihr Unternehmen unweigerlich geraten würde, wenn an dieser Vermutung etwas dran war.

»Aber allein die Aufregung, die gerade in unserem Dienstleistungsbereich möglicherweise durch so eine Geschichte entsteht, kann den Ruin für unser gesamtes Unternehmen bedeuten.«

Genau.

»Zuletzt ist diese Dame hier verstorben.« Die Pflegedienstleiterin schob ein Foto über den Tisch. Es zeigte eine grauhaarige Oma in einer zur Haarfarbe passenden Strickjacke, die mit ausdrucksloser Miene in die Kamera blickte. »Unsere Klientin Frau Brandstetter, sechsundneunzig Jahre alt. Verstarb nach einem unglücklichen Sturz auf die Kante eines Glastisches. Eine Mitarbeiterin fand sie am nächsten Morgen in ihrer Wohnung.«

»Oje«, machte ich automatisch.

»Das kommt schon mal vor, Frau Ziegler«, belehrte mich Elsbeth van Pels verständnislos. Anscheinend hatte ich erkennen lassen, dass ich mich in meiner sorglosen Jugend noch nicht damit hatte beschäftigen müssen, dass alte Menschen letztendlich irgendwann zu Tode kommen.

Kam so etwas oft vor?, überlegte ich. Lagen womöglich noch mehr einsame, alte Menschen tot in den Wohnungen der Bochumer Innenstadt? Womöglich nur wenige Meter von uns entfernt, ohne bemerkt zu werden?

Elsbeth van Pels tat jedenfalls, als wäre der Tod ihr Tagesgeschäft. Trotzdem war sie aber genau deswegen hier.

»Weil dieser Fall mit sehr viel Blut verbunden war, hat sich die Polizei die Sache angesehen«, fuhr Elsbeth van Pels fort. »Der Arzt wollte eine Fremdeinwirkung nicht mit letzter Sicherheit ausschließen. Aber die Ermittlungen wurden eingestellt. Ein Sturz ist in dem Alter nicht ungewöhnlich.« Sie zögerte, bevor sie weitersprach. »Ungewöhnlich ist allerdings, dass Frau Brandstetter bereits der vierte Todesfall im Bezirk Bochum in diesem Jahr ist. Und wir haben erst März. Ich möchte, dass Sie die Ursache der vermehrten Todesfälle ermitteln. Ob dieser Umstand mit unserem Unternehmen zusammenhängt – oder besser, dass nicht. Wie sind Ihre Konditionen?«

»Fünfhundert Euro am Tag plus Spesen«, erklärte Danner schnell.

Ich verzog keine Miene, obwohl mir die spontane Erhöhung unseres Tagessatzes keineswegs entgangen war. Die Frage war, ob Danner bei dem zahlungskräftigen Unternehmen einfach ein Taschengeld rausschlagen wollte. Oder wollte er die Frau abschrecken, weil er noch immer keine Lust auf diesen Job hatte?

Doch wie gesagt, Elsbeth van Pels ließ sich schlecht erschrecken: »In Ordnung.«

»Und eine Anzahlung von zweitausend«, ergänzte Danner rasch. »Vorausgesetzt, wir übernehmen Ihren Auftrag.«

Die Pflegedienstleiterin musterte Danner mit scharfem Blick, doch sein Gesicht blieb weiterhin unbewegt.

»Selbstverständlich«, nickte Elsbeth van Pels ebenfalls mit Pokerface, zog eine große Geldbörse aus der Innentasche ihrer Jacke und begann, einen grünen Schein nach dem anderen neben den Kaffeebecher auf unseren Couchtisch zu legen.

Ich riss die Augen auf und sogar Danner legte jetzt interessiert den Kopf schief.

»Und übernehmen Sie den Auftrag? Herr Danner? Frau Ziegler?«, erkundigte sich Elsbeth van Pels, ohne mit dem Hinblättern der Geldscheine aufzuhören.

Danner sah zu mir herüber.

Der Fall versprach Arbeit für ein bis zwei Wochen und sicherte unsere Miete für das nächste halbe Jahr. Ich sah keinen Grund, der dagegen sprach, Molle zum Wiedereinschalten der Heizung zu bewegen.

Tag 0

BELLAS BLOG:
DONNERSTAG, 23.15 UHR

Es ist Donnerstag. Kurz nach elf.

Und dies ist mein Hochzeitstag. Ich habe geheiratet. Heute.

Absurd. In meiner Hochzeitsnacht habe ich nichts Besseres zu tun, als mit dem Tagebuchschreiben zu beginnen.

In meinem ganzen Leben habe ich noch kein Tagebuch geführt. Mit fünfzehn habe ich mal eines geschenkt bekommen. Ein rosa Büchlein mit Vorhängeschloss am Einband. Ich habe es nicht benutzt. Ich war einfach nicht gut im Schreiben. Und auch nicht besonders sorgfältig. Bin ich bis heute nicht.

Doch manches ändert sich mit der Zeit. Ich bin jetzt zweiunddreißig. Besitze ein Notebook. Meine Einträge blogge ich im World Wide Web. Mitten in der Nacht werde ich zur anonymen Exhibitionistin.

Ausgerechnet ich. Lächerlich. Normalerweise bin ich das Gegenteil. Schüchtern. Unauffällig. Spießig wahrscheinlich.

Aber ich muss das hier loswerden! Sonst laufe ich Amok! Die betrunkenen Hochzeitsgäste unten im Wohnzimmer wären leichte Opfer. Und verdient hätten sie es allesamt.

Der schönste Tag im Leben. Und ich bin nicht glücklich. Trotzdem erwartet man noch stundenlanges Lächeln von mir.

Warum bin ich nicht glücklich?

Weil ich mir meine Hochzeit anders vorgestellt habe.

Und weil ich vor einem Spiegel sitze. Sogar an meinem Hochzeitstag sehe ich unmöglich aus. Weil ich, wie gesagt, inzwischen zweiunddreißig bin.

Ich kann zusehen, wie mein Hintern fetter wird. Meine Brille vergrößert meine Krähenfüße. Und neuerdings habe ich eine Krampfader.

Das fehlte mir noch zu meinem Glück. Bisher waren meine Beine das Erfreulichste an meinem Spiegelbild.
Mein Gesicht und mein Hintern sind zu breit. Ich bin nicht wirklich dick. Aber mein Gesicht und mein Gesäß sehen aus, als hätte ich zwanzig Pfund Übergewicht.
Und eine wahre Katastrophe sind meine Haare. Sie hängen kraftlos herunter. Wie Spaghetti. Busen habe ich zu wenig. Po, wie gesagt, zu viel. Bleiben die Beine. Womit wir wieder bei der Krampfader wären.
Mario hat mich nicht wegen meines Sexappeals geheiratet.
Warum dann? Diese Frage stellen sich sicher die meisten Menschen, die uns kennen. Viele denken, Mario habe sich einfach an mich gewöhnt. Einige Kumpel glaubten bisher, ich würde abends in Strapsen strippen. Ein Irrtum, den meine Mutter vor zehn Minuten aus der Welt geschafft hat.
Auch für meine Mutter ist meine Ehe ein Rätsel. Bis gestern hatte sie noch Zweifel, ob die Feier tatsächlich stattfinden würde. Dieser Traum von Schwiegersohn will ausgerechnet mich? Sie hat nie viel davon gehalten, ihre Meinung für sich zu behalten. Sie ist einen Kopf kleiner als ich. Wiegt das Doppelte. Und findet es normal, mit einem pinkfarbenen Turban zu meiner Hochzeit zu erscheinen.
Daran bin ich natürlich selbst schuld. Eine Kleiderordnung hielt ich für überflüssig. Naiverweise. Nach zehn Jahren Beziehung feiern wir im kleinen Kreis. Familie und Freunde. Standesamt heute Morgen. Mittags zum Lieblingsitaliener. Abends Sekt zu Hause.
Aber meine Mutter kenne ich seit zweiunddreißig Jahren. Mit dem Turban hätte ich rechnen können.
Nicht rechnen konnte ich hingegen mit der Unterhose. Mit spitzen Fingern hat meine Mutter sie aus den Tiefen einer Ritze zwischen den Sofapolstern gezogen. In die sie bei meiner großangelegten Wäschebeseitigungsaktion der letzten Woche geraten sein muss. Die verschiedenfarbigen Trocknerladungen hatten die Couch gefüllt. Und zum Fernsehen hatte ich mich einfach draufgesetzt.
Ein Fehler, wie mir jetzt im Nachhinein klar ist.

Warum passieren mir solche Dinge?

Vielleicht wäre es nicht so schlimm gewesen, hätte es sich um einen durchsichtigen Spitzenstring gehandelt. Aber ich habe nie zu den Frauen gehört, die Reizwäsche unter Jeans verbergen. Ich bin wirklich langweilig. Drüber und drunter. Beim Fundstück meiner Mutter handelte es sich um ein hässliches Baumwollungetüm. In der Größe meines Hinterns.

Mario lachte am lautesten.

Übrigens immer, wenn so etwas passiert. Nachsichtig tätschelt er mir den Kopf. Wie einem begriffsstutzigen Pudel, der einfach nicht Männchen machen will.

Seine Meinung: »Bella hat den Brüller des Abends gelandet.«

Mal wieder.

»Wenn du je lernst, wie man einen Haushalt führt, haben unsere Gäste nichts mehr zu lachen.«

Das stimmt. In Sachen Hausarbeit bin ich keine Leuchte.

Ein weiterer Grund, warum meine Mutter unsere Beziehung nicht begreift. Mein Sexappeal und meine Hausfrauenqualitäten sind es nicht, die mich attraktiv machen. Und für meine Mutter sind diese beiden Punkte die Grundlagen einer Ehe.

Trotzdem gibt es etwas, was Mario an mir mag. Auch heute noch. Er ist noch immer aufmerksam. Liest mir jeden Wunsch von den Augen ab.

Ich würde gern mal wieder ins Musical gehen, sagte ich letzte Woche. Die Karten steckten heute im Hochzeitsstrauß.

Fast bekomme ich jetzt ein schlechtes Gewissen. Dass ich mich überhaupt beschwere. Mario ist nicht mehr ganz so charmant wie zu Beginn unserer Beziehung. Aber das kann man nach zehn Jahren auch nicht ernsthaft erwarten.

Immerhin schenkt er mir regelmäßig Blumen. Trotz Slip im Sofa. Trotz Krampfader.

Vielleicht kann ich doch wieder hinuntergehen.

Ohne meine Mutter mit der Unterhose zu erwürgen …

2.

In Bochum starben mehr Menschen als anderswo.

Allein dieses Wissen hinterließ ein nervöses Kitzeln auf der Haut. Plötzlich erinnerte ich mich an die unzähligen kleinen, bunten Pkws, die kreuz und quer durch die Stadt flitzten.

Ambulante Pflege, war gewöhnlich auf der Heckscheibe zu lesen. Oder: *Ihre Hilfe für zu Hause.*

Hinter dem Steuer saß in meiner Vorstellung ein elfenhaft schönes Mädchen mit langem Haar, weißem Gewand und ausladenden Federflügeln auf dem Rücken. Hartnäckig drängelte sich das Bild in meinen Kopf, daran konnte Elsbeth van Pels nichts ändern. Egal, wie sehr sie auf der schädlichen Einwirkung der Atomkraft beharrte.

Gleich heute Mittag sollte es losgehen. Elsbeth van Pels wollte uns bei einer Dienstbesprechung mit ihrem Pflegeteam bekannt machen.

Knapp zwei Stunden Zeit blieb uns noch. Weil Danner das Bad besetzte, lümmelte ich mich aufs Sofa und schaltete den Fernseher ein.

Beinahe im gleichen Moment klingelte das Telefon.

Seufzend sah ich mich nach Danner um, in der Hoffnung, er würde sich vielleicht freiwillig in Richtung des Apparates bewegen.

Doch der Detektiv blieb verschwunden. Bereits vor einer halben Stunde hatte er sich im Badezimmer eingeschlossen, nachdem er vorher eine Etage tiefer Molles Rasierapparat geschnorrt hatte. Jetzt surrte das Ding bereits seit fünf Minuten – so lange brauchte er gewöhnlich nicht einmal zum Duschen.

Das Telefon klingelte weiter, und weil Danner offenbar im einzigen warmen Raum der Wohnung bleiben wollte, raffte ich mich auf und schlurfte zum Schreibtisch.

Auf dem Weg dorthin fiel mein Blick erneut auf den Karton mit dem Pizzarest von gestern Abend. Ich angelte mir ein schlabberiges Teigdreieck aus der Packung und biss in kalten Käse und würzige Salami, bevor ich den Anruf entgegennahm.

»Detektei Danner und Ziegler, guten Morgen«, nuschelte ich kauend in den Hörer.

In der Leitung blieb es still.

Ich schüttelte den Apparat. Ab und zu versagte die Verbindung, das Gerät war nicht mehr das neueste.

»Hallo?«

»Liliana?«

Die Faust zuckt auf mich zu und ich weiß, dass ich mich nicht rechtzeitig wegdrehen kann. Es knackt, als der Schlag meine Wirbelsäule trifft. Der Schmerz rast meinen Rücken hinab, dunkle Punkte tanzen vor meinen Augen. Als ich zu Boden falle, glaube ich einen Moment lang, mir einen Querschnitt eingehandelt zu haben.

Die Erinnerungen leuchteten auf wie Blitze im nächtlichen Gewitter. Mein Herz schnellte in die Höhe und prallte von unten gegen meine Kehle, dass mir übel wurde.

Erst jetzt merkte ich, dass ich bereits aufgelegt hatte. Reflexartig hatte sich mein Daumen auf den Knopf mit dem roten Hörer gepresst. Das Freizeichen tutete.

Hastig stellte ich den Apparat wieder in die Ladestation zurück.

Dort stand er. Still und harmlos, wie vorher.

Hatte ich mich verhört? Oder mir etwas eingebildet? War das nur der nächste Albtraum gewesen, mit dem mich die verdrängten Geister meiner Vergangenheit in den Wahnsinn zu treiben versuchten? Oder hatte ich einen potenziellen Klienten vergrault?

Übel war mir immer noch.

Konnte aber auch an der alten Pizza liegen.

Mein Blick wanderte auf den kalten Teiglappen in meiner Hand. Er stank nach altem Fett. Ich ließ ihn zurück in die offen stehende Pappschachtel fallen.

Tag 1

BELLAS BLOG:
FREITAG, 14.46 UHR

Ich wollte bloggen. Ich kneife nicht. Das Schreiben hat seinen Sinn erfüllt. Gestern Abend jedenfalls. Nach dem Unterhosenzwischenfall. Es hat mich tatsächlich beruhigt.

Das Thema war außerdem ausdiskutiert, als ich ins Wohnzimmer zurückkehrte. Zum Glück. Und es tauchten auch keine weiteren Schlüpfer auf.

Erst mal tief durchatmen. Das hilft manchmal. Und überlegen. Ob das Weiterleben tatsächlich unmöglich ist. Gut, Mutters Kommentar reicht als Grund für einen Kontaktabbruch zu allen Anwesenden. Sie habe sich was Fescheres erhofft, hat sie verkündet. Vor versammelter Hochzeitsgesellschaft.

Aber ich habe überlebt. Kann ja jedem passieren.

Auch wenn ein ungutes Gefühl in der Magengegend zurückbleibt. So ähnlich wie der dicke Kopf nach der Betriebsfeier. Wenn man sich nach und nach erinnert, dass man nach zwei Flaschen Sekt auf dem Schoß vom Chef saß. Kann auch jedem passieren. Es ist trotzdem das Klügste, anschließend einen Arbeitsplatzwechsel in Erwägung zu ziehen.

Leider scheidet diese Möglichkeit bei der Schlüpferkrise aus. Betroffen sind meine Mutter, meine Schwester, meine Schwiegereltern. Marios Tante Minna. Und seine und meine engsten Freunde. Ein-

schließlich meiner besten Freundin Sina. Um diese Menschen nie wieder treffen zu müssen, müsste ich die Scheidung einreichen. Und die Stadt verlassen.
Inzwischen hat mir Sina einen Lagebericht erstattet.
Feinripp wäre der Super-GAU gewesen. Findet sie. Allerdings ist ihre Meinung nicht objektiv. Als meine Freundin muss sie mir Mut machen. Objektiv betrachtet kommt mein Baumwollmodell Feinripp relativ nah.
Und der Mutti-Klub – bestehend aus den Ehefrauen von Marios Kumpel – der Mutti-Klub kann beim Anblick der eigenen Unterhosen aufatmen.
Noch als wir im Bett lagen, hat Mario gelacht. Sauer war er bemerkenswerterweise nicht.
Ärgern können ihn Kleinigkeiten. Zum Beispiel das Kabel des Staubsaugers. Das ich immer in der Steckdose lasse. Um mir das Einsteckern am nächsten Tag zu sparen. Oder der Herd. Den ich nur sauber mache, wenn ich ihn benutzen will. Oder meine Schuhe. Die nach dem Ausziehen immer hintereinander stehen, statt nebeneinander. So etwas löst bei Mario eine Tollwutsymptomatik aus.
Ich hingegen finde die Unterhose bei unserer Hochzeit dramatischer.
Heute haben Mario allerdings nicht mal meine hintereinanderstehenden Schuhe gestört. Wir sind für ein verlängertes Wochenende an der See. Flitterwochen sozusagen. Das familiäre Schlachtfeld liegt hinter uns.
So schaffe ich es allmählich, die Sache mit Humor zu sehen.
Melli und Tanja (die Vorsitzenden des Mutti-Klubs) haben den ganzen Abend über die Blähungen ihrer Babys gesprochen. Sagt Mario.
Und Tante Minna über ihre Stuhlgangprobleme.
Meine Unterhose war nicht das einzige Gesprächsthema bei unserer Hochzeit.
Tröstlich.

3.

»Die Küppers treibt mich in den Wahnsinn! Gestern hat sie mich eine Schlampe genannt und mich zusammengefaltet, weil ich ihren Tee nicht lange genug hab ziehen lassen! Die andere Kollegin trinkt immer noch eine Tasse mit ihr, sagt se. Und dat am Wochenende auch mal 'ne Vertretung kommt, hat sie natürlich nicht geschnallt. Also wer von euch fährt da sonst hin? Agi oder Hedi?« Die Wasserstoffblonde schüttelte angriffslustig ihre Mähne und verschränkte die Arme vor dem zu weit aufgeknöpften Ausschnitt ihrer weißen Kittelbluse. Ihre Brüste krabbelten aufmüpfig hervor. Die Gefärbte gehörte zu der Sorte von Frauen, die ihren Möpsen Namen gab – Milli und Molli oder so.

Mithilfe ihres Anblicks versuchte ich, meine um den mysteriösen Anruf kreisenden Gedanken zu stoppen. Ich hatte geglaubt, die Stimme meines Vaters zu hören. Natürlich suchte er nach mir. Mein Kontaktabbruch unterstellte ihm, in einem für sein blank poliertes Oberstaatsanwalts-Image so wichtigen Bereich wie der Kindererziehung versagt zu haben. Dieser wortlose Vorwurf musste ihn kochen lassen vor Wut. Allerdings war ich neuerdings offiziell in Bochum gemeldet. Unter meinem vollständigen Namen Liliana-Cassandra Simanowski-Ziegler, der in den Meldedateien sicher nicht überdurchschnittlich oft vorkam. Womöglich hatte mein Vater extra einen Polizeibeamten abgestellt, der sämtliche Meldungen regelmäßig prüfte. Dazu war er imstande, zweifellos. Wie eine eisige Hand griff mir ein Schauer in den Nacken. Unwillkürlich zog ich die Schultern hoch.

Unmöglich war ein Anruf meines Vaters nicht.

Das hätte ich wissen müssen, als ich mich gemeldet hatte.

Vermutlich hatte ich es gewusst. Vielleicht hatte ich es sogar darauf angelegt. Ihm den Kampf erklärt, damit das Versteckspiel endlich ein Ende hatte? Weil ich es satthatte, davonzulaufen?

Dabei war ich noch lange nicht stark genug für einen Krieg. Das war mir jetzt klar, denn allein der Gedanke, dass ich wirklich die Stimme meines Vaters gehört haben könnte, ließ meine Hände beben. Hinter meinem Rücken verschränkte ich die Finger, damit mein Zittern nicht auffiel.

Ich würde nicht zulassen, dass mich meine Vergangenheit von meinem Job ablenkte. Ich zwang meine Aufmerksamkeit zurück zu der verärgerten Blondine.

Zwei ältere Frauen, die der Aufgebrezelten gegenüberstanden, senkten schuldbewusst den Kopf. Beide trugen weiße Blusen und graue Haare. Die eine lang und dünn, die andere klein und pummelig, wirkten sie, wie einem witzigen Schwarz-Weiß-Film entstiegen.

»Früchtetee mit Zucker und Zitrone …«, gestand die Lange kleinlaut. »Erinnert sie immer an die Arbeit im Kirchenkreis.« Sie sprach undeutlich, verwaschen. Als hätte sie getrunken.

»Mann, Hedi!«, brauste die Hochleistungsblondierte auf. »Andere müssen ihre Kinder pünktlich aus der Kita holen, mit dem Hund Gassi gehen oder wollen in ihrer Freizeit einfach lieber in der Nase bohren.«

»Das haben wir doch schon hundert Mal ausdiskutiert, Leute«, versuchte eine vierte Frau zu beschwichtigen. Sie hatte ihr Haar streng nach hinten gebunden. Besonnen und trotz Sommersprossen ungeschminkt war sie der lebende Gegensatz zu der motzenden Blonden. »Für den Tee hat jeder von euch die halbe Stunde Luft im Plan. Und Agi und Hedi erklären doch den Patienten immer, dass nicht alle Kolleginnen unbezahlte Überstunden machen können …«, ihr wacher Blick schnellte zu den beiden älteren Mitarbeiterinnen hinüber, »... nicht wahr?«

Ich musste schmunzeln, weil der scharfe Ton keine Wahl der Antwort zuließ. Die große Dünne und die kleine Pummelige nickten artig und synchron.

Elsbeth van Pels räusperte sich deutlich und beendete damit die Diskussion. Acht Frauen und zwei Männer drehten ihren Kopf in unsere Richtung.

Showtime.

Das Gesicht der Blondierten färbte sich pink, passend zu ihrem Lippenstift, den Fingernägeln und dem Shirt, das unter ihrer Kittelbluse hervorblitzte.

»Meine Damen und Herren, darf ich Ihnen Ben Danner und Liliana Ziegler vorstellen? Die beiden sollen als Pflegehelfer eingesetzt werden und werden deshalb eine Zeit lang bei jedem von Ihnen mitfahren.«

Die Blasse, die eben zu vermitteln versucht hatte, erhob sich. Wie die anderen Frauen trug sie eine weiße Kittelbluse. Die Dinger waren verwaschen und nicht besonders vorteilhaft geschnitten. Und bis zum Stehkragen hochgeschlossen wirkte das Teil altbacken. Außerdem machte das Weiß die Frau noch blasser, als sie sowieso schon war, mit ihrer hellen Haut, den blonden Wimpern, Brauen und Haaren. Ein bisschen Wimperntusche hätte Wunder vollbracht.

»Anna Willms ist die Teamleiterin«, stellte Elsbeth van Pels die Frau vor. »Sie wird Sie mit den anderen bekannt machen und alles Weitere erklären.«

Anna Willms schob ihre randlose Brille hoch, bevor sie Danner und mir die Hand reichte.

»Wir sind hier alle per Du, ist das in Ordnung für euch?«

Sie sagte das, als ob wir die Wahl hätten, und wartete sogar die Antwort ab.

»Klar«, nickte Danner.

Fand ich auch.

»Wir haben gerade Dienstbesprechung. Die ist montags nach der Frühschicht. Heute sind sogar alle da.«

Was wahrscheinlich so selten vorkam, dass es gar nicht vorgesehen war. Denn der kleine Kellerraum, in dem Danner und ich mittendrin standen, war eher Büro als Besprechungsraum. Weil sich so viele Menschen hineingequetscht hatten, roch es nach Schweiß. Und *Kölnisch Wasser.* Irgendwer hatte sich schlimmer eingedieselt als Danner.

Die Frauen und Männer saßen auf allem, was das Gewicht eines Menschen voraussichtlich aushalten würde: ein drehbarer Bürostuhl mit Lehne, einer ohne, ein umgedrehter Papierkorb und eine Plastikfußbank, die wohl eigentlich als Tritt für das mit Akten gefüllte Regal diente. Agi und Hedi, die beiden rentennahen Damen, lehnten an dem aufgeräumten Schreibtisch unter dem schmalen Kellerfenster. Die zwei Männer und ein Mädchen, das kaum älter als ich selbst sein konnte, hockten auf einem Sideboard an der Wand.

Anna Willms selbst nahm auf einem großen, grünen Gymnastikball neben dem Schreibtisch Platz und begann zu wippen. Sie hielt sich wirbelsäulengerecht gerade, was ganz gut zu ihrer korrekt geknöpften Bluse passte.

Elsbeth van Pels verabschiedete sich. Nachdem sie die Bürotür hinter sich geschlossen hatte, trat Danner einen Schritt zurück und lehnte sich dagegen. Um nicht mitten im Raum direkt vor der wippenden Anna Willms zu stehen, machte ich es ihm nach und stellte mich dicht neben ihn.

»Also das Wichtigste in Kurzfassung«, lächelte die Teamleiterin uns an. »Wir sind zehn Mitarbeiter im Team dieser Zweigstelle. Unser Pflegeschwerpunkt ist die Neurologie, also Gehirn und Nervensystem des Menschen. Wir pflegen vorwiegend Personen mit Erkrankungen wie Schlaganfall, Querschnittslähmungen, MS, Parkinson und sehr viele Alzheimer- und gedächtnisgestörte Patienten. Ich stelle am besten alle Kolleginnen und Kollegen kurz vor. Die Namen werdet ihr euch bestimmt nicht gleich merken können, aber das habt ihr drauf, wenn ihr mit jedem einmal auf Tour ward. Agnes Friedlich und Hedwig Sundermann, Krankenschwestern, sind mit mir zusammen die Dienstältesten.« Mit einer Kopfbewegung deutete Anna Willms auf die lange Dünne und die kleine Dicke. Die Große trug die wellig gefönten Haare zur Seite gescheitelt, die Kleine hatte ihre Kringellöckchen vom Ohr an aufwärts festgesteckt.

»Zwölf Jahre gibt's den Laden hier schon und Agi und Hedi sind von Anfang an dabei gewesen.«

Die beiden nickten nicht ohne Stolz.

»Janine Hinze ist Altenpflegerin.«

Das war die blondierte Brezel.

»Gülcan Aydin, Pflegehelferin.« Die junge Türkin trug den Kittel vorschriftsmäßig zugeknöpft, das pechschwarze Haar zum Zopf geflochten, schlicht. Trotzdem hob sie sich hervor aus der Masse der weiß gekleideten Menschen in dem überfüllten Büro. Lag es an ihren schönen, kaffeebraunen Augen? An dem lackschwarzen Haar? Dem fein geschnittenen Gesicht mit der dominanten Nase? Jedenfalls umgab sie eine Aura von *Tausendundeiner Nacht,* die mir eine Sekunde lang den Geruch von Thymian und Koriander zwischen Schweiß und Desinfektionsmitteln vorgaukelte.

»Mona Rudzinski, Altenpflegerin.« Eine Stämmige mit Damenbart und Kurzhaarschnitt. Aus den hochgekrempelten Kittelärmeln ragten behaarte Unterarme.

»Simo Kracht und Ingo Kuchenbecker, examinierte Krankenpfleger.«

Mein Blick wanderte zu Danner. Genauer gesagt, in sein Gesicht, aus dem heute ganz überraschend und zum ersten Mal, seit ich ihn kannte, der Dreitagebart verschwunden war.

»Schleimer«, hatte ich noch gespottet und prüfend die glatte Haut seiner Wangen gerieben, um festzustellen, dass trotz der Rasur die winzigen, harten Stoppeln deutlich zu spüren waren. Meine Fingerkuppen rochen noch nach seinem Aftershave, mit dem er für seine Verhältnisse auffallend großzügig umgegangen war.

Doch erst jetzt, als Anna Willms uns die beiden männlichen Altenpfleger vorstellte, begriff ich, was Danner mit der Rasur und dem eine Nummer zu engen, dunklen Pulli bezweckte.

Ingo Kuchenbecker ging auf die sechzig zu und trug zu einer polierten Glatze und der weißen Dienstkleidung – Lipgloss. Der Pfleger konnte seinen Blick nicht von Danners durch Hanteltraining aufgepusteten Oberarmen abwenden.

Simo Kracht war etwas jünger, um die fünfzig. Drei bis vier Speckringe zählte ich unter dem weißen Shirt und ein grauer Pferdeschwanz zusammen mit rundlich-weichen Gesichtszügen ließen auch ihn ein wenig weiblich wirken.

Kuchenbecker jedenfalls war sofort auf Danners mühsam glatt gebügeltes Kinn hereingefallen. Und die Art, wie der Detektiv sich über die Glatze strich und dabei den Blick des Lipglossträgers auf seine Rückenmuskulatur lenkte, verriet mir, dass genau das seine Absicht gewesen war.

Mal wieder sehr clever, Boss, keine Frage. Danner würde garantiert keine Probleme haben, mit Kuchenbecker ins Gespräch zu kommen.

Das amüsierte Glitzern in Danners grauen Augen verriet mir, dass er selbstverständlich bemerkt hatte, dass sein Plan aufgegangen war.

»Sonja Meierhoff und Piroschka Weber kommen von der Leiharbeiterfirma *Pflege-Profi.* Sie unterstützen unser Team im Moment, weil eine Mitarbeiterin langzeitkrank ist und eine andere in Elternzeit.«

Piroschka Weber war das sehr junge, dunkelhaarige Mädchen, das zusammen mit Kuchenbecker und Kracht auf dem Schrank saß. Sonja Meierhoff, eine etwa Vierzigjährige mit kupferrot gefärbten Locken, musterte mich mit einem Blick, den ich nicht einordnen konnte. Freundlich war er aber auf keinen Fall.

»Wir fahren zwei Schichten: In der Frühschicht von sechs bis zwölf arbeiten vier Examinierte und zwei Pflegehelfer. Drei Examinierte und ein Pflegehelfer machen die Spätschicht von zwei bis acht. Außer montags, da beginnt die Spätschicht wegen der Dienstbesprechung etwas früher. Um genau zu sein: jetzt. Ihr habt ja gehört, dass Ben und Liliana erst mal mitlaufen. Spätschicht haben heute Hedi und ...« Anna Willms warf einen Blick auf einen an der Wand hängenden Dienstplan, »... Ingo.«

Danner sparte sich ein Grinsen.

Dafür grinsten die meisten anderen im Raum.

»Dann komm du doch mit mir, Ben«, schlug Kuchenbecker rasch vor, damit er nicht am Ende noch mich mitnehmen musste.

Warum hatte Danner ständig so ein verdammtes Glück? Ich sah es kommen: Der würde den Fall lösen, bevor ich meine Ermittlungen überhaupt begonnen hatte.

Mir lächelte die lange, dünne, mutmaßlich Besoffene zu, deren Fönfrisur zuletzt in den Zwanzigern modern gewesen war. Ich sah mich schon heute Abend um zehn noch bei irgendeiner beschwipsten Oma Tee mit Schuss trinken, weil Hedi aus ihrer Arbeit ein Kaffeekränzchen machte.

Tag 4

BELLAS BLOG:
MONTAG, 15.07 UHR

Mein Leben ist doch nicht zu Ende.

Wider Erwarten habe ich meine Hochzeit überstanden. Der Alltag hat mich wieder. Gott sei Dank.

Während ich schreibe, verstärkt die Sonne den positiven Eindruck meines Daseins. Sie scheint durch die Terrassentür. Südseite. Unbebaut. Selbst mitten im Winter muss ich nicht im Schatten leben.

Heute ist Montag. Unser Flitterwochenende ist um. Und für einen Montag ist der Tag in Ordnung. Was ich meinem Job verdanke. Mein Job ist okay. Und nicht nur, weil ich bereits seit zwei Stunden Feierabend habe.

Ich arbeite bei einem Pflegedienst. Gut, klingt nicht nach einem Traumberuf. Ist es aber. Mario kann sich das gar nicht vorstellen. Eher würde er eine Klärgrube umrühren, witzelt er.

Aber ich mag meinen Job. Und ich mache ihn gut. Besser als den Haushalt zumindest.

Die Patienten mögen mich.

Und sie nehmen mich ernst.

Heute habe ich einer auffälligen Kundin verboten, die Leiharbeiterin mit dem Regenschirm zu vermöbeln. ›Auffällig‹ ist ein Begriff aus der Schwesternsprache. Bedeutet übersetzt ›der alte Drachen‹. Der Drachen hat genickt und es sein lassen. Allerdings war die Leiharbeiterin verschreckt. Sie hat noch nicht viel Berufserfahrung.

Das war so ein Moment, in dem ich meinen Job mag. Weil ich nicht austauschbar bin. Weil mich nicht jeder x-beliebige Leiharbeiter ersetzen kann. Auch wenn die Chefin das gern hätte.

Und nebenbei verdiene ich gut. Jedenfalls mehr als Mario. Meistens. Weil Mario im Winter oft stempeln muss. Zuletzt wegen der Krise bis in den April hinein.

Aber Mario hat keine Schwierigkeiten mit einer gut verdienenden Frau. Im Gegensatz zu den meisten anderen Männern.
Zu den ›meisten anderen Männern‹ zählt auch Dieter, der Teilzeit-Lover meiner Freundin Sina.
Dieter ist Webdesigner. Computerfreak. Sina auch. Als er arbeitslos wurde, hat er sie an den Rand des Wahnsinns getrieben. Er hat aufgehört, ihren Kühlschrank zu plündern. Womit er keine Schwierigkeiten hatte, solange auf seinem Gehaltsscheck die höhere Zahl stand. Er hat ihre Zahnpasta nicht mehr benutzt. Um ihr nicht auf der Tasche zu liegen. Er ist sogar nach Hause gefahren, um aufs Klo zu gehen. Damit sie nicht sein Abwasser bezahlen musste.
Sie hat sich getrennt.
Drei Wochen später stand er wieder vor ihrer Tür. Er hatte einen neuen Job. Sie hat wieder mit ihm geschlafen. Und am nächsten Morgen hat er ihr Müsli mit ins Büro genommen und Sina musste trockenen Toast knabbern.
So ist Mario nicht. Er erwähnt ausgesprochen gern, dass ich eine gute Partie bin. Besonders vor seinen Kumpeln und Kollegen. Und meist, wenn einer von dem Drei-Gänge-Menü berichtet, das ihm seine Supermutti jeden Abend serviert.
Ein Drei-Gänge-Menü habe ich noch nie zustande gebracht. Dafür lautet die vollständige Berufsbezeichnung von Mutti Melli ›Friseur-Azubi a. D.‹.
Allerdings hält Mario seine eigene Arbeit für schwieriger als meine. Anstrengender. Und unterbezahlt.
Ich gehe ja nur mit netten, alten Damen spazieren.
Das stimmt zum Teil sogar. Weil ich meine Arbeit gut mache. Meine Tour ist so geplant, dass Luft bleibt. Um mal mit einer einsamen Oma einen Kaffee zu trinken. Oder die Fotoalben der Enkelkinder zu bestaunen. Und seit Zeitarbeiter die wegrationalisierten Zivis ersetzen, bricht selbst im Krankheitsfall kein Stress aus.
Die Sonne und der Job ergeben zusammen einen ziemlich guten Montag.

4.

»Die Damen links, die Herren rechts.« Mit einer galanten Verbeugung ließ Ingo Kuchenbecker Hedi und mir den Vortritt.

»Dann musst du aber mit uns kommen, Schätzeken«, alberte Hedi mit Kuchenbecker herum. Eine Anspielung auf seine Vorliebe für Make-up, die ich Hedi im Hinblick auf ihre altertümliche Fönfrisur gar nicht zugetraut hätte.

Kuchenbecker warf ihr eine Kusshand zu. Den Pfleger schien die verschwommene Aussprache der Älteren nicht zu stören. Dabei wollte sie gleich in ein Auto steigen, wenn ich das richtig verstanden hatte.

Mit mir, fiel mir ein.

War ihr Lallen am Ende gar nicht die Folge von Alkohol im Dienst, sondern nur ein Sprachfehler?

Hedi führte mich nach links in die Damenumkleide, während Danner und Kuchenbecker nach rechts verschwanden.

Unter dem Türrahmen duckte sich Hedi. Verwundert bemerkte ich, dass sie aufrecht stehend tatsächlich nicht hindurchgepasst hätte. Hedi Sundermann schien eine optische Täuschung zu sein, sie kam mir kleiner vor, als sie war.

Sie hatte die gebeugte Haltung großer Menschen, die es gewohnt waren, sich ständig bücken zu müssen. Ihre Schultern waren nach vorn gesackt und der obere Bereich ihres Rückens hatte sich gekrümmt, sodass sich die Kittelbluse über den Wirbelknochen zwischen ihren Schulterblättern spannte. Außerdem kippte sie beinahe ständig das Becken nach rechts, den Kopf nach links. Ihre Wirbelsäule verbog sich s-förmig.

Und sie war die Person, die den Parfümgeschmack meiner

verstorbenen Oma teilte. *4711 – Echt Kölnisch Wasser.* Jetzt, wo ich mich allein mit Hedi in der engen Umkleide befand, war ein Irrtum ausgeschlossen.

»Der letzte Spind da ist noch frei.« Hedi deutete auf die zahlreichen schmalen Türen eines Blechschrankes. In der hintersten steckte ein Schlüssel. Die Pflegerin selbst trat an ein Regal, in dem weiße Kleidung gestapelt lag. »Weiße Dienstkleidung ist eigentlich out. Die meisten Pflegedienste arbeiten heute in Zivil, das ist diskreter. Aber die van Pels ist noch vom alten Schlag, die lässt sich zumindest von der weißen Oberbekleidung nicht abbringen. Größe achtunddreißig?«

»Passt schon.« Ich knüllte meinen schlabberigen Wollpulli in den Schrank.

»Deine Jacke kannst du dann drüberziehen.«

Ich zog die weiße Kittelbluse, die Hedi mir hinhielt, über mein lila T-Shirt, dessen überlanger Saum darunter hervorragte. Am Bauch schlabberte die Bluse, während ich mich oben am steif gebügelten Stehkragen zugeknöpft fühlte, als hätte man mir nach einem Schleudertrauma eine Halskrause verpasst. Ich öffnete zwei Knöpfe und klappte den Kragen zur Seite. So konnte ich zumindest den Kopf bewegen.

»Warst du schon mal in der Pflege?«, wollte Hedi wissen.

Ich ging mal davon aus, dass sie sich nach meiner Berufserfahrung erkundigte, nicht nach meiner eigenen Pflegebedürftigkeit.

»Nö.«

Ich bildete mir ein, sie einatmen zu hören.

»Hast du Großeltern, Onkel, Tante im Altenheim?«

»Früher mal.« Aber daran konnte ich mich kaum erinnern, als Berufserfahrung zählte das nicht.

»Du weißt aber, dass wir ganz schön zupacken müssen?« Hedis skeptischer Blick hing an meinen nicht gerade muskelbepackten Armen.

Ich musterte die große Frau nachdenklich. Sie hatte sich nicht sonderlich gut gehalten. Sie war ungeschminkt und ihr Gesicht ließ vermuten, sie hatte das arbeitsfähige Alter längst hinter sich. Die äußeren Winkel ihrer blassgrauen Augen standen tiefer als die inneren. Es sah aus, als ob ihre Augen herunterhingen. Genau wie die Mundwinkel, der verkrümmte Rücken und die langen Arme. Bei genauer Betrachtung wirkte Hedi sehr kraftlos. Das Leben und bestimmt auch die Arbeit hatten Spuren an ihrem Körper hinterlassen.

Allerdings schien sie wach und keineswegs betrunken, wie ihre undeutliche Aussprache vermuten ließ. Es musste sich um einen Sprachfehler handeln. Nur ihr kopfschmerzverursachend übertriebener Duftwassergebrauch ließ mich zweifeln. Wozu der Gestank, wenn sie damit keine Alkoholfahne überdecken wollte?

»Will den Job außer mir echt keiner freiwillig machen?«, erkundigte ich mich direkt.

Ein verschmitztes Lächeln wischte die müde Miene von Hedis Gesicht. Sie hatte gemerkt, dass ich sie durchschaut hatte.

»Die Arbeit macht Spaß«, grinste sie. »Aber viele – äh, junge Leute haben's ja nicht so mit der Arbeit …«

Vor allem nicht die, die in knielangen Wollpullis dahergelatscht kamen und aussahen, als verdienten sie sich mit Hanfanbau was dazu.

»Unser letzter Zivi hat sein Handy am Zigarettenanzünder des Dienstwagens angeschlossen und *World of Warcraft* gespielt, statt seine Patienten zu betreuen. Und dann hatten wir ein Mädel im freiwilligen sozialen Jahr – die hat den alten Leuten nebenbei Versicherungen angedreht.«

»Ist nicht dein Ernst!?« Ich lachte auf und Hedi stimmte ein.

»Also feste Schuhe sind wichtig, deine Turnschuhe sind

perfekt«, setzte die Große ihre Einweisung fort, doch nun lächelte sie dabei.

»Und hier im Büro ...«, sie führte mich durch den engen Flur zurück in das kleine Besprechungsbüro, in dem die blasse Anna Willms noch am Schreibtisch saß, »... hier findest du alles, was du für deine Tour brauchst.«

An einem Brett voller Schlüssel war ganz oben eine Reihe Pappschildchen festgesteckt, auf die mit Edding säuberlich die Namen der Mitarbeiter geschrieben waren.

»Unter deinem Namen hängt der Autoschlüssel ...«, Hedi löste den dicken, schwarzen Schlüssel von einem Nagel, »... und die Schlüssel zu den Wohnungen der Klienten.«

Sie nahm einen Schlüssel nach dem anderen vom Brett und hakte sie an einem Karabiner ein.

Unterdessen wurde die Tür ein zweites Mal geöffnet und Danner und Kuchenbecker betraten den Raum.

Ich blinzelte irritiert und es dauerte einen Augenblick, bevor ich wusste, was mich verwirrte: Ich hatte Danner noch nie in Weiß gesehen! Er besaß nur deprimierend dunkle Kleidung, seine Lieblingsfarben waren Schwarz und Anthrazit. Ein blaues T-Shirt war für ihn schon gewagt.

Rasiert und im weißen Hemd sah er so ungewöhnlich sauber aus, dass ich ihn mir kaum noch beim Biertrinken in Molles schmuddeliger Kneipe vorstellen konnte.

»Und das Wichtigste: dein Diensthandy.«

Das Gerät steckte in einer Halterung, die gleichzeitig Ladestation war, neben dem Haken für den Autoschlüssel.

»Ohne das Ding läuft gar nichts. Eigentlich ist es eine Kombination aus Telefon, GPS-Navigationsgerät, Abrechnungs-PC und Stempeluhr. Jeder hat ein eigenes. Es navigiert uns durch die Stadt, wir geben ein, wann wir bei einem Klienten abfahren und beim nächsten ankommen und welche Pflegeleistungen wir erbracht haben. Unsere Arbeit ist dadurch nachvollziehbar. Hat allerdings was von Big Brother, wenn man ständig über GPS geortet werden kann. Anna ...«

Anna Willms winkte uns grinsend vom PC aus zu.

»... Anna ist sozusagen unser ›Großer Bruder‹«, erklärte Hedi augenzwinkernd. Ihrem gut gelaunten Tonfall nach gab es Schlimmeres, als von Anna Willms überwacht zu werden.

»Anna weiß, wer welche Tour fährt und wo er gerade ist. Und wenn ein Klient absagt oder man noch einen Besuch von der Tour eines anderen übernehmen muss, schickt sie eine SMS.«

Die Wunder der Technik.

Hedi steckte Diensthandy und Schlüssel in die Taschen ihrer mausgrauen Regenjacke. »Wir haben alles. Macht es gut, Jungens.«

Ingo Kuchenbecker winkte mit der Eleganz einer britischen Prinzessin. Danner ahmte die Bewegung grinsend nach.

Tag 5

BELLAS BLOG:

DIENSTAG, 16.03 UHR

Dass Bauarbeiter in der Frühstückspause das erste Bier aufreißen, halten viele Menschen für ein Klischee. Genau wie Poster nackiger Frauen im Bauwagen. Oder Wettbewerbe im Lautrülpsen.

Ich weiß es besser. Mario ist Klempner. Damit habe ich genau so einen Bauarbeiter geheiratet.

Ich kann nicht behaupten, ich hätte es nicht gewusst. Denn als ich Mario kennenlernte, hatte er seine Lehre bereits beendet. Erst danach absolvierte er seinen Zivildienst im Krankenhaus. Im gleichen Krankenhaus, in dem ich meine Schwesternausbildung machte.

Ich kann auch nicht behaupten, dass es mich nicht gestört hätte. Es hat mich gestört. Ich traute meinen Ohren nicht, als ich ihn das erste Mal auf einer Baustelle erlebte. In Ballerinas stand ich im Rohbau. Neben einem dröhnenden Betonmischer. Der nach nassem Zement roch. In einer Pfütze.

Mario war sauer. »Verdammte Scheiße! Wer von euch Deppen hat den bewichsten Akkuschrauber abgebrochen?«

Antwort aus der vierten Etage: »Fresse da unten! Hast du den Gammel etwa selbst bezahlt?«

»Komm runter, Scheißstrippenzieher, und es gibt was aufs Maul!«

Privat habe ich Mario anders kennengelernt.

Im Krankenhaus hat er mir Blumen an den Spind gesteckt. Mich mit einem Eisbecher in der Mittagspause überrascht. Er hat Rollstühle geschoben. *Tena Lady*-Bigpacks geschleppt. Und er hat mir Liebesbriefchen an die Vespa geklemmt. Doch dann war der Zivildienst zu Ende. Mario betrat wieder eine Baustelle. Zeitgleich verdrängte er, was eine *Tena Lady* ist.

Na ja, hab ich damals gedacht. Unter Handwerkern herrscht eben ein rauer Ton.

Einen solchen Ton hatte ich vorher nie kennengelernt. Wahrscheinlich ein Grund für mein Entsetzen. Bis zu ihrer Scheidung haben meine Eltern nicht miteinander gestritten.

Probleme? Wurden ruhig und sachlich gelöst. Bei uns wurde diskutiert. Debattiert. Leider zählte Schlagfertigkeit nie zu meinen Stärken. Zu denen meiner Mutter schon.

Irgendwann hab ich's aufgegeben. Und war einfach artig. Bis zu meinem zwölften Lebensjahr habe ich mich nicht getraut, ›scheiße‹ zu sagen. Genau genommen benutze ich Kraftausdrücke bis heute nicht. Höchstens in Ausnahmefällen. Und dann werde ich rot dabei. Immer noch.

Ich bin schon lange keine Schwesternschülerin mehr. Und auch Mario hat sich weiterentwickelt. In der Abendschule hat er seinen Meister gemacht. Mittlerweile ist er Vorarbeiter. Auf den Baustellen hat er das Kommando. Befehligt Gesellen und Lehrlinge. Was aber keineswegs heißt, dass sich sein Umgangston geändert hat. Im Gegenteil. Heute schnauzt er die Leute offiziell an. Mit Genehmigung.

Ich schätze den Tonfall auch heute noch nicht.

Das wollte ich einfach mal loswerden.

5.

»Viele der Dinge, die du heute siehst, werden auf deiner eigenen Tour später nicht vorkommen. Ich bin Gesundheits- und Krankenpflegerin. Drei Jahre Ausbildung und eine staatliche Prüfung brauchst du, damit du dich so nennen darfst. Erst dann zählst du zu den ›Examinierten‹. Pflegehelfer sind immer ungelernt, wie du.«

Vom Beifahrersitz aus hatte ich den winzigen hautfarbenen Apparat entdeckt, der beinahe unsichtbar unter den grauen Haarwellen hinter dem Ohr der Gesundheits- und Krankenpflegerin klemmte. Ein Hörgerät. Hedi Sundermann war schwerhörig. Weil sie weder ihre eigenen Worte noch die anderer Menschen klar verstand, war ihre Aussprache im Laufe der Jahre verwaschen – oder vielleicht auch schon von Beginn an so gewesen. Deshalb hielt sie möglicherweise auch den Kopf so stark zur Seite geneigt.

Ich war erleichtert, dass das Auto, in dem ich saß, nicht von einer Vollstrammen gesteuert wurde. Und mittlerweile hatte ich mich so an ihre Aussprache gewöhnt, dass sie mir kaum noch auffiel.

Deutlich mehr störte mich ihr beißendes Oma-Parfüm. Eine Alkoholfahne schloss ich inzwischen als Grund für die süßliche Duftwolke aus. Aber was war es dann? Fehlender Geruchssinn? Ein Schweißproblem? Oder einfach Geschmacksverirrung?

Hedi lenkte den Dienstwagen, einen sonnengelben Polo mit orangefarbener Beschriftung, durch die Innenstadt. »Als staatlich geprüfte Krankenschwester gebe ich auch Spritzen, wechsele Verbände und so weiter. Die Pflegehelfer brauchen die Patienten natürlich nicht medizinisch zu versorgen.«

Aha. Deshalb wurde ständig zwischen sogenannten Examinierten und Pflegehelfern unterschieden.

»Anna stellt dir eine Tour zusammen, bei der es nur um die Grundpflege geht. Du unterstützt die Klienten bei alltäglichen Verrichtungen wie Waschen, Wickeln, Anziehen oder Essen.«

Ups. Ich horchte auf.

Ich musste gestehen, dass mir, als Hedi das Wort ›wickeln‹ verwendete, das erste Mal bewusst wurde, worauf ich mich eingelassen hatte.

Während Danner von Anfang an weitergedacht haben musste. Im Gegensatz zu mir war ihm offenbar sofort klar gewesen, was es bedeutete, undercover in der Pflege zu ermitteln. Das war eine plausible Begründung, warum sich seine Motivation bei einem derart lukrativen Auftrag in überschaubaren Grenzen gehalten hatte.

Ich atmete tief ein.

Jetzt war es zu spät, wir steckten mittendrin in dem Job. Ich konnte nicht mehr kneifen, wenn ich nicht als totaler Trottel dastehen wollte. Da war ich ja mal wieder mit Anlauf in die Scheiße gesprungen.

»Manchmal hat auch der pflegende Angehörige etwas zu erledigen, der Pflegebedürftige kann aber nicht allein gelassen werden. Dann passt du einfach nur auf, liest dem Klienten etwas vor oder gehst mit ihm spazieren.«

Ja, genau. So was wollte ich machen, bitte.

Hedi rangierte den Polo gekonnt in eine winzige Parklücke. Sie stieg aus und öffnete die Heckklappe, auf der neben einer aufgeklebten Sonne der Schriftzug *Ambulanter Pflegedienst Sonnenschein – Ihr kompetenter Partner für die Betreuung zu Hause* zu lesen war. Ein Metallkasten füllte den winzigen Kofferraum komplett aus.

»Im Pflegekoffer sind Spritzen, Verbandsmaterial, Blutdruckmessgeräte, Insulinpens und so weiter. Aber als Pflegehelferin bekommst du keinen Koffer.«

Eindeutig ein Vorteil, erkannte ich, als ich Hedi die Kiste aus der Hand nahm. Ich war ja die Jüngere, Kräftigere von uns beiden, doch als ich Hedis Pflegeausrüstung hob, musste ich ein Stöhnen unterdrücken: Das Zeug wog gefühlte drei Zentner.

»Unsere erste Patientin heute ist Frau Schröder. Sie wohnt gleich hier in der Nummer sechzehn, allerdings im vierten Stock. Kein Aufzug.«

Na toll. Ich wusste nicht mal, wie ich Hedis Pflegekiste bis zur Tür bekommen sollte. Wann war ich eigentlich höflich geworden?

»Soll ich den Koffer lieber selbst tragen?« Hedi lächelte milde auf mich herunter. Anscheinend konnte man in meinem Gesicht meine Gedanken lesen. »Auch wenn ich es nicht mehr weit habe bis zur Rente, bin ich noch keine Oma, für die man im Bus den Sitzplatz frei macht.«

»Macht heute kein Mensch mehr«, presste ich ironisch zwischen zusammengebissenen Lippen hervor.

Schulterzuckend zog Hedi eine Zeitschrift aus einem Briefkasten im Flur.

Ich zerrte den Pflegekoffer die knarrenden Altbaustufen hinauf.

»Frau Schröder ist eine sehr nette Dame«, erklärte mir Hedi. »Bisher Pflegestufe I wegen MS – multipler Sklerose. Seit ihrem letzten Schub hat sich ihr Zustand allerdings erheblich verschlechtert. Sie zieht in ein paar Tagen um in ein Behindertenwohnheim. Heute sollen wir ihr beim Waschen helfen.«

Vor einer weiß lackierten Wohnungstür im vierten Stock blieb Hedi stehen. Sie klingelte zwei Mal kurz hintereinander und zog dabei schon den klimpernden Schlüssel aus der Tasche.

Klackend öffnete die Pflegerin die Wohnung, bückte sich unter dem Türrahmen hindurch und stand im Chaos. Der Flur war eng. Ein Eindruck, den die rechts und links bis unter die Decke gebauten Kartontürme noch verstärkten.

Hedi schlängelte sich zwischen den Pappwänden hindurch, was ihrer fülligeren Kollegin Agi womöglich nicht mehr geglückt wäre. Während ich mich ebenfalls hindurchzwängte, las ich im Vorbeigehen die säuberliche Beschriftung eines Kartons in Augenhöhe: *Küche – Kaffeeservice rot, Besteck.* Vor meinen Füßen stand ein weiterer offener Karton, gefüllt mit – hui, High Heels. Die alte Dame hatte offenbar eine Vorliebe für schicke Schuhe.

»Oje, Frau Sundermann«, hörte ich eine leicht erschrockene Frauenstimme, als sich Hedi hinter einem letzten Kartonturm durch die Wohnzimmertür duckte. »Ich war so mit Packen beschäftigt, ich hab Sie ganz vergessen. Es ist noch gar nichts vorbereitet.«

»Immer mit der Ruhe, das kriegen wir schon hin«, beruhigte Hedi gelassen. »Ich hab heute Verstärkung mitgebracht. Unsere neue Kollegin Liliana Ziegler.«

Die Selbstverständlichkeit, mit der Hedi mich vorstellte, ließ durchblicken, dass sie schon häufiger neue Mitarbeiter eingearbeitet hatte. Ich folgte ihr ins Wohnzimmer.

Frau Schröder legte ein in Zeitungspapier eingewickeltes Weinglas in den Karton neben dem Reifen ihres Rollstuhls und schloss die Vitrine, in der noch weitere Gläser darauf warteten, für den anstehenden Umzug verpackt zu werden.

»Hallo«, sagte die Patientin, ohne zu lächeln. Sie war schlank und saß in Jeans, einem rosa Shirt und schicken, hochhackigen Lederstiefeln in ihrem Rollstuhl. Sie war geschminkt und hatte ihre rotblonden Locken zu zwei Zöpfen geflochten. Die Frau war allerhöchstens dreißig. Mit den dicken Sommersprossen auf der Stupsnase erinnerte sie an Pippi Langstrumpf – Pippi Langstrumpf im Rollstuhl.

»Mach du schon mal die Wanne fertig, Liliana«, bat mich Hedi, damit ich nicht noch länger blöd glotzen konnte. »Zweite Tür links. Und das Rosenöl-Schaumbad aus dem Regal.«

Sechs Minuten später quoll duftender Schaum aus der Badewanne und Pippi Langstrumpf war nackt. Hedi und ich halfen der jungen Frau ins Badezimmer. Ihr Rollstuhl musste im Wohnzimmer bleiben, weil er nicht zwischen den Kartons im Flur hindurchpasste.

Wir hakten die zierliche Frau Schröder rechts und links unter und führten sie ins Bad, wo noch immer dampfend heißes Wasser in eine schmale Wanne rauschte. Die Schritte der jungen Patientin waren unsicher und eckig und sie beugte den Oberkörper weit nach vorn. Wie Hedi umfasste auch ich mit beiden Händen ihren Oberarm. Ich konnte die Anstrengung spüren, die die zuckende Muskelanspannung sie bei jedem Schritt kostete.

Wie hatte Pippi Langstrumpf nur ihre Superkräfte verlieren können? Das ging doch nicht, wie sollte sie denn ihr Pferd von der Veranda heben?

Plötzlich knickte Frau Schröder ein Bein weg und ihr Körper sackte zur Seite.

Ich hatte von schwedischen Märchen geträumt und brauchte einen Sekundenbruchteil zu lange, um zu begreifen, dass das der Zeitpunkt für meinen Einsatz gewesen wäre. Die Frau kippte in meine Richtung, wir stießen unsanft zusammen, bevor ich endlich meinen Griff fest um ihren Oberarm schloss und ihren Fall abbremste.

Zum Glück hatte Hedi prompt reagiert, sonst wären wir alle drei im Rosenöl-Schaumbad gelandet. Erschrocken umklammerte ich Frau Schöders Arm noch fester, gute zehn Sekunden zu spät. In zehn Sekunden konnte sich Pippi Langstrumpf das Genick brechen! Meine Tagträumerei ließ ich während der Arbeit besser bleiben.

»Sorry«, murmelte Frau Schröder, die ja nun gar nichts dafür konnte, dass ich gepennt hatte.

Pippi Langstrumpf umarmte Hedi wie ein Kind seine Oma. Die große Pflegerin hob behutsam erst das rechte, dann das linke Bein der Patientin in die Badewanne. Ich stand überflüssig daneben.

Ziemlich einfach sah das bei Hedi aus, dabei wog Frau Schröder um einiges mehr als der Pflegekoffer.

»Melden Sie sich, wenn Sie Hilfe brauchen«, empfahl Hedi der jungen Frau, »ich lasse die Tür offen.«

Ein Lächeln huschte über Pippi Langstrumpfs Gesicht, zum ersten Mal.

»Eigentlich müssen wir bei ihr bleiben.« Hedi setzte sich in dem chaotischen Wohnzimmer zwischen einige Umzugskartons aufs Sofa. »Aber sie möchte gern allein baden und ihre Arme funktionieren noch ganz gut.«

Unter einem Pappkarton auf dem Couchtisch zog Hedi einen Schnellhefter aus Plastik hervor. »Fürs Baden oder Duschen haben wir fünfundzwanzig Minuten Zeit, das sind feste Sätze, die für alle Pflegeeinrichtungen gelten. Wir müssten Frau Schröder also in spätestens vier Minuten wieder aus der Wanne holen, um mit dem Anziehen fertig zu werden.«

»Wie bitte?«

»Wir gönnen ihr aber eine Viertelstunde!«, rief Hedi laut in Richtung Badezimmer.

»Find ich korrekt von Ihnen«, antwortete Pippi Langstrumpf aus der Wanne.

»Für solche Verzögerungen haben wir jeden Tag eine halbe Stunde Luft in unseren Tourplänen. Es hat Anna ziemlich viel Mühe gekostet, der Chefin diese halbe Stunde als geschäftsförderndes Qualitätskriterium zu verkaufen. Zeit ist bares Geld in unserem Job und die van Pels fuchst um jeden Pfennig. Aber Anna hat es durchgeboxt und deshalb können wir uns jetzt in Ruhe um die Akte kümmern. Wir dokumentieren Medikamentengaben, Unfälle und Verletzungen, Stuhlgang und wöchentliche Leistungen wie zum Beispiel das Baden. Dann bleiben andere betreuende Personen, wie der behandelnde Arzt, auf dem Laufenden.«

Ich erinnerte mich an die Diskussion, die das Pflegeteam in der Dienstbesprechung führte, als Danner und ich vorgestellt wurden. »Und reicht so eine halbe Stunde mehr Zeit am Tag aus?«

Hedi zog die hängenden Mundwinkel noch ein Stück weiter nach unten. »Den Jüngeren ja.«

»Und dir?«

Hedi seufzte.

»Du machst meistens länger, hm?«, vermutete ich.

»Ich kenne die Arbeit noch anders«, gestand die große Pflegerin. »Früher gab es diese Zeiteinteilung nicht. Wenn du dich wirklich dran halten willst, guckst du nur noch auf die Uhr. Du hetzt dich selbst und die alten Leute. Und die werden unglücklich oder gereizt.« Hedi aktualisierte nebenbei die Daten in der Akte. »Vor zwei Jahren habe ich geglaubt, ich wäre ein Fall für die Frührente. Aber ich mache meine Arbeit gern, und das wollte ich mir nicht von Vorschriften kaputtmachen lassen.«

Hedis Ärger ließ ihre Aussprache schlechter werden. Ich musste mich konzentrieren, um sie zu verstehen.

»Damals habe ich beschlossen, mich einfach nicht mehr hetzen zu lassen. Ich nehme mir die Zeit, die ich für meine Tour brauche. Und wenn das bedeutet, dass ich zwei Überstunden am Tag mache, dann ist das eben so. Basta.«

Hedis kurzer Ärger verpuffte wie ein Maiskorn in der Mikrowelle, als sie mein erstauntes Gesicht sah.

»Du kannst natürlich pünktlich Feierabend machen«, lächelte sie milde.

Was für ein Glück.

»Agi Friedlich, der anderen älteren Kollegin, ging es irgendwann ähnlich wie mir. Vielleicht kann man ab einem bestimmten Alter einfach nicht mehr so gut mit Veränderungen umgehen. Agi macht es jetzt wie ich. Ihre Kinder sind groß, ihr Mann ist letztes Jahr gestorben, und bevor sie auf der Arbeit nur Stress hat und hinterher allein zu Hause sitzt, verbringt sie ihre Zeit lieber mit den Patienten. Das gibt manchmal natürlich Probleme für die andere Schicht, in der die jüngeren Kolleginnen pünktlich zu Hause sein wollen. Das hast du ja in der Besprechung vorhin mitbekommen.«

Hedi sah auf ihre schmale, vergoldete Armbanduhr.

»Deshalb holen wir Frau Schröder aus der Wanne, bevor wir sie zu sehr verwöhnen!«, rief sie.

Pippi Langstrumpf murrte hinter der angelehnten Badezimmertür.

Tag 6

BELLAS BLOG:

MITTWOCH, 22.04 UHR

Heute ging alles daneben.

Es begann mit dem Drachen. In der Frühschicht wurde sie wieder auffällig.

Die Leiharbeiterin rief um Viertel nach acht an. Der Drachen hatte sie aus der Wohnung gejagt. Bewaffnet mit einem Besen. Und ließ sie nun nicht mehr herein.

Also bin ich einen Umweg gefahren. Habe dem Drachen den Besen weggenommen. Ohne die Waffe wurde sie noch auffälliger. Und bevor ich die alte Frau beruhigen konnte, stand auch noch ihre Tochter vor der Tür. Zum täglichen Besuch.

Der Drachen griff zum nächstbesten Blumentopf. Aus Mangel an Besen. Im Kübel steckte eine achtzig Zentimeter hohe Zimmerpalme. Körperlich ist die Frau wirklich noch fit.

Die Drachentochter ist Anfang sechzig. Und nicht weniger verhaltensauffällig als ihre Mutter. Auch ohne Demenzerkrankung. Die Situation war ein willkommener Anlass, ihr schlechtes Gewissen zu beruhigen. Sie ignoriert nämlich, dass ihre Mutter nicht mehr allein in ihrer Wohnung bleiben kann. Stattdessen verlangte sie, dass ich ihrer Mutter etwas zur Beruhigung verabreichte. Damit sich die arme, alte Frau nicht länger aufregen müsse.

Pflegepersonal, das Patienten mit Medikamenten ruhigstellt, finde ich schlimm. Kinder, die ihre Eltern ruhigstellen wollen, erbärmlich.

Diese Meinung habe ich der Drachentochter höflich mitgeteilt. Es hat genau eineinhalb Minuten gedauert, bis sie sich bei der Chefin beschwert hat.

Ich hasse so was.

Ich bin seit zehn Jahren im Beruf. Die öffentliche Meinung über das Ruhigstellen von Patienten ist auf meiner Seite. Und erst neulich habe ich ein Rhetorikseminar besucht, um meine Meinung verständlich ausdrücken zu können.

Doch vor der Bürotür der Chefin war mir übel. Vor Aufregung. Ich kam mir vor, als wäre ich bei einer Mathearbeit beim Spicken erwischt worden. Und müsste mir den Tadel vom Rektor abholen.

Ich bin nie beim Spicken erwischt worden. Ehrlich gesagt, habe ich nie gespickt. Weil ich eine Streberin war, die immer alles wusste. Weil ich zu feige war. Was mich zu der Streberin, die immer alles wusste, hatte werden lassen. Und weil ich höchstwahrscheinlich zu

ungeschickt gewesen wäre. Ich hätte dem Lehrer den Spickzettel vor die Füße kullern lassen.
Weil ich nie gespickt habe, bin ich nie beim Spicken erwischt worden. Ich weiß nicht, ob man sich vor dem Büro des Rektors genauso mies fühlt wie vor dem Büro der Chefin.
Jedenfalls fühlte ich mich krank. Mein Kopf hatte die Farbe einer schimmelnden Tomate. Mein Gesicht wechselt seine Farbe wie eine Verkehrsampel, wenn ich aufgeregt bin. Und mein Gehirn streicht sämtliche Qualifikationen, Fortbildungen und Schulungen aus dem Gedächtnis.
Ich habe die Standpauke ziemlich wortlos hingenommen. Die Chefin ist Geschäftsfrau. Und benimmt sich auch so. Mit Angestellten spricht sie immer zu laut. Besonders, wenn ihr was nicht passt. Man überlegt vorher, ob man es auf ein Gespräch mit ihr ankommen lässt.
Ein einziges Mal habe ich ein piepsiges ›aber …‹ hören lassen. Immerhin bin ich – im Gegensatz zu ihr – im Besitz einer medizinischen Ausbildung. Und es war nicht mein Primärziel, eine zahlende Kundin zu vergraulen. Ich wollte lediglich das Beste für den Drachen.
Über dem rechten Auge der Chefin trat eine dicke, blaue Ader hervor. Die Ader brachte mich zum Schweigen. Widerspruchslos hörte ich mir den Rest der Standpauke an. Dass mein Arbeitseifer fehl am Platz wäre. Das Beste für den Drachen sei, dass ihre Tochter weiterhin unsere Rechnungen bezahlt. Statt einen anderen Pflegedienst zu beauftragen.
Im Auto habe ich geheult. Ich bin zweiunddreißig Jahre alt und heule, wenn mir der Rektor einen Tadel verpasst. Warum kann ich meinen Mund nicht aufmachen? Warum kann ich nicht zu einer Entscheidung stehen? Nicht mal zu einer richtigen? Warum habe ich kein Rückgrat? Ist Rückgrat nicht etwas, das man mit zweiunddreißig haben sollte?
Zu Hause habe ich weitergeheult. Dann ferngesehen. Talkshows. Bei allen Drachen sollten Talkshows laufen. Dann wäre ein Großteil des Valiums überflüssig.

Nach vier Stunden TV-Zankerei fühlte ich mich immer noch mies. Aber ich hatte vergessen, warum.
Dann kam Mario nach Hause. Mit einem lauten Poltern. »Verdammte Scheiße, kann die nicht ein Mal ihre Latschen wegpacken?«
Ich hatte plötzlich das Bedürfnis, mir die Sofadecke über den Kopf zu ziehen. Eigentlich wollte ich mich bei Mario über die Chefin beschweren. Weil ich weiß, dass er sie für inkompetent hält. Und geldgeil. Und für die komplette Fehlbesetzung ihres Postens.
Die Wohnzimmertür prallte gegen die Wand. Die Klinke hat an der Stelle mittlerweile eine Kerbe hinterlassen.
Marios Begrüßung: »Wie oft hab ich dir gesagt, dass die Schuhe ins Regal gehören?!«
Mario ist nicht größer als ich. Genau genommen ist er sogar kleiner. Zwei Zentimeter. Deshalb trage ich selten Schuhe mit Absätzen. Und knicke ein Knie ein, wenn ich neben ihm stehe. Aber er ist ziemlich kräftig. In den letzten Jahren hat er zugenommen. Blonde Haare. Und dunkle Brauen. Wenn er wütend ist, ziehen sie sich zu einem schwarzen Balken zusammen. Und über seiner Nase entsteht eine scharfe senkrechte Falte.
Mario war wütend.
Die Falte über der Nase teilte den Brauenbalken in zwei Hälften. Ein Grund für seinen Ärger ist seine Baustelle bei Osnabrück. Eineinhalb Stunden fährt er morgens hin. Und abends eineinhalb Stunden zurück. Er ist selten vor acht zu Hause.
Der andere Grund für seine Wut waren meine Schuhe.
»Es ist ein Handgriff, die Schuhe nach dem Ausziehen ins Regal zu stellen! Das müsstest sogar du schaffen. Ich weiß, dass du immer länger brauchst, um dir was zu merken. Aber nach zehn Jahren solltest auch du es irgendwann kapieren.«
»Ist ja gut!«
Ich huschte in den Flur. An Mario vorbei. Die Schuhdiskussion fehlte mir noch. Die würde den Scheißtag komplett machen. Schnell platzierte ich die Ursache des Ärgers im Regal.

Im Wohnzimmer schaltete Mario zum Sport.

Ich ging nicht zurück. Ich schlich die Treppe hinauf. In mein Zimmer. Schaltete mein Notebook ein.

Und hier sitze ich immer noch.

Allerdings hat Mario mir vor ein paar Minuten einen heißen Kakao gebracht.

Morgen gebe ich dem Drachen den Besen zurück. Die Medikamente werden abgesetzt. Für den echten Notfall aufgehoben, für den sie bestimmt sind. Und die Drachentochter soll ihre Mutter endlich zu sich nehmen. Oder sich um einen Platz im Seniorenheim kümmern. Das kriegt sie jetzt schriftlich.

6.

Anna Willms, die Leiterin des Pflegedienstes, hatte mich absichtlich Hedi Sundermann zugeteilt. Und Hedi hatte ihre Tour heute absichtlich mit Frau Schröder begonnen. Wahrscheinlich hatte sie schon unzählige Pflegehelfer und Praktikantinnen vor mir auf die gleiche Weise eingearbeitet.

Das wurde mir bei der letzten Adresse auf unserer Fahrt klar. Seit wir heute Mittag Pippi Langstrumpf in die Badewanne geholfen hatten, hatte Hedi die Dosis stetig gesteigert.

Mittlerweile wusste ich, dass eine *Tena Lady* eine Windel für Blasenschwache war. Ich hatte in einer schlecht beleuchteten Wohnung mit einer boshaften, alten Frau Tee aus sehr, sehr schlecht gespülten Tassen getrunken. Und ich hatte erlebt, wie Hedi mit Ehrfurcht gebietender Gelassenheit hinnahm, dass ihr ein höchstwahrscheinlich besoffener Opa an den Busen grapschte. Sollte das einer bei mir wagen, würde ich ihm die Nüsse knacken. Egal, ob er im Rollstuhl saß oder nicht.

Es dauerte einen Augenblick, bis ich mich daran erinnerte,

dass ich hier ja nur ermittelte, also niemals eine eigene Tour haben würde und diese Arbeit nie allein machen musste.

Ich starrte noch immer verständnislos auf Hedis gebeugten Rücken, als sie jetzt die letzte Wohnungstür für heute öffnete.

Drinnen roch es nach Tod. Der Gestank lenkte meine Aufmerksamkeit zu unserem Job zurück. Noch nie war mir aufgefallen, dass man die Anwesenheit des Todes tatsächlich riechen konnte.

Konnte man wirklich. Er roch nach Scheiße.

»Du hast schon Feierabend. Willst du wirklich noch mitkommen?«

Hm.

Ich hielt Hedis mildem Blick stand. Mittlerweile hatte ich auf dem Schild an ihrer Kittelbluse den Zusatz *Stellv. Teamleitung* unter ihrem Namen entdeckt. Der erste Eindruck, den Hedi erweckte, täuschte. Sie war nicht die überforderte Altlast, die mit dem Tempo der jüngeren Pflegekräfte nicht mithalten konnte, auch wenn die wasserstoffblonde Brezel sie in der Dienstbesprechung so dargestellt hatte. Sie war sogar verdammt gut und sie war die Stellvertreterin von Anna Willms.

Ich hielt es für durchaus möglich, dass Hedi mich testen wollte. Ob ich schon nach meinem ersten Tag von den *Tena*-Windeln und dem Pflegekoffer-Wuchten genug hatte. Ob ich die Flucht ergriff vor dem Gestank nach Fäkalien, Urin und Zigaretten. Hedis verständnisvolles Lächeln war eine eindeutige Herausforderung. Aber nicht mit mir!

»Ich lass dich doch deinen Koffer nicht allein schleppen«, tippte ich mir an die Stirn.

Hedi nickte anerkennend. »Frau Schiller ist unser schwerster Fall heute. Zweiundsechzig Jahre, zwei Schlaganfälle, dazu Alzheimer-Demenz. Endstadium, vollkommener Sprachverlust. Sie vegetiert nur noch vor sich hin. Pflegestufe III plus Zusatzleistungen.«

Ich atmete noch einmal tief ein, bevor ich Hedi in die Wohnung folgte. Die Luft war dick wie Sirup, der Flur dunkel, kurz und unordentlich. Eine mit Jacken überfüllte Garderobe, darunter ein Durcheinander aus Schuhen und Handtaschen, ein fleckiger Spiegel, eine Kommode, auf der ich Halstücher, Portemonnaies, Taschen, zerknüllte Kassenbons und drei benutzte Kaffeetassen entdeckte.

Puh.

»Pflegedienst *Sonnenschein*«, rief Hedi durch die offen stehende Wohnzimmertür. »Guten Abend, Frau Schiller.«

Sie bekam ein Brummen zur Antwort.

Ich warf einen Blick in den von Zigarettenschwaden vernebelten Raum. Eine dicke Frau im Jogginganzug saß rauchend zwischen Schmutzwäsche und Chipstüten vor dem Fernseher.

»Die junge Frau Schiller ist die Schwiegertochter unserer Patientin.« Hedi bückte sich unter der nächsten Tür hindurch.

Hm, Frau Schiller junior hatte die Arbeit offensichtlich noch nicht für sich entdeckt.

Der kleine, düstere Raum, in den ich Hedi folgte, war die Quelle des wirklich üblen Geruchs. Urin, Fäkalien, Mundgeruch – Verwesung.

»Die Schiller hat die Bude wieder den ganzen Tag nicht gelüftet«, zischte Hedi verärgert, während sie das Licht einschaltete und die Zimmertür hinter uns schloss. »Wenn du mich fragst, war die überhaupt nicht hier drin. Aber das Pflegegeld abkassieren.«

Es wurde hell im Zimmer, das von dem riesigen, verstellbaren Pflegebett in der Mitte des Raumes beinahe ausgefüllt wurde. Die gewaltige Mechanik ließ jedes Bettelement in jede denkbare Position verstellen. Seitlich baumelte ein Urinbeutel, ein summender Motor pumpte die mit Luft gefüllte Matratze auf, in den aufgebauschten Kissen versank das winzige, eingefallene Gesicht der Patientin.

»Hallo, Frau Schiller. Lassen wir erst mal ein bisschen frische Luft herein, ja?«

Hedi hatte beide Fensterflügel weit aufgerissen. Ich sog die kalte Abendluft ein, als würde ich nach einem langen Tauchgang endlich wieder an die Oberfläche gelangen.

Hedi trat ans Bett und betrachtete kurz und aufmerksam das Gesicht der alten Frau, bevor sie deren Hand nahm. »Ich bin's, Hedi Sundermann vom Pflegedienst *Sonnenschein.* Wir kennen uns ja, Frau Schiller, nicht wahr?«

Plötzlich hatte sich der typische Krankenschwestertonfall in Hedis Stimme geschlichen. Dieser fröhlich-blöde Singsang, den ich bei meinen eigenen, recht zahlreichen Krankenhausaufenthalten oft genug gehört hatte, wenn morgens die Vorhänge aufgezogen und die Fenster geöffnet wurden.

»Guten Morgen, Liliana! Wollen wir erst mal ein bisschen frische Luft hereinlassen und nachsehen, ob die Sonne scheint, nicht wahr?«

Womöglich gab es auf den Schwesternschulen ein eigenes Ausbildungsfach. Patientenverarsche für Anfänger oder so. Wer diesen Ton benutzte, erwartete keine Antwort.

»Nein danke, ich würde heute gern ersticken!«, hatte ich gelegentlich erwidert, war aber immer überhört worden.

Die Frau im Bett öffnete nicht einmal die Augen.

»Ich habe heute unsere neue Pflegerin Liliana mitgebracht«, zwitscherte Hedi optimistisch weiter. »Sehen Sie sie doch mal an.«

Erst jetzt bemerkte ich, dass ich noch immer mit dem schweren Pflegekoffer in der Hand in der Zimmertür stand. Zögernd trat ich einen halben Schritt näher.

Die Hände der Patientin waren mager, knochig, von blauen Adern und dunklen Flecken überzogen. Die verkrampft zusammengepressten Finger hielt die Frau auf die Brust gedrückt, wie ein Äffchen seine Pfoten. Hedi streichelte der Patientin sanft den dünnen Unterarm. Neben der Bettlägrigen wirkte die Pflegerin gesund und kräftig. Dabei mussten beide Frauen in etwa gleich alt sein, erinnerte ich mich. Doch die Frau im Bett hätte auch eine Hundertjährige sein können. Weiße Haarfusseln standen sperrig von ihrem in die Kissen gepressten Kopf ab, die Augen über den hohlen Wangen hielt sie weiter geschlossen. Schwer zu sagen, ob sie Hedi überhaupt gehört hatte.

»Liliana ist so ein hübsches Mädchen. Mit großen, blauen Augen, fast wie Sie selbst früher. Na, dann werden wir Sie mal für die Nacht fertig machen. Dazu nehme ich die Bettdecke zur Seite.«

Eine Dunstwolke von Urin und Fäkalien, gegen die selbst Hedis *Kölnisch Wasser* nicht anstinken konnte, füllte den Raum. War das der Grund für die Duftwasserverschwendung?

Unter der Decke kam ein magerer, kleiner, merkwürdig zusammengekrümmter Körper zum Vorschein. Die dünnen Beine an den Bauch gezogen, ähnelte die Haltung der Frau einem Fötus im Mutterleib.

Hedi schlug auch das Nachthemd zur Seite, das wie ein OP-Hemd nur über die Arme gezogen und mit einem Bändchen im Nacken befestigt worden war. »Der Stuhlgang hat heute geklappt, das ist ja schön!«, freute sich die Pflegerin und streichelte der Patientin über die Wange.

Ich zuckte erschrocken zurück, als die kranke Frau plötzlich die Augen öffnete.

»Kann sie uns hören?«, fragte ich leise.

Hedi lächelte Frau Schiller an: »Natürlich. Leider hat sie durch die Schlaganfälle und die Demenz ihre Sprache komplett verloren. Sie hat sich vollständig in ihre eigene Welt zurückgezogen. Inwieweit sie die Bedeutung meiner Worte erfasst, weiß ich nicht. Aber hören kann sie uns ganz sicher.«

Plötzlich gab die Patientin ein lautes Stöhnen von sich.

Noch einmal zuckte ich zurück, obwohl ich dem Bett bisher sowieso nicht nennenswert näher gekommen war. War das eine Antwort gewesen? Hatte die Frau Hedi etwa verstanden?

Hedi deutete auf die wie beim Ballett spitz nach unten gerichteten Füße der Frau: »Die Schlaganfälle haben Spastiken ausgelöst. Diese Verkrampfungen sind sicher schmerzhaft.«

Der ganze zusammengekrümmte Körper schien verkrampft.

»Wir werden Sie jetzt ein wenig frisch machen, Frau Schiller!«, erklärte Hedi freundlich.

Die Bettlägrige schloss die Augen wieder.

»Die saugfähige Bettunterlage muss gewechselt werden. Dabei kannst du mir ein bisschen helfen, Liliana.«

Oi.

Hedi wartete geduldig lächelnd, bis ich den Sinn ihrer Worte erfasst hatte. Zum ersten Mal an diesem Tag ging mir ihre Seelenruhe ernsthaft auf den Geist. Genervt rumste ich den schweren Pflegekoffer auf den bekrümelten Teppich.

Tag 10

BELLAS BLOG:

SONNTAG, 14.49 UHR

Gestern war Waltrauds sechzigster Geburtstag.

Ein rauschendes Fest. Wie immer. Zu Ehren der sechsten Null ein besonders rauschendes.

Rauschende Feste sind in Marios Familie Tradition. Seine Eltern feiern einfach alles.

Und sie laden alle Menschen ein, die zufällig dieselben Hobbys betreiben wie sie. Zum Beispiel den Kegelklub. Oder die Discofox-Truppe. Und die Seniorengymnastikgruppe der Rheumaliga. Sie laden auch sonst jeden ein, den sie länger als drei Wochen kennen. Selbstverständlich war meine Mutter gestern ebenfalls eingeladen.

Samstagabend trafen sich also alle wieder. Nicht nur Harry, Waltraud und meine Mutter. Auch Tante Minna mit den Stuhlgangproblemen.

Inzwischen wissen also der Kegelklub, der Tanztrupp und die Seniorengymnastikgruppe über meine Unterwäsche Bescheid. Und über Tante Minnas Verstopfung. Die sich nach einer zweitägigen Kartoffelsaftkur gebessert hat.

Ansonsten war der Abend ganz nett.

Nach dem dritten Bier ist Mario durchaus in der Lage, mich zum Tanzen aufzufordern. Und nach dem dritten Sekt stört mich Harrys Schlagermusik auch nicht mehr.

Na schön. Nach dem vierten Sekt habe ich mir vom Tanztrupp den New-Yorker-Schritt beibringen lassen. Um ihn nach einem weiteren Glas zusammen mit zwei Hüftkranken vorzuführen.

Heute Morgen gegen drei waren wir wieder zu Hause. Und hatten den Sex des Monats.

7.

Uff.

In Molles Kneipe ließ ich mich neben Danner auf einen Stuhl fallen. Nach Hedi Sundermanns Altenpflegecrashkurs fühlte ich mich, als hätte man mich in kaltes Wasser geworfen, um mir das Schwimmen beizubringen.

Dabei war es am Ende gar nicht schwierig gewesen, der bettlägrigen Frau Schiller den Hintern abzuwischen und eine frische Windel anzulegen. Irgendwie war ich sogar erleichtert zu wissen, dass die hilflose Frau in einem sauber duftenden Bett lag, denn dass ihre Schwiegertochter heute noch mal nach ihr sah, war nicht zu erwarten.

»Eigentlich müssten Pflegekräfte viel besser bezahlt werden«, erinnerte ich mich noch an die Worte meiner Mutter, als wir meine Oma im Altenheim besuchten. *»Also ich könnte das nicht.«*

Damit meinte sie genau das, was ich heute gelernt hatte: Windeln wechseln. Und meine Mutter war nicht die Einzige, die sich vor den Ausscheidungen des menschlichen Körpers fürchtete. Wahrscheinlich ekeln sich die meisten Menschen vor ihrer eigenen Klobürste. Merkwürdig, wenn man bedachte, dass Hunderttausende von Hundebesitzern tagtäglich ganz selbstverständlich die Kacke ihres vierbeinigen Lieblings vom Bürgersteig sammelten, sorgfältig in einem Plastiktütchen verstauten und in ihren Handtäschchen abtransportierten.

»War dein Tag auch so toll wie meiner?«, wollte Danner wissen.

Molle schob mir eine dampfende Teetasse hin und auf einem Extrateller eine halbierte Zitrone. Seine kleine, schwarze Hündin Mücke hopste auf meinen Schoß und hechelte mir ins Gesicht.

»'n Traumjob«, murrte ich und presste den Saft beider Zitronenhälften in den Tee. Der Uringeruch pappte mir noch immer in Nase und Rachen. Nicht mal der in mein Gesicht gehechelte Hundeatem von Molles haariger Mitbewohnerin konnte das übertreffen. Da schien mir die scharfe Zitronensäure gerade richtig, um den klebrigen Gestank wegzuätzen.

»Haste schon 'ne Idee?«, erkundigte ich mich, während mich die Wärme des Tees und die Wärme von Molles Kneipe allmählich entspannten. Bei Molle gab es noch karierte Tischdecken, Topfpflanzen und Fußballfotos, einen blinkenden Flipper, ein Dartspiel und Schnitzel Pommes rotweiß. Und natürlich den gemütlichen Wirt, der sich jede Schnapsgeschichte geduldig noch ein dreihundertfünfzehntes Mal anhörte. Praktischerweise lag diese unerschöpfliche Quelle an Nahrung und Bier genau zwei Stockwerke unter unserer Detektei.

»Ich hab nicht mal eine Ahnung, wo wir anfangen sollen«, gestand Danner. »Ich hab mir von der van Pels eine Liste aller in den letzten vier Jahren Verstorbenen geben lassen – streng geheim natürlich, wegen des Datenschutzes. Aber eine Chance sehe ich nur, wenn wir dicht genug an die Mitarbeiter rankommen. Das Positive an dem Fall: Wir haben Arbeit für Wochen.«

Plötzlich hatte ich wieder das Gefühl, Urin und *Kölnisch Wasser* zu riechen, und hielt mir rasch meine Teetasse unter die Nase.

»Tolle Aussichten«, stöhnte ich.

»Du wolltest den Auftrag doch unbedingt«, stichelte Danner. »Ich hab nicht ›Hier‹ geschrien.«

Arsch. Er hätte mir seine Bedenken dem Fall gegenüber ja auch mal mitteilen können.

»Dir hat dein Verehrer doch alle Türen aufgehalten«, giftete ich. »Ich hab der rentennahen Übereifrigen den ganzen Tag ihren Zehn-Zentner-Koffer hinterhergeschleppt.«

Danner rieb sich grinsend das rasierte Kinn.

»Hat dir die van Pels eigentlich vorher gesteckt, dass dein Freund Kuchenbecker auf deine Muckis abfährt?«, wollte ich wissen.

»Reines Glück«, zuckte Danner die Schultern. »Ich dachte mir, die Chancen, auf einen Homosexuellen unter den Krankenpflegern zu treffen, sind höher als bei Bundeswehrsoldaten oder Baggerfahrern.«

Danners schöne Tarnung basierte also auf einem bescheuerten Vorurteil und der Kerl hatte auch noch Schwein genug, um mit seiner politisch vollkommen unakzeptablen Einstellung recht zu behalten.

»Nebenbei ist die Arbeit als schwuler Pfleger auch nicht so bezaubernd harmonisch, wie du dir das vorstellst.« Danner griff nach seinem Bierglas. »Bei den jüngeren Menschen mag die Toleranz heutzutage ja selbstverständlich sein, aber bei der Generation, die Betreuung braucht, sieht das anders aus. Da freut sich nicht jeder Opa über die hübsche Farbe des Lippenstiftes, wenn der Kerl, der ihn trägt, ihm die Hose wechseln soll.«

»Du durftest also auch Einblick in die schönen Seiten des Jobs gewinnen«, stellte ich fest. »Die Todesengel-Theorie bringt uns jedenfalls nicht weiter. Wenn hier einer aus Mitleid kranke Menschen umbringen würde, dann müsste meine letzte Patientin schon lange tot sein.«

»Den Eindruck hatte ich auch.« Danner starrte in sein Bier.

Waren ihm die heutigen Pflegeerfahrungen tatsächlich nahe gegangen?

Als er meine Verwunderung bemerkte, leerte Danner sein Glas auf ex. »Und um den Eindruck zu verdauen, brauch ich noch 'n halben, Molle.«

Tag 11

BELLAS BLOG:
MONTAG, 22.54 UHR

Ich korrigiere meinen letzten Eintrag: Den Sex des Monats hatte ich vor einer halben Stunde. Kein Grund, mich über Langeweile im Bett zu beschweren. Trotz Hochzeit.

Dabei hatte ich zuerst Grund zur Scheidung. Nach halb acht kam Mario nach Hause. Der Abfalleimer im Bad war Auslöser der Ehekrise. Wie gesagt, ich bin kein Naturtalent in Sachen Hausarbeit. Bei den

Patienten leere ich sorgfältig jeden Aschenbecher. Aber meinen eigenen Müll trage ich nur alle zwei Wochen raus.
Vor ungefähr einer Woche habe ich die verdächtige Tupperdose im Kühlschrank entdeckt. Eine gelbe Flüssigkeit war durch das milchige Plastik zu erkennen. Darin eine wabbelige, weißliche Substanz. Die sich zu bewegen schien. Sicherheitshalber ließ ich das Ding verschlossen. Mittlerweile meine ich, dass es sich um ein Stück mittelalten Gouda gehandelt haben muss. Das Haltbarkeitsdatum wurde ungefähr Pfingsten überschritten.
Ich habe die chemische Bombe samt Tupperdose entsorgt. Im Mülleimer im Bad. Ich stopfe immer sämtliche Abfallbehälter im Haus voll. Um dann in einem Gang alle Beutel auf einmal einzusammeln. So muss ich den Weg zur Tonne am Carport nicht öfter als nötig machen. Für die Hygiene unseres Haushalts wäre es von Vorteil, häufiger einen Müllbeutel mit hinauszunehmen. Meint Mario. Eine Idee, die einige Argumente auf ihrer Seite hat. Was dagegenspricht, ist die Tatsache, dass auch Mario jeden Morgen an der Mülltonne vorbeikommt.
Jedenfalls hat Mario bei einer längeren Sitzung auf ebendiesem Klo besagten Abfalleimer inspiziert. Die folgende Formulierung konnte ich problemlos in der Küche verstehen.
»Bella! Bei drei bist du hier und schaffst diese Seuchenstation aus dem Haus! Oder du kannst gleich mit in der Mülltonne einziehen! Das Klima scheint dir ja zu gefallen!«
Ich war nicht in der Stimmung, klein beizugeben. Und um des lieben Friedens willen einfach den Müll rauszutragen.
»Wieso ich? Du kommst auch jeden Morgen an der Tonne vorbei.«
Widerspruch macht Mario richtig sauer. Er glaubt, er würde sechs Stunden am Tag länger arbeiten als ich. Und seine Arbeit sei viel anstrengender als meine. Da sei es mehr als gerecht, wenn ich die Hausarbeit übernähme.
Das sehe ich anders. Ich habe genauso einen Vollzeitjob wie er. Außerdem muss ich jedes zweite Wochenende durcharbeiten. Und

ich kann nichts dazu, dass ich nicht quer durch Deutschland geschickt werde. Und trotzdem mehr Geld bekomme.
Ich erledige sowieso den größten Teil der Hausarbeit. Da ist es nicht zu viel verlangt, dass er auch mal den Müll mitnimmt.
Wenn ich mit Mario diskutiere, kann ich besser argumentieren als gegenüber der Chefin. Trotzdem konnte ich ihn noch nie von meiner Meinung überzeugen. Was nicht heißt, dass ich aufhöre, es zu versuchen.
Diese Streits enden meist damit, dass Mario rumbrüllt.
Und ich mich im Badezimmer einschließe.
Und heule. Nicht heldenhaft, ich weiß. Aber es funktioniert. Es dauert drei bis fünf Minuten, bis Mario sich wieder beruhigt hat. Und meist folgt auf so einen Streit der Sex des Monats.
Sina ist eifersüchtig deswegen. Sie würde Luftsprünge machen vor Freude, wenn ihr Dauerlover Dieter sie mal anbrüllen würde. Und danach auf dem Wäschetrockner vernascht.
Spontanität ist nicht Dieters Stärke. Er ist ein Studierter, mit Strickjacke und Hornbrille. Legt Wert auf Körperpflege. Benutzt Anti-Aging-Creme. Und tönt regelmäßig seine Schmalztolle. Ein frisch bezogenes Bett und geputzte Zähne sind für Dieter Grundvoraussetzungen für Sex. Und wenn ein Computer in der Nähe ist, ist das Ding interessanter als die Frau.
Insofern kann ich mich über Mario nicht beschweren.
Weder ein Computer noch der Fernseher interessieren ihn mehr als ich.
Nur ich …
Das muss ich zugeben, wenn ich ehrlich bin. Und ich schreibe hier ja mein Tagebuch, da kann ich ja mal ganz offen sein. Zur Abwechslung.
Wenn ich die Wahl hätte. Zwischen Sex auf dem Wäschetrockner und dem großen Rosamunde-Pilcher-Sonntagsfilm.
Ich würde einen Augenblick überlegen …

8.

»So ein Mist!«, fluchte die wasserstoffblonde Janine Hinze, als ich am nächsten Morgen um Viertel vor sechs in die von einer einzelnen, flimmernden Neonröhre erleuchtete Damenumkleide des Pflegedienstes trat.

Heute sollte Janine, die Brezel, mich mit auf ihre Tour nehmen, während Danner der älteren, moppelig-fröhlichen Agnes Friedlich zugeteilt war.

»Dann rück mal meine Kröten rüber, Schätzchen«, lachte die schöne Türkin Gülcan und schlüpfte in ihre Turnschuhe.

Janine drückte Gülcan einen Zwanzigeuroschein in die Hand.

Offensichtlich sah man mir meine Verwirrung an.

»Ich hab gewettet, Hedi vergrault dich am ersten Tag«, erklärte mir Janine mit gerümpfter Nase.

»Echt?« Ich sah verwundert an mir hinunter. »Seh ich denn aus wie ein Weichei? Eine Handtaschenträgerin? Eine FDP-Wählerin?«

»Quatsch.« Gülcan hob immer noch grinsend einen Daumen. »Ich hab gleich gesagt, dass du dich nicht von ihr kleinkriegen lässt.«

Janine knöpfte knurrend ihre Kittelbluse über ihrem pinkfarbenen Shirt zu – allerdings nur die unteren drei Knöpfe, sodass die weiße Aufschrift auf ihrem Busen gut lesbar blieb.

Blog it!, stand da.

Hinter mir ging die Tür auf. Die kleine, rundliche Agi Friedlich kam herein, und weil dieser Raum wie alle anderen hier im Keller zu klein für mehr als drei Menschen war, schob ich mich zwischen Janine und Gülcan hindurch zu meinem Spind ganz am Ende der Reihe.

»Wollt ihr mal lachen, Leute?«, prustete Agi los, kaum dass sie die Tür hinter sich geschlossen hatte. Sie hatte ihre grauen Locken im Kopfbereich oberhalb der Ohren wieder mit einer Menge Haarklammern gebändigt, unterhalb der Ohren kräuselten sie sich lustig um ihr Gesicht. Ihre Pausbacken leuchteten rot und in ihren fröhlichen Augen standen Tränen vor Lachen.

»Was ist?«, wollte Gülcan wissen.

Janine giggelte, obwohl sie ja noch gar nicht wusste, was Agi sagen wollte. Und ich stellte fest, dass auch ich bei Agis Anblick unwillkürlich zu grinsen begonnen hatte. Ihr Lachen war ansteckend.

Dafür, dass es noch nicht einmal sechs Uhr in der Früh war, war die Stimmung in der Umkleide auffallend gut.

»Das hier«, Agi wischte sich die Augen, »habe ich an meinem Diensthandy gefunden.«

Sie hielt uns einen violetten, selbsthaftenden Notizzettel entgegen.

Janine Hinze warf einen Blick auf das Klebchen und kicherte schrill: »Wie süß!«

Gülcan und ich drängelten uns an der Blondine vorbei, um die Worte ebenfalls lesen zu können.

Lieber Ben, stand da, *heute Abend singe ich ab 20.00 Uhr im* ›Fredo's‹ *im* Bermuda3Eck. *Ich lade dich herzlich ein, dabei zu sein. Dein Ingo*

Dein Ingo? Hätte mir Danner vielleicht irgendwas erzählen sollen?

»Meint ihr etwa, der Neue ist auch schwul?«, begriff Gülcan bemerkenswert spät.

»Hallo?«, krähte Janine. »Hast du den engen Pulli gestern nicht gesehen? Oder mal an dem gerochen? Der hat sogar gepflegte Fingernägel, der Typ.«

Ja, seit gestern Vormittag, um genau zu sein.

»Hallo?«, äffte Gülcan Janines Tonfall nach. »Woher soll ich mich da auskennen? So lange bin ich noch nicht deutsch und schwule Türken gibt's nicht so viele.«

Ich wunderte mich. Gülcan sprach akzentfrei, besser als Janine, bei der der Slang ab und zu das Hochdeutsch zu verdrängen drohte. Kein Kopftuch und kein Rock, ich war davon ausgegangen, dass Gülcan in Deutschland geboren worden war.

»Unser lieber Ben ist jedenfalls schwul wie die Nacht«, tönte Janine. »Ich wette, er geht heute Abend mit Ingo aus. Hältst du wieder dagegen?«

Sie sah Gülcan herausfordernd an, doch die war sich diesmal offenbar nicht sicher.

»Schön wär's doch für unseren Ingo«, fand Agi.

»Klar, der Neue ist 'ne Sahneschnitte«, trötete Janine. »Die sind doch immer schwul.«

Ich kratzte mich am Kopf. Danner war ein unrasierter Schnüffler mit einer Vorliebe für Frauen und Bier. Wahrscheinlich nicht bindungsfähig und definitiv nicht schwul.

Außerdem war er bereits seit einem halben Jahr mit mir zusammen – weswegen man die Bindungsunfähigkeit allmählich mal überdenken konnte. Aber selbstverständlich würde er heute Abend mit Ingo Kuchenbecker ausgehen.

»Eigentlich sollten wir auch hingehen«, kicherte Agi. »Nur um zu sehen, ob es was wird.«

Gülcan und Janine prusteten los.

»Was ist? Kommt eine von euch mit?«

Frisch rasiert, durchtrainiert und duftend wartete Danner bereits vor der Tür der Damenumkleide auf Agi, als wir alle gut gelaunt herauskamen.

»Wat ein Jammer«, seufzte Janine.

Der Frühdienst mit Janine Hinze verging wie im Flug.

Was einerseits daran lag, dass sie ihren Pflegekoffer selbst schleppte; und andererseits an ihrem Arbeitstempo. Die unerschütterliche Geduld einer Hedi Sundermann besaß die Blondine nicht.

Da bekamen die Patienten eben alle Jogginganzüge an, weil die sich am unkompliziertesten anziehen ließen.

»So, Frau Eberhart, jetz jeht es in den Rolli rüber«, verkündete Janine zackig, während die alte Dame traurig Bluse, Rock und Blazer nachsah. Sie hatte das Kostüm extra rausgesucht, weil sie Besuch von ihrer Enkelin hatte, die im Wohnzimmer wartete. Gnadenlos stopfte Janine den schwer bepackten Kleiderbügel zurück in den Schrank.

Dann griff sie der zerbrechlichen Frau unter die dünnen Beine, die in einer ausgewaschenen Jogginghose steckten, und wuchtete sie in den bereitstehenden Rollstuhl.

»Aber das kann ich doch selbst, Frau Hinze!«, stammelte die Patientin überrascht.

»Dat is 'n Service, hm?« Janine drehte den Rolli schwungvoll an den Tisch am Fenster und schob der Frau eine Teetasse unter die Nase. »Dann wünsche ich viel Spaß mit der Ute. Und lassen Se sich nicht wieder die ganze Rente aus der Tasche ziehen von der kleinen Erbschleicherin.«

Janine zwinkerte der alten Dame zu und schloss rumsend den Pflegekoffer.

»Wir sind so weit«, verkündete sie der Enkelin, die in der Küche rauchte. Gleich darauf krachte die Wohnungstür hinter uns ins Schloss.

»Die taucht nur auf, weil Omma Eberhart versprochen hat, ihr zehntausend Euro zu vererben.«

Wütend schepperte Janine den Pflegekoffer in den Dienstwagen.

»Dat kotzt mich an.« Sie warf einen Blick auf die Uhr. »Fünf Minuten gespart, reicht für 'ne Kippe.«

Auch das Sprechen in ganzen Sätzen hatte sich Janine wohl aus Zeitgründen abgewöhnt. Sie angelte eine Schachtel mit Kamelaufdruck aus der Hosentasche.

»Natürlich hat Omma Eberhart keine zehntausend Mücken auffer hohen Kante.« Sie hielt mir die Packung hin.

Ich schüttelte den Kopf.

Schulterzuckend steckte Janine ihre Kippe an. »Aber dat erfährt die liebe Ute ja erst, wenn das Testament verlesen wird.«

Ich grinste.

»Die greift so schon jenug Kohle ab.« Janine blies den Rauch ins kühle Grau der Morgendämmerung. »Taucht immer am Monatsanfang auf. Als sie letztes Mal da war, musste Omma Eberhart den Rest des Monats Nudeln essen. Wie 'n Aasgeier, die hüpfen schon um dat Vieh rum, bevor es verreckt ist.«

Janines Empörung schien echt. Was sie trotz ihrer prolligen Art sympathisch machte.

Die Blondierte zog so kräftig an der Zigarette, dass der Glimmstängel gleich halb verglüht war. Sogar beim Rauchen hatte sie es eilig. Ich fragte mich unwillkürlich, ob ihr ihr eigenes Tempo überhaupt bewusst war. Und wie lange sie das durchhalten konnte.

»Hoffe echt, es kommt nie einer auf die Idee, mir wat zu vererben«, motzte Janine, ohne Luft zu holen, weiter. »Wer mir wat geben will, soll dat jefälligst zu Lebzeiten erledigen.«

Ein Gedanke ging mir durch den Kopf. »Wird denn euch – äh, uns Pflegekräften manchmal was vererbt?«, erkundigte ich mich neugierig.

Janine lachte auf: »Mir jedenfalls nicht. Wenn du damit dein Gehalt aufbessern willst, vergiss es. Agi hat mal einer 'ne Katze hinterlassen, glaube ich. Aber sonst …«

Hm.

Mir gefiel die Erbschleicher-Idee. Wo Geld ins Spiel kam, wurde ein Fall ja meist interessant. Jedenfalls ein besserer Grund als Mitleid, aus dem der Tod eines alten Menschen wünschenswert war. Ließ sich herausfinden, wer all die Verstorbenen auf Danners Liste beerbt hatte?

In der Umkleide trafen wir wieder auf Gülcan, die ihre Tour zeitgleich beendete. Daraus schloss ich, dass die Türkin ein ähnliches Arbeitstempo wie Janine an den Tag legte.

Agnes Friedlich und Danner hingegen waren nicht zu sehen.

Kein Wunder, denn die pummelige, kleine Pflegerin hielt sich ja genau wie Hedi nicht an die Zeitvorgaben, die ein Büromensch am Schreibtisch errechnet hatte. Danner würde also noch ein bis zwei Stündchen beschäftigt sein.

Janine und Gülcan hingegen planten in ihrer Freizeit offensichtlich keine unbezahlten Überstunden. Janine warf ihre Kittelbluse zusammengeknüllt in ihren Spind, die Türkin war bereits in Zivil. Zu einer gut geschnittenen, schwarzen Jeans trug sie ein enges, dunkles Shirt. Gerade bückte sie sich, um ihre Turnschuhe gegen Lederstiefel mit Absatz zu tauschen. Dabei konnte ich den weißen Aufdruck zwischen ihren Schultern gut erkennen.

bloggergirls.de, stand da.

Etwas Ähnliches hatte ich heute doch schon mal gelesen?! Nur wo?

Mein Blick flitzte auf Janines pinkfarbenen Busen.

Ach ja!

Blog it!, las ich die weiße Schrift auf dem grellen Hintergrund.

An einen Zufall konnte ich kaum glauben.

Tag 12

BELLAS BLOG:
DIENSTAG, 21.19 UHR

Ich halte mich für einen relativ geduldigen Menschen. Normalerweise. Und andere Menschen teilen diese Einschätzung durchaus. Sina zum Beispiel. Sie beteuert, dass sie in meinem Job längst zum Drachentöter geworden wäre.

Heute allerdings hat Sina selbst meine Geduld auf die Probe gestellt. Gerade hatte mein Feierabend begonnen. Und ich hatte es mir auf dem Sofa bequem gemacht. Mit einer Tasse Tee. Und einem Liebesroman. Als Sina mit hochrotem Kopf vor der Tür stand. Ihren oberen Blutdruckwert schätzte ich auf zweihundertzehn.

»Ich bringe den Kerl um!«, drohte sie.

Ich seufzte.

Die Show kenne ich. Seit Jahren. Ungefähr zwei Mal pro Monat plant Sina, Dieter den Dämlichen um die Ecke zu bringen. Wirklich dazu kommen wird es wohl nicht.

Das Spektakel läuft jedes Mal gleich ab: Dieter bringt Sina zum Explodieren. Der Grund für ihren Ausbruch ist ihm in neunundneunzig Prozent der Fälle nicht klar. Sie stampft fluchend und Türen knallend davon.

Heute war der Grund die Elektronikmesse, zu der ihn seine Firma nächsten Mittwoch schicken will. Er wird erst spätabends zurück sein. Sina hat ihr Essen stehen gelassen. Und ist geradewegs zu mir gebraust.

Sina hat nächsten Mittwoch Geburtstag. Ich wette, dass Dieter das nicht bewusst war. Und er bis jetzt noch nicht drauf gekommen ist. Wenn sie verheiratet wären, würde Dieter regelmäßig die Hochzeitstage vergessen.

Sina kommt dann zu mir. Ich erkläre ihr, wie lästig ein aufmerksamer Mann sein kann.

Mario weiß noch, wie viele Minuten ich bei unserem dritten Date zu spät war. Und dass ich Leggins trug. Was zu der Zeit schon lange out gewesen war. Dinge, die ich selbst am liebsten verdrängen würde.
Sina meint, ich wüsste meinen Mann nicht zu würdigen. Trotzdem ist sie nach meinen Erklärungen viel zufriedener.
Anschließend fährt sie nach Hause. Sie entschuldigt sich bei Dieter für ihren Ausbruch. Und Dieter weiß immer noch nicht, was eigentlich passiert ist.
Was wäre, wenn Sina Mario geheiratet hätte?
Und ich Dieter?
Allein die Vorstellung ist lächerlich. Dieter und ich sprechen beide kaum ein Wort. Wir hätten uns nie kennenlernen können. Und Sina ist genauso aufbrausend wie Mario. Die beiden wären sich bei der ersten Verabredung an die Kehle gegangen.
Dieters Ahnungslosigkeit könnte auch Taktik sein. Er lässt Sina toben. Weil er weiß, dass sie sich sowieso wieder beruhigt. So wie ich es bei Mario mache. Aber da überschätze ich Dieter womöglich.
Heute ist Sina gegen sechs wieder verschwunden. Mario kam um halb sieben herein. Kurz nachdem ich mich wieder mit dem Buch auf die Couch gelegt hatte.
Die Haustür klappte. Zeitgleich fielen mir die hintereinander stehenden Schuhe im Flur ein. Dann der Staubsauger in der Küche. Dann der Fön im Bad. Dessen Stecker seit heute Morgen in der Dose geblieben war.
Genau in dieser Reihenfolge stieß Mario auf das Chaos. Ich hatte aufräumen wollen, sobald ich das Kapitel zu Ende gelesen hatte. Konnte ich ahnen, dass Mario so früh auftauchte?
»Du bist seit vier Stunden zu Hause!«
Mein Kapitel konnte ich vergessen. Ich musste sofort aufräumen. Und mir dabei sein Gemecker anhören.
»Den ganzen Tag gammelst du auf dem Sofa ab!«
Drei Stunden Dieter-Diskussion reichten mir.
»Ziehst dir diese Schundromane rein!«

Auf weitere Debatten hatte ich keine Lust.

»Es interessiert dich einen Dreck, dass unser Haus sich in eine Müllkippe verwandelt!«

Ich hörte mir seine Predigt nicht nur wortlos an. Ich entschuldigte mich auch noch. Und jetzt ärgere ich mich schwarz. Dass ich ein geduldiger Mensch bin.

9.

»Deine Ideen werden ja immer besser«, knurrte Danner.

Die Arbeit mit Agi Friedlich hatte seine Geduld anscheinend an ihre Grenzen gebracht. Nachdem er seine Frühschicht gegen fünfzehn Uhr endlich hinter sich hatte, war er deutlich genervt. Und ich schien ihm gerade recht zu kommen, um Dampf abzulassen.

Ich hasse es übrigens, wenn jemand seine Wut an mir auslässt.

»Wir könnten uns auch Jobs als Spargelstecher besorgen«, moserte Danner gereizt weiter. »Da haben wir unsere Kohle einfacher verdient.«

Ich legte eine Erbse auf meinen Löffel, spannte ihn wie ein Katapult über meinen Mittelfinger und schleuderte das Gemüse in Danners Richtung.

»Lilas Vorschlag klingt doch logisch«, stimmte Molle mir zu, während er Mücke den wolligen Kopf tätschelte.

Meine Erbse schoss an Danners Glatze vorbei in Richtung Boden. Mit einem Satz flog die kleine Hündin hinterher und stürzte sich schmatzend auf das davonkullernde Gemüse.

Währenddessen hatte der dicke Wirt Danners Aggression freundlicherweise von mir abgelenkt.

»Ich kenne aber keine Anwälte, die mir noch was schuldig sind und mir deshalb vertrauliche Klientendaten verraten würden«, pfiff Danner jetzt Molle an. »Und einen Kommissar besoffen zu machen oder die Polizeichefin mit Nacktfotos zu erpressen, um Akteneinsicht zu bekommen, nutzt nix, weil bei den normalen Sterbefällen gar nicht ermittelt wird. Wie also sollen wir in über vierzig Fällen herausfinden, wer was geerbt hat?«

»Wir fragen die Hinterbliebenen«, schlug ich vor.

»Dann viel Spaß«, wünschte er. »Zum Glück hab *ich* heute Abend ein Date.«

Während Danner badete, sich rasierte, eindieselte, seine Glatze polierte, die Fingernägel feilte, die Nase puderte und sich womöglich noch Beine und Achseln enthaarte – oder was auch immer ein Hetero-Schnüffler so anstellte, um sich auf ein Date mit einem Schwulen vorzubereiten –, saß ich am Telefon.

Noch einmal betrachtete ich die Liste mit den Namen der in den letzten vier Jahren Verstorbenen, ohne irgendeine Auffälligkeit zu finden.

Vor vier Jahren, im Jahr von Elsbeth van Pels' erster Qualitätsprüfung, waren folgende Personen verstorben:

Almuth Wiedental
Sabine Hinrichs
Sergej Muchow
Frieda Wellinghaus
Barnabas Merianakis
Greta Hiller
Heinrich Herbst
Willi Frechelt
Orkan Ötztürk

Im zweiten Jahr der Qualitätskontrolle:

Margarethe Möller-Frieling

Georg Donatus Frh. von Piwittsbocklen
Bert van Herderen
Kataczyna Weißmüller
Alfons Trochte
Molly Maschmeyer
Soraya Kaymaz
Kemal Yilmaz
Horst Haberer
Iris Wucherpfennig

Im dritten Jahr:
Klaus Fricke
Franz Segelhorst
Isolde Lieblich
Maren Sell
Sigrid Knethaken
Ilona Meyerding
Friedbert Geiger
Gustav Schröder
Prof. Elisabeth Seefeld-Friedrichs
Knut Briese

Und im vierten Jahr:
Dr. Waldemar Traitel
Simone Messerschmidt
Egon Huber
Adam Adamczik
Marlene Eichmann
Heidrun von Kessel
Friderike Westermann
Theodor Breier
Hans-Werner Kuhn
Ferdinand Hoppe

Neununddreißig nichtssagende Namen.

Und auf der Liste über die vergangenen ersten beiden Monate dieses Jahres standen schon vier Todesfälle:

Karla Koch
Martin Kohlkessel
Bodo Buchholz
Mareike Brandstetter

Es verstarben ungefähr zehn Patienten im Jahr, so viel verriet die Liste immerhin. Wenn das zwanzig Prozent über dem Durchschnitt vergleichbarer Zweigstellen lag, verstarben also im Raum Bochum zwei Patienten pro Jahr mehr als woanders.

Zwei.

War das wirklich bemerkenswert?

Man konnte den Menschen das Sterben schließlich schlecht verbieten. Nach dem Motto: Moment mal – in diesem Jahr sind genug abgenippelt, der Rest muss durchhalten, sonst versaut ihr den Schnitt?

Andererseits …

Wenn es *kein* Zufall war …

Dann gab es hier pro Jahr zwei Todesfälle mehr. In vier Jahren machte das acht Menschen.

Ich musste schlucken, als mir bewusst wurde, was das bedeutete. *Acht Menschen.* Au weia.

Wenn die Sache wirklich ein Fall war, dann möglicherweise der größte, mit dem wir es je zu tun hatten. Aber bisher gab es keinen einzigen Anhaltspunkt dafür, nicht mal eine Auffälligkeit.

Auch die zwei Stunden, die ich schon dauertelefoniert hatte, brachten mich nicht voran.

Elsbeth van Pels hatte mir die Namen und Adressen der Menschen ausgedruckt, die gewöhnlich die Rechnungen der

Verstorbenen bezahlt oder sich als Ansprechpartner angeben lassen hatten. Im qualitätsgeprüften Ablagesystem der Pflegedienstchefin ging so etwas selbstverständlich auch nach Jahren nicht verloren. Auf dieser Liste notierte ich mir die Ergebnisse meiner Ermittlungen.

Ich wählte die nächste Telefonnummer. Denn selbstverständlich hatte Elsbeth van Pels auch die meisten Rufnummern in ihren Dateien gebunkert. Ich konnte mir lebhaft vorstellen, wie sie aktenweise persönliche Daten hortete. Eine Unart, die sich anscheinend überall durchsetzte. Früher Aufgabe der Stasi, bespitzelte heute jeder fröhlich jeden. Ein Volkssport, der bei meiner Arbeit als Privatdetektivin durchaus hilfreich war, trotzdem aber dafür sorgte, dass sich mir die Nackenhaare sträubten. Auch mein Name war festgehalten worden, in der Datei des Meldeamtes. Ich war nicht mehr unsichtbar.

»Ochsenkopf«, meldete sich eine tiefe, männliche Stimme am Telefon. Ich schob meine Gedanken zur Seite.

»Simanowski, schönen guten Tag«, begann ich in liebenswürdig-geschäftsmäßigem Tonfall meinen Text abzuspulen. Meine Geschichte hatte ich in den letzten zwei Stunden so oft wiederholt und ausgefeilt, dass sie garantiert die gewünschte Wirkung erzielte. »Ich bin Mitarbeiterin der Wohnungsbaugesellschaft Bochum. Wenn ich das meinen Unterlagen richtig entnehme, waren Sie seinerzeit Ansprechpartner für unsere vor zwei Jahren verstorbene Mieterin Sigrid Knethaken?«

»Meine Schwiegermutter, ja.«

Dann war seine Frau also eine Ochsenkopf, geborene Knethaken? Dumm gelaufen.

»Wissen Sie«, holte ich aus, »wir haben erst jetzt bemerkt, dass Ihre Schweigermutter offenbar noch einen zweiten Kellerraum genutzt hat. Dem Hausmeister ist die Unstimmigkeit kürzlich aufgefallen. Wir gehen davon aus, dass die eingelagerten Antiquitäten Ihrer Schwiegermutter gehörten.« Ich ließ das Wort ›Antiquitäten‹ einen Moment lang wirken. »Beziehungsweise jetzt den Erben. Darf ich der Einfachheit halber mal ganz direkt nachfragen, wer damals erbberechtigt gewesen ist?«

»Natürlich.«

Siehste.

»Meine Frau war die einzige Erbin, sonst gab es niemanden. Ich kann Ihnen die Unterlagen gern vorlegen.«

»Oh, das wird nicht nötig sein. Wir melden uns wieder bei Ihnen wegen der Kellerräumung.«

Ich legte auf und kritzelte auf die Verstorbenenliste hinter den Namen von Sigrid Knethaken: *Tochter, Ochsenkopf.*

Bei den meisten waren die Kinder oder der noch lebende Ehepartner erbberechtigt. Einmal hatte es Streit zwischen einer jungen Witwe und den Kindern aus erster Ehe gegeben. Das Gerichtsverfahren lief noch. Einmal hatte eine Umweltschutzorganisation geerbt. Nur ein einziger Name war bisher zwei Mal aufgetaucht: ein Hospiz.

Besonders verdächtig schien mir das nicht. Aber es gab ja noch fünfzehn weitere Namen, die ich abtelefonieren musste.

Danner verließ endlich das Bad, begleitet von einer duftenden Aftershave-Wolke. Er warf einen kurzen Blick auf meine halb abgearbeitete Liste.

»Das ist echtes Detektivhandwerk, Partner.« Er wuschelte durch meine blonden Haarstoppeln.

»Kann mir nichts Schöneres vorstellen, als stundenlang immer den gleichen Text aufzusagen«, knirschte ich. »Wenn ich mich eindieseln sollte wie für einen Puffbesuch und bei einem Prosecco unseren Freund Kuchenbecker singen hören müsste, würde ich bestimmt kündigen.«

»Ich mach doch gern die Drecksarbeit für dich.« Danner zog sich eine Wollmütze über die frisch polierte Glatze.

»Und keine Angst, ich zerr ihn nicht gleich am ersten Abend in die Kiste.«

Blödmann.

Der glaubte doch nicht wirklich, dass ich mit dem Gefühl, die Arschkarte gezogen zu haben, am Schreibtisch sitzen blieb, während er mit Kuchenbecker Likörchen schlürfte?

Kaum war die Wohnungstür hinter Danner zugefallen, sprang ich auf und schlüpfte in meine Turnschuhe.

Beim *Bermuda3Eck* handelte es sich natürlich nicht um das mysteriöse Seegebiet im Atlantik, sondern um die mindestens ebenso berüchtigte Bochumer Partymeile. Im Stadtgebiet zwischen Konfrad-Adenauer-Platz und Südring drängelten sich Restaurants, Kneipen und Diskos wie die Schiffswracks im geografischen Vorbild. *Fredo's – täglich Varieté, Akrobatik und Kunst* stand in roter Schreibschrift mit Beleuchtung über dem sonst schlichten Eingang des Klubs, in dem Ingo Kuchenbecker auftrat.

Als ich kurz nach acht hineinkam, war die Beleuchtung schon gedimmt. Die Gäste an den im Raum verteilten, elegant eingedeckten Tischen trugen glitzernde Kleider und dunkle Jacketts und nippten am Rotwein. Auf der Bühne hauchte eine hochgewachsene, rothaarige Schönheit in einer silbernen Paillettenbluse und einer gerade geschnittenen, überweiten Marlene-Dietrich-Hose mit rauchiger Stimme französische Chansons ins Mikro.

Agi Friedlich entdeckte ich sofort. In einer mit großen Blumen bedruckten Bluse und mit altmodischen Goldohrringen behängt, stach sie aus der Menge. In dem eleganten Publikum wirkte die Altenpflegerin wie eine Oma auf einer dieser Kaffeefahrten, bei denen gutgläubigen, älteren Leuten überteuerte Matratzen aus tibetanischem Yakfell angedreht wurden.

Neben ihr saß Hedi in einer grauen Häkeljacke, die Agis Outfit an fehlendem Geschmack sogar übertraf. Außerdem hatte Agi die bärtige Mona Rudzinski und die junge Piroschka Weber zum Mitkommen überreden können. Piroschka wohl eher aus Neugier, während die kräftige Mona im Publikum womöglich gleichgesinnte Damen zu treffen hoffte, die ihre Freizeit wie sie selbst gern mit Hanteltraining und Baumstammwerfen verbrachten.

»Lilliana!«, Agi winkte mir fröhlich zu. »Schön, dass du da bist. Komm, setz dich.«

Einige der anderen Gäste drehten, durch Agis viel zu laute Begrüßung aufmerksam geworden, die Köpfe in meine Richtung. Mein schlicht schwarzes Outfit war zumindest nicht komplett daneben, auch wenn ich gegen die Erregung öffentlichen Ärgernisses gewöhnlich nichts einzuwenden hatte. Doch bei Ermittlungen war mein Schlabberoutfit oft eher hinderlich.

Auch Danner, der einige Tische weiter vorn an der Bühne saß, sah sich nach mir um. Es gelang ihm nicht ganz, seine Überraschung zu verbergen, als er den mit Altenpflegerinnen voll besetzten Tisch bemerkte. Agi hatte ihn ebenfalls entdeckt und winkte ihm kichernd zu. Das Glas Wein vor ihr war wahrscheinlich nicht ihr erstes.

Danner erinnerte sich an seine Rolle und hob die Hand, um mit den Fingern ein feminines Winken in unsere Richtung zu klimpern.

Ich zog den letzten freien Stuhl zwischen Hedi und Mona Rudzinski vor und nahm auf dem aufgebauschten rosa Samtpolster Platz.

Tatsächlich handelte es sich bei der Dame mit der rauchigen Stimme um Ingo Kuchenbecker, der unter dem schlichten Künstlernamen Hilde auftrat. Auf der Bühne, auf einem Barhocker vor dem lackschwarzen Flügel wirkte er weder wie ein Mann noch wie Ende fünfzig. Seine Aufmachung war überzeugend weiblich. Nicht schrill, glitzernd und bunt wie eine Samba-Queen im Karneval. Keine Parodie einer Frau, sondern irgendwie echt.

Ich bestellte mir einen Prosecco und stieß mit einem leicht mulmigen Gefühl mit den anderen auf ›Ben und Ingo‹ an.

»Ist der Ingo denn schon lange solo?«, erkundigte ich mich in der Runde.

Die schweigsame Mona rechts neben mir zuckte die Schultern und schwieg. Piroschka Weber, die ihre modisch durchgestuften, dunklen Haare heute offen trug, wurde rot. Offenbar gehörten beide zu der Sorte Menschen, die in Gruppen von mehr als drei Personen chronisch sprachlos waren.

Ich wollte die beiden nicht quälen, deshalb wandte ich mich Agi und Hedi zu, die dieses Problem definitiv nicht hatten.

»Sein Partner hat sich vergangenes Jahr von ihm getrennt – wegen eines Jüngeren. Ja, das passiert nicht nur uns Frauen«, erklärte mir Agi mit vom Wein leuchtenden Wangen. »Das war kurz bevor mein Mann verstarb, wir haben uns dann gegenseitig bei der Trauerbewältigung geholfen. Ach, Ingo ist ein Süßer. Ich wünsche ihm wirklich, dass er wieder jemanden findet.«

Wenn es nicht gerade mit *meinem* Freund war, sollte Kuchenbecker von mir aus glücklich werden.

»Unser Ben zeigt jedenfalls Interesse.« Hedi deutete schmunzelnd auf Danner, der auf seinem Stuhl zurückgelehnt mit von sich gestreckten Beinen und einem Bier in der Hand Kuchenbeckers Auftritt verfolgte.

Typische Macho-Pose. Mann, Hedi! Da merkte man, dass die Lange nie verheiratet gewesen war. Kaum eine Rolle spielte Danner so mies wie den Schwulen. Das musste doch auch Kuchenbecker auffallen.

Doch Kuchenbecker klimperte Danner mit unechten Wimpern verliebt an.

Agi und Hedi rieben sich kichernd die Hände.

»Ist ja auch alles nicht so einfach. Ich meine, wenn man als Mann gern Kleider tragen möchte«, giggelte Agi angeheitert weiter. »Ingo ist nicht mehr der Jüngste, er kennt noch andere Zeiten. Als er ein junger Mann war, war Homosexualität nicht selbstverständlich. Sein Vater hat ihn rausgeschmissen, damals. Ihr wisst ja selbst, wie die Menschen der Generation manchmal heute noch eingestellt sind.«

Danner hatte Ähnliches bemerkt. Doch erst, als ich jetzt nachrechnete, wurde mir das Problem richtig bewusst: Einige der Menschen, die heute Pflege bedurften, waren noch in ganz anderem Stil erzogen worden. Bei der nationalsozialistischen Jugendfreizeit war die Toleranz Transvestiten gegenüber nicht erstes Lernziel gewesen. Sicher musste Kuchenbecker sich hier und da mit Patienten auseinandersetzen, die den Christopher Street Day für eine neumodische Form von Fasching hielten.

»Das macht ihn manchmal ganz schön fertig, das kannste mir glauben.« Agi starrte in das schimmernde Rot ihres Glases. »Da ist man nie alt und weise genug, um drüberzustehen. Vor allem, wenn es privat auch nicht so toll läuft.«

Sie stieß mit Hedi an und ich tickte spontan mein Sektglas gegen die Weinkelche der beiden Älteren.

»Trinken wir darauf, dass unser Ingo einen netten Mann findet, durch das Singen reich wird und den Job an den Nagel hängen kann«, schlug Hedi vor.

»Prösterchen«, kicherte Agi.

Um kurz vor zehn kehrte ich zurück an den Schreibtisch.

Nachdem Ingo Kuchenbecker seinen wirklich grandiosen Auftritt beendet und sich zu Danner gesetzt hatte, hatten

Agi, Hedi, Mona und Piroschka dann doch genug Anstand besessen, um sich diskret zurückzuziehen und den beiden ein wenig Privatsphäre zu gönnen. Meine Bereitschaft zur Rücksichtnahme hielt sich in Grenzen. Gern wäre ich geblieben und hätte weitergespitzelt, denn ganz wohl war mir, ehrlich gesagt, nicht bei dem Anblick von Danner und der rothaarigen Schönen. Aber ich konnte ja schlecht allein im *Fredo's* sitzen bleiben, also hatte auch ich das Feld geräumt.

Jetzt hockte ich in unserer Wohnung vor der Liste mit den Namen der Verstorbenen. Fünfzehn Erben musste ich noch abtelefonieren.

Allerdings fiel mir keine logische Begründung ein, mit der ich die merkwürdigen Dienstzeiten der Wohnungsbaugesellschaft erklären konnte. Die Erben mussten also bis morgen warten.

Aber es gab ja noch eine weitere Spur, mit der ich mich beim Warten auf Danner ablenken konnte.

Ich bewegte die Maus des PC. Der Bildschirm flammte auf. *Bloggergirls,* tippte ich in die Suchmaschine ein.

Tag 14

BELLAS BLOG:

DONNERSTAG, 14.45 UHR

Heute müsste ich meine Periode bekommen. Das ist eine Sache, bei der ich genau bin. Liegt am Job. Bis vor drei Jahren gehörte unser Pflegedienst noch zu den letzten seiner Art. Mit traditionell weißer Dienstkleidung.

Ich war immer Gegner dieser Ordnung. Weil viele Menschen einen antrainierten Respekt vor weiß gekleideten Leuten haben. Doch die Chefin gehört zum alten Schlag. Sie bestand auf Weiß. Und auf der bescheuerten Anrede ›Schwester‹. Schwester Bella. Damit jeder senile Grapscher gleich deinen Vornamen kennt.

Jahrelang habe ich die Diskussion mit der Chefin geführt. Und Diskutieren gehört, wie gesagt, nicht zu meinen Stärken. Geändert hat die Chefin die Vorschrift letztlich, weil sich die Kunden beschwerten. Über das indiskrete Weiß. Weil so gleich alle Nachbarn wussten, dass man Pflege benötigte.

Worauf wollte ich hinaus?

Ach so: Bei den abgeschafften, weißen Hosen durfte man auf keinen Fall die Tampons vergessen. Deshalb bin ich sehr genau, was das angeht. Auch heute noch.

Und meine Periode kommt zuverlässig. Dabei habe ich die Pille schon lange abgesetzt. Vor über einem Jahr. Weil ich sie nicht zu lange nehmen wollte. Schließlich handelt es sich um eine Hormontherapie. Als Krankenschwester kenne ich die Gefahren einer Langzeitbehandlung. Eine Alternative zu finden ist allerdings nicht einfach. Als ich Kondome vorgeschlagen habe, hat Mario laut gelacht.

»Lieber heiraten wir, als mit der Scheiße anzufangen.«

Was kurz darauf zu einem Antrag führte.

»Damit deine Mutter keinen Nervenzusammenbruch vortäuscht, falls du tatsächlich schwanger wirst.«

Mittlerweile ist der Nervenzusammenbruch unangemessen. Im Gegenteil. Meine Mutter hat nichts mehr gegen Enkel einzuwenden. Das lässt sie in letzter Zeit öfter durchblicken. Auf ihre bekannt einfühlsame Art.

»Langsam müsst ihr euch ranhalten. Ab einem gewissen Alter geht das mit dem Kinderkriegen nicht mehr von allein.« Oder der Hinweis zu meinem Dreißigsten: »Jetzt bist du übrigens Spätgebärende.«

Stimmt nicht mal. Die Grenze zur Risikoschwangerschaft wurde hochgesetzt. Trotzdem danke auch.

Leider hat sie allem Anschein nach auch noch recht. Denn ich werde nicht schwanger. Obwohl Mario und ich jetzt verheiratet sind, statt zu verhüten. Meine Mutter muss sich gedulden. Auch wenn es ihr schwerfällt.

10.

Nur Vorteile? Nachdem feststeht, dass ich bei der nächsten Stadtratswahl an erster Stelle auf der Liste der Grünen stehen werde, ist auf der Homepage meiner männlichen Konkurrenz Rainer D. tatsächlich zu lesen, dass ich ja auch gleich vier Vorteile vorzuweisen habe: Ich bin erstens eine Frau, zweitens Türkin, drittens alleinerziehend und viertens auch noch ungelernt berufstätig.
Lieber Rainer, seit wann sind das Vorteile?

Ein Weblog – kurz Blog – ist eine Art virtuelles Tagebuch, so viel hatte ich mittlerweile herausgefunden. Abgeleitet wurde die Wortkreation von *Web*, also dem Netz, dem Internet. Und von *Log*buch.

So ein Internettagebuch kann offenbar jeder führen, der Spaß daran hat, seine Gedanken, sein Privatleben, seinen schönsten Popel oder eine Fotokopie seines nackten Hinterns mit der Öffentlichkeit zu teilen.

Im Internet gibt es die Möglichkeit, einen eigenen Blog zu gestalten. Bei den *Bloggergirls* zum Beispiel.

Als ich auf gut Glück *Gülcan* eintippte, landete ich auf einer auffällig gestalteten Seite. Oben rechts neben der verschnörkelten Überschrift *Gülcans Meinung* zeigte ein Bild eine von schräg hinten fotografierte Frau mit lackschwarzem, langem Haar. Ich war mir nicht sicher, ob es tatsächlich ein Foto von Gülcan war.

Die linke Hälfte des Bildschirms war hell mit schwarzer Schrift, auf der rechten Seite, über die die dunkle Mähne der fotografierten Frau wallte, leuchtete umgekehrt weiße Schrift auf schwarzem Untergrund.

Als ich anfing, den aktuellsten Text zu lesen, hob ich erstaunt die Augenbrauen. Konnte das sein? War die Gülcan, die ich beim Pflegedienst kennengelernt hatte, tatsächlich Spitzenkandidatin für den Stadtrat? Diese virtuelle Gülcan schrieb ihre Meinung über den Atomausstieg, das Aussterben der Bienen, die Vorteile des Fleischverzichts, die Schlüsselrolle der türkischen Frau für die erfolgreiche Integration, die Erderwärmung und die Auswirkungen von pupsenden Walfischen auf das Weltklima.

In den Texten fand ich kaum Rechtschreibfehler und ich musste mir eingestehen, dass ich irgendwie Schwierigkeiten hatte, diese intelligenten Artikel mit der türkischen Pflegehelferin zusammenzudenken.

Sicherheitshalber googelte ich die Grünen in Bochum. Gleich im zweiten Ergebnis wurden Gülcan Aydin und ihr Engagement für die Gleichstellung von Frauen erwähnt. Gülcan war eine Latzhosenträgerin. Eine *emma*-Abonnentin. Und das sah man ihr gar nicht an.

Über mich, lautete eine Rubrik von *Gülcans Meinung.* Dort fand ich eine Kurzbiografie.

Gülcan war in Deutschland geboren und aufgewachsen, dabei aber streng muslimisch erzogen worden. Nach einer kurzen und unerfreulichen Ehe mit einem Cousin zweiten Grades war Gülcan scheidungswillig und schwanger von ihrer Familie vor die Tür gesetzt worden. Während des anschließenden Aufenthaltes im Frauenhaus entdeckte sie ihr Interesse an den Frauenrechten.

Gülcan lieferte mir freundlicherweise einen Riesenhaufen Informationen frei Haus. Und wenn ich an das Shirt von Janine dachte, war es nicht unwahrscheinlich, dass ich auch über die Brezel sehr schnell sehr viel mehr in Erfahrung bringen konnte.

Selbstzufrieden grinste ich in mich hinein. Ich war wieder im Rennen um den Titel ›Schnüffler des Monats‹. Das musste Danner mit seinem Date erst mal toppen. Die Türklingel riss mich aus meinen Gedanken.

Wer war das denn? Abends nach zehn?

Danner sicher nicht, so schnell konnte nicht einmal er ermitteln. Außerdem konnte ich mich nicht erinnern, dass er je seinen Schlüssel vergessen hätte.

Und Molle klopfte immer.

Unsere Auftraggeberin, mit einem Notfall? Vielleicht ein neuer Todesfall? Eher nicht, Elsbeth van Pels war nicht der Typ für Notfälle.

In Socken schlurfte ich los.

Kaum hatte ich die Klinke gedrückt, schnellte eine Hand vor und stieß mir die Tür vor die Brust.

Ich prallte zurück.

Der große Kerl im langen, dunklen Mantel nutzte den Überraschungseffekt und drängte sich herein.

»Claudius!«

Das konnte nicht sein! Ich hatte das Gefühl, der Boden wankte. Das ganze Haus schien zu zittern, um in den nächsten Sekunden in sich zusammenzufallen.

»Sieh an. Du erinnerst dich sogar an meinen Namen. Du überraschst mich«, spottete Claudius und drückte die Tür hinter sich zu.

Mein Bruder war größer, als ich ihn in Erinnerung hatte. Einen ganzen Kopf größer als ich. Irgendwie musste er in meiner Vorstellung geschrumpft sein, denn mit fünfundzwanzig war er wohl kaum noch mal gewachsen. Er war breitschultrig und blond, mit einem schmal rasierten, hellen Bart, der seinen kantigen Unterkiefer noch kantiger wirken ließ. Die Kinnbehaarung war neu.

»Verschwinde!«, zischte ich tonlos.

Doch Claudius stand bereits mitten im Wohnzimmer. Danners Wohnzimmer. Meins!

»Was willst du von mir?«, krächzte ich heiser.

»Wie bitte? Was ich von dir will?« Die Muskeln seiner Wangen spannten sich zu harten Wölbungen, als er die Kiefer aufeinanderpresste. Eine irritierend bekannte Mimik, die mich weiter zurückweichen ließ. »Das solltest selbst du dir denken können.«

Richtig, blöde Frage. Er kam, um mich zurückzuholen.

Jetzt wäre der richtige Zeitpunkt für einen Geistesblitz, der mich aus dieser Situation befreite. Geistesblitze waren doch sonst meine Spezialität! Doch ich spürte genau, wie mein Gehirn zusammen mit meiner Stimme in den Generalstreik ging. Spürte das alte Lähmungsgefühl, das mich jahrelang daran gehindert hatte, zu handeln.

»Du bist seit einem halben Jahr verschwunden, Liana!«, explodierte Claudius, dessen Stimme definitiv nicht an einen Streik dachte. »Weißt du eigentlich, was Mutter wegen dir durchmacht?«

Der Boden unter mir schaukelte, die Wände bröckelten, draußen rumpelten ganze Mauerklötze auf das Pflaster des Gehwegs. Mein Leben brach auseinander.

»Du bringst unsere Mutter um!« In Claudius' Augen funkelte die bekannte Verachtung, die mich rasend machte. »Ist dir das scheißegal, oder was?«

Erst als ich mit den Kniekehlen gegen den Couchtisch stieß, merkte ich, dass ich immer weiter vor ihm zurückgewichen war. Ich blieb stehen.

»Ganz genau!«, spuckte ich aus.

»Du bist so was von armselig«, knurrte Claudius. »Hätte uns nicht das Jugendamt den Tipp gegeben, hätten wir dich hier in zehn Jahren noch nicht gefunden. Privatdetektivin, das ist wohl ein schlechter Scherz?«

»Kein Scherz, Bruderherz«, krächzte ich heiser, doch die aufflackernde Wut verlieh meiner Stimme wieder ein wenig

Kraft. »Das ist mein Job.« Meiner! »Und ich wüsste nicht, wie ihr da was dran ändern wollt.«

»Wie bescheuert bist du eigentlich? Du hattest den Studienplatz schon sicher. Aber du schmeißt einfach alles hin und verschwindest! Ohne ein Wort!«, wurde Claudius wieder laut. Ein grollender Unterton zitterte in seiner Stimme wie ein entferntes Gewitter. Als würde mein Vater durch Claudius' Mund sprechen wie ein Gespenst durch ein Medium.

Gruselig.

Eine Sekunde lang dachte ich, dass es tatsächlich so war. Unser Vater hatte Claudius zu dem geformt, was ich sah: zu einer jüngeren Kopie seiner selbst, die einfach die so oft gehörten Worte wiederholte, anstatt eigene zu finden.

Was die Sache nicht weniger gruselig machte.

Ich fühlte Mitleid mit meinem Bruder. Interessant, dass ich dazu fähig war.

»Und dann diese abgewrackte Bude hier!«, regte Claudius sich weiter auf. »Das geht gar nicht, und das weißt du genau. Komm nach Hause. Vater wird sich schon wieder beruhigen.«

Claudius hatte gar nichts begriffen. Er hatte auch nicht vor, irgendwann mal mit Nachdenken anzufangen.

»Er hat sich noch nie beruhigt.«

»So ein Quatsch! Er wird dich schon nicht umbringen!« Claudius packte meinen Oberarm.

Reflexartig griff ich seine Finger, riss seinen überlangen Arm in die Höhe, tauchte darunter durch und verdrehte ihm mit einem Ruck die Schulter.

»Aua! Lass die Karatescheiße sein!«

»Das war Judo«, korrigierte ich sachlich und stellte fest, dass meine Stimme wieder mitspielte.

»Das war Körperverletzung!«, schimpfte Claudius. »Soll ich etwa die Polizei rufen?«

Ah, jetzt sprach der Nachwuchsstaatsanwalt. Ob Claudius die multiplen Persönlichkeiten, die es sich in seinem Körper bequem gemacht hatten, selbst schon bemerkt hatte?

»Es reicht, wenn du deine Finger von mir nimmst!«, schrie ich wütend. »Raus hier!«

Mein fast hysterisches Keifen ließ Claudius rückwärts stolpern.

»Raus!«

Ich nutzte sein Erstaunen, um ihn zur noch offen stehenden Tür zu schubsen.

»Hau ab!« Mein letzter Stoß vor die Brust hätte ihn um ein Haar rückwärts die Treppe hinunterfallen lassen. »Ich komme in diesem Leben nicht mehr zurück! Er soll sich damit abfinden. Sag ihm das!«

Ich donnerte die Wohnungstür Zentimeter vor Claudius' verwundertem Gesicht zu. Mit aller Kraft presste ich meinen Rücken gegen die Tür, als könnte ich meinen Bruder so davon abhalten, noch einmal in mein Leben zu poltern.

Minutenlang lauschte ich, versuchte seine Schritte auf der Treppe zu hören. Doch das Rumpeln, mit dem meine Welt rund um mich herum in sich zusammenfiel, übertönte noch immer alles.

Ich musste hier weg. Das war der erste klare Gedanke, der in dem Chaos auftauchte.

Mein Vater hatte mich gefunden. Er würde mich zurückholen. Wenn es sein müsste, würde er selbst kommen und mich an den Haaren nach Hause schleifen.

Doch es gab einen Haken an der Fluchtidee: Ich wollte nicht weg.

Hier in der kleinen Dachwohnung über einer schmuddeligen Kneipe in Bochum-Stahlhausen hatte ich endlich ein eigenes Leben. Freunde. Einen Job. Und so was wie eine Beziehung mit Danner.

Na ja, ganz so rosarot war mein Leben natürlich nicht. Eigentlich schlitterte ich orientierungslos von Fall zu Fall, ohne zu wissen, was genau ich tat. Und der Gedanke, dass meine Affäre mit dem deutlich älteren Schnüffler von Dauer sein könnte, war ein erotisches Produkt meiner schlecht kontrollierbaren Fantasie.

Also doch meinen Rucksack packen, mich in den nächsten Zug setzen und in irgendeiner anderen Stadt als obdachlose Gewohnheitslügnerin neu anfangen?

Nein.

Nein, nein, nein!

Wütend schnappte ich den nächstbesten Turnschuh und pfefferte ihn gegen die Wand über dem Sofa.

Ich wollte nicht mehr weglaufen! Ich wollte keine Angst mehr haben. Nie wieder!

Mein Schuh prallte mit einem dumpfen Knall ab, hinterließ einen braunen Fleck an der Tapete und landete auf der marmornen Platte des Couchtisches. Die Dreckkruste rieselte von der Sohle herab.

Ich schlang meine Arme um meinen zitternden Körper. Ich brauchte dringend einen Füller.

Tag 16

BELLAS BLOG:

SAMSTAG, 12.09 UHR

Ich mag Wochenenden nicht besonders.

Das liegt daran, dass Mario die ganze Zeit zu Hause ist.

Hm. Klingt, als wäre schon zwei Wochen nach unserer Hochzeit etwas mit unserer Ehe nicht in Ordnung. Es liegt wohl an dieser Baustelle bei Osnabrück. Seit einem halben Jahr arbeitet Mario dort. Unter der Woche habe ich das Gefühl, wieder allein zu leben. Nach zehn Jahren Beziehung.

Ich habe Frühschicht von sechs bis vierzehn Uhr. Oder Spätschicht von vierzehn bis zwanzig Uhr. Den größten Teil des Tages bin ich allein zu Hause. Anfangs konnte ich mich nicht mal erinnern, womit ich meine Freizeit verbracht habe, bevor ich Mario kannte.

Mario ist ein aktiver Mensch. Nicht, dass das schlecht wäre. Nur anstrengend. Er hat einfach immer etwas zu tun. Ständig findet er etwas an unserem Haus, was ihm nicht gefällt. Etwas, was seine Kumpel beim Bau verpfuscht haben. Was nun eine akute Einsturzgefahr darstellt. Mario saniert praktisch ständig einen knapp zwei Jahre alten Neubau. Als würde er bei der Arbeit nicht genug handwerkeln.

Unsere gemeinsame Freizeit verbringe ich gewöhnlich damit, Mario Werkzeug anzureichen. Oder dabei zuzusehen, wie er die Plastikabdeckungen unserer Steckdosen abschraubt.

Die Elektrik unseres Hauses ist sein größtes Hobby. Leider hat er nicht die leiseste Ahnung davon. Im besten Fall verursacht er einen Kurzschluss. Im schlimmsten Fall muss ich ihn Sonntagnachmittag in die Notaufnahme fahren.

Danke schön auch.

Worüber schreibe ich eigentlich gerade?

Ach ja, gemeinsame Aktivitäten am Wochenende.

Sollte das Haus gerade nicht renovierungsbedürftig sein, hat mit Sicherheit ein Mitglied seiner Familie Geburtstag. Wie gesagt, feiern ist ein Hobby von ihnen.

Oder einer seiner Kumpel wird dreißig. Und wir müssen ihm einen Sechzehntonner Korken vor die Tür kippen. Oder ein Mitglied des Mutti-Klubs bekommt sein vierundzwanzigstes Baby. Dann nennt sich das Besäufnis ›Pinkelparty‹.

Oder es ist schon März. Höchste Zeit, das erste Schnitzel zu grillen. Bei knapp zehn Grad über null.

Oder es ist zufällig gerade wieder Weihnachten.

Oder Ostern.

Oder Muttertag.

Oder Vatertag.

Oder Valentinstag.

Oder eben unsere Hochzeit.

Oder irgendwas anderes.

Mit zweiunddreißig bin ich einfach zu alt für den ständigen Partystress.

Ich lese gern in meiner Freizeit. Und gehe inlineskaten. Und schreibe Tagebuch. Habe ich herausgefunden. Dank der Baustelle bei Osnabrück.

In ein paar Monaten wird Mario wieder pünktlich um fünf zu Hause sein. Und ich werde ein Problem haben, mit so wenig Freizeit auszukommen.

11.

Mir stockte der Atem, als das Schloss der Wohnungstür klackte. Die Klinke rüttelte auf und ab.

Einmal, zweimal drehte sich der Schlüssel, bevor die Tür sich öffnen ließ – nur um im nächsten Moment in die Sicherheitskette zu rasseln.

»Was zum Teufel soll das denn?«, fluchte Danner im Treppenhaus.

Erleichtert schälte ich mich aus der dicken Wolldecke, in die eingemummelt ich auf dem Drehstuhl vor dem PC gehockt hatte.

Nachdem ich Claudius aus der Wohnung geworfen hatte, hatte ich natürlich Vorsichtsmaßnahmen getroffen. Ein zweites Mal ließ ich mich nicht überrumpeln. Vor allem, weil sich mein Bruder auch kein zweites Mal von mir hinausjagen lassen würde.

Nachdem Claudius verschwunden war, hatte ich versucht, weitere Nachforschungen über Janine Hinze anzustellen. Ich wollte nicht zulassen, dass Claudius' Auftauchen mich von meiner Arbeit abhielt. Aber es war unmöglich gewesen, meine Gedanken zurück auf die *bloggergirls* zu lenken.

Zu brutal drängte sich mein Bruder in meinen Kopf, wie er sich zuvor in meine Wohnung gedrängelt hatte, in mein Leben. Vor Wut darüber hatte ich kurzerhand selbst einen Blog eröffnet, einen gehässigen Artikel über große Männer geschrieben und ihn, ohne lange darüber nachzudenken, veröffentlicht. Gepostet, wie man das in der Bloggersprache nannte. Komischerweise hatte ich mich danach ein kleines bisschen besser gefühlt.

Danner musterte mich kritisch, nachdem ich die Sicherheitskette losgefummelt hatte und ihn in die Wohnung ließ. Er roch süßlich, nach Parfüm und Likör. Seine Mütze warf er in die Garderobe, dann fiel sein Blick auf den Turnschuh auf dem Couchtisch.

»War was?«, erkundigte er sich.

Meine Entscheidung stand. Ich würde nicht mehr weglaufen.

»Nix Besonderes«, schüttelte ich den Kopf.

Danner warf meinen Schuh in Richtung Garderobe und wischte mit dem Ärmel den Schmutz vom Marmor. »Ungelogen?«

Was sollte ich sagen? Mein bescheuerter Bruder ist aufgekreuzt und ich mach mir vor Angst den Schlüpfer nass? Mir fehlte jede Lust auf eine Psychoanalyse meiner Kindheitstraumen.

»Sollte es mich etwa stören, dass mein Freund mit einem Schwulen ausgeht, erst nach Mitternacht wieder aufkreuzt und riecht wie meine Oma beim Tanztee?«, lenkte ich ab.

Danner schnupperte an seinem T-Shirt. »Ich dachte schon, ich müsste mir auch noch die Eier enthaaren, um dich endlich eifersüchtig zu machen«, grinste er und kippte mich auf den Rücken.

Im nächsten Moment lag er auf mir, sein Gewicht drückte mich in die durchgesessenen Polster, eine einzelne Feder pikste mir in den Po. Ich schmeckte seine Zunge, warm, fordernd und ungewohnt süß vom Likör. Die alte Angst, die mir bei Claudius' Drohungen wie eine erschrockene Katze in den Nacken gesprungen war, zog ihre Krallen ein und sauste mit borstigem Schwanz aus der Wohnung. Danner küsste sich an meinem Hals hinab, seine rauen Hände fuhren unter meinen Pulli, schoben ihn hoch. Sein Kinn kitzelte ein klein wenig kratzig auf meinem Bauch und der Besuch meines Bruders schien nur noch ein verschwommener Albtraum zu sein.

»Eins kann ich dir versprechen«, sagte Danner, während er mir den Pullover über den Kopf zog und seinen Gürtel öffnete. »Schwul bin ich nicht.«

Tag 19

BELLAS BLOG:
DIENSTAG, 18.22 UHR

Morgen hat Sina Geburtstag.

Ich hasse Geburtstage.

Es gibt Dinge, die kann man niemandem erzählen. Da braucht man schon ein anonymes Weblog, um sie mal loszuwerden. Zum Beispiel die Sache mit den Ersatzgeschenken.

Mittlerweile habe ich drei Geschenke für Sina: erstens die letzte Rotweinflasche, die wir zusammen getrunken haben. Mit rotem Lampenöl gefüllt und einem Docht versehen taugt sie als dekorative Kerze. Kostete gerade mal zwei Euro. Zu wenig. Wir haben uns auf circa fünfzehn Euro für ein Geschenk geeinigt.

Also habe ich zweitens eine teurere Dekolaterne besorgt. Teelichthalter kann man nie genug haben, sagt Sina immer. Mittlerweile besitzt sie geschätzte tausend Teelichthalter. Mir kam der Verdacht, dass das vielleicht doch langsam ausreicht. Also habe ich drittens ein Buch gekauft. Einen Liebesroman. Dann fiel mir das derzeitige Dieter-Dilemma ein.

Also habe ich Weinflasche, Laterne und Buch in meinem Schrank für Ersatzgeschenke verstaut. Ein ausrangierter Kleiderschrank, voll mit Dingen, die ich irgendwann mal verschenken wollte.

Jetzt gehe ich los und hole für fünfzehn Euro einen Tankgutschein.

12.

»Ach, kommt heute gar nicht Frau Sundermann?« Die alte Frau mit der grauen Hochsteckfrisur, die uns in einem ungefähr hundert Jahre alten Nachthemd öffnete, versuchte gar nicht erst, ihre Enttäuschung zu verbergen.

Ich konnte mir ein Grinsen nicht verkneifen, denn es war bereits das dritte Mal, dass wir mit diesen Worten begrüßt wurden.

Meine Begleiterin – heute die kupferrot gefärbte Leiharbeiterin Sonja Meierhoff – bemerkte mein Grinsen. Schlecht gelaunt war sie eh schon gewesen und prompt verhärtete sich ihre Miene noch mehr.

»Frau Sundermann hat diese Woche Spätschicht, Frau Küppers«, klärte sie die Patientin auf.

Frau Küppers war ungefähr genauso alt wie ihr Nachthemd. Eine schmächtige, kleine Person mit stark gekrümmtem Rücken, die auf eine Krücke gestützt mit unsicheren Schritten durch den engen, düsteren Flur tippelte.

Die ganze Wohnung war eng und düster. Frau Küppers schien eine Vorliebe für schwere, alte Möbel aus dunklem Holz zu haben. Zusammen mit dem grauschwarzen Teppich und der ausgeschalteten Deckenlampe erinnerte das Ambiente an eine bewohnte Gruft.

Osteoporose, Knochenschwund, hatte mir Sonja Meierhoff widerwillig erklärt. Außerdem beginnende Demenz – und ausgeprägter Geiz, eine anstrengende Kombination.

Unfreundlich war nicht die richtige Beschreibung von Sonjas Miene. Freudlos auch nicht. Ihre gezupften und nachgemalten Augenbrauen hielt sie über der Nasenwurzel zusammengezogen, als hätte sie Migräne. Ihre zusammengepressten Lippen waren rot, passend zum Nagellack, die Sommersprossen weggeschminkt. Sie bemühte sich um eine gepflegte Erscheinung. Was im krassen Gegensatz zu ihrem Gesichtsausdruck stand. Der war offen feindselig.

Ich glaubte, Frau Küppers bei meiner ersten Tour mit Hedi Sundermann schon mal begegnet zu sein.

Hinter den fingerdicken Gläsern ihrer Brille blinzelte uns die Patientin mit unnatürlich vergrößerten, giftgrünen Augen an. Ihre Zahnprothese hatte sie noch nicht eingesetzt, sodass ihre Zunge beim Sprechen durch die Lücke ihrer fehlenden Schneidezähne nach vorn stieß wie die einer Schlange. Ein knubbeliges, behaartes Muttermal unter dem rechten Augen vervollständigte den geisterbahngeeigneten Gesamteindruck. Sogar der gruftartige Charme ihrer Wohnung passte hervorragend zu ihrem Typ.

»Nutze!«, zischelte die Alte vor sich hin, als sie an mir vorbeitrippelte. Es dauerte eine Sekunde, bis ich begriff, dass sie mit Zähnen wahrscheinlich »Nutte« gesagt hätte.

Im Wohnzimmer fischte Sonja die Prothese aus einem Wasserglas und hielt sie Frau Küppers hin. Murrend schob die das Gebiss in den Mund und bleckte gleich darauf eine Reihe großer, falscher Zähne.

»Frau Sundermann und ich wollten mit dem Album weitermachen. Ich hatte extra einen Tee aufgesetzt, aber dafür haben *Sie* ja wahrscheinlich keine Zeit«, versetzte Frau Küppers bissig.

Selbst wenn sie Zeit gehabt hätte, wäre Sonja Meierhoff sicher nicht länger als nötig bei dieser alten Giftspritze geblieben.

»Entschuldigen Sie, dass meine Kinder um eins aus der Schule kommen«, erklärte die rothaarige Pflegerin schnippisch. »Waschen und Anziehen steht auf dem Plan. Und Ihre Medikamente gebe ich Ihnen. Das ist wichtiger als das Album und der Tee.«

»Hier …« Entweder hörte die Patientin schwer oder sie ignorierte Sonja Meierhoffs Worte absichtlich. »Sehen Sie mal, wie weit wir schon sind.« Sie nahm ein dickes, grünes Fotoalbum von einem Sekretär aus blank poliertem Holz und legte es auf den Couchtisch. Es roch nach neuem Plastik.

Ich tippte auf absichtliche Ignoranz.

»Meine Kollegin sieht sich Ihr Album an, solange wir im Bad sind.« Kurzerhand setzte Sonja Meierhoff mich vor das Fotoalbum auf das blau-grau-grün gemusterte Sofa. »Diese Erinnerungsalben sind das neueste Steckenpferd von Agi und Hedi«, erklärte sie mir knapp. »Die haben da letztes Jahr so eine Fortbildung gemacht.«

Sie dirigierte die jetzt einigermaßen folgsame Frau Küppers ins Badezimmer.

»Nein, nicht die Seife, ich nehme doch immer die mit Lavendelduft«, hörte ich die Alte gleich darauf wettern. »Und schneiden Sie sich mal die Fingernägel – Sie sind doch kein Tiger, Sie müssen mit den Krallen nicht Ihr Mittagessen erlegen.«

Grinsend schlug ich das Fotoalbum auf.

Erinnerungsalbum von Karin Küppers, las ich auf der ersten Seite. Darunter ein Foto, das die Giftspritze in jüngeren Jahren zeigte. 1976, um genau zu sein, auch das stand in kantiger Schreibschrift unter dem Bild. Damals hatte sie mehr Zähne, bereits sehr viele Falten und den verblichenen

Farben der alten Aufnahme zum Trotz leuchteten ihre Augen grün.

Dazu einige persönliche Daten: *Geboren 1929 in Berlin.*

Die Handschrift wirkte altmodisch, die nach rechts geneigten Buchstaben waren verschnörkelt, aber flüssig, sorgfältig gemalt und gut lesbar. So ganz wollte diese Schrift nicht zu einer zittrigen Neunzigjährigen passen, fand ich. Wahrscheinlich hatte Hedi das Schreiben übernommen.

Auf der nächsten Seite folgte ein schwarz-weißes Kinderfoto, das drei Mädchen mit dicken Zöpfen zeigte. *Karin mit ihren Schwestern Greta und Marlene.* Daneben gab ein steckbriefartiger Lebenslauf Übersicht über die Biografie der Giftspritze:

Kriegskind in Berlin
Bombenangriffe im Keller überlebt
1943–47 als Aushilfskrankenschwester in der Charité
47–50 Ausbildung zur Krankenschwester

Es folgten der Umzug nach Wanne-Eickel, eine Hochzeit mit einem Pastor, ehrenamtliche Seelsorge und Betreuung ungewollt schwangerer junger Frauen im Ruhrgebiet der Nachkriegszeit.

Verblüfft blätterte ich weiter. Die Giftspritze war eine kirchlich-ehrenamtliche Wohltäterin. Das sah man ihr wirklich nicht an.

Es folgten Tiefen im Lebenslauf – Tod der Eltern, des Ehemannes, Kinderlosigkeit.

Das Album erinnerte daran, dass Karin Küppers nicht immer eine kauzige Oma gewesen war, sondern auch ein Kind, das sich mit seinen Geschwistern vor Fliegerbomben im Keller versteckt hatte, eine Krankenschwester im Krieg, eine verliebte Braut und eine engagierte Pastorenfrau.

»Wie soll ich mich denn mit diesem Waschlappen abtrocknen? Geben Sie mir ein anständiges Handtuch!«

Und sie war eine Frau, die es sich auch im Alter nicht bieten lassen wollte, in einen Jogginganzug gesteckt zu werden, wenn sie Lust auf eine Bluse hatte.

Nur mit einem Schlüpfer bekleidet, humpelte die schlecht gelaunte alte Dame am Arm von Sonja Meierhoff aus dem Bad. Verblüfft bemerkte ich, dass ich sie plötzlich mit ganz anderen Augen betrachtete.

Als ich das Erinnerungsalbum zuklappte, fragte ich mich, ob sich Sonja schon mal die Zeit genommen hatte, einen Blick hineinzuwerfen. Oder Janine Hinze, die sich bei der Dienstbesprechung anscheinend über genau diese Frau Küppers aufgeregt hatte.

»Erst die Stützstrümpfe«, kommandierte Karin Küppers starrsinnig.

»Erst die Medikamente«, korrigierte die Pflegerin und trat an den antiken Sekretär. Ein kleiner Karton schien randvoll mit Tütchen und Schachteln. Die Pflegerin zog eine Art dicken Kugelschreiber und ein verschweißtes Plastikpäckchen heraus, aus dem sie so etwas wie eine Patrone fummelte. Das Medikament, begriff ich. Aber welches?

In Sekundenschnelle hatte sie eine Stelle am schlaffen Oberschenkel der Seniorin mit einem Wattebausch desinfiziert, das Injektionsgerät wie einen Dolch umgriffen und geübt in die Muskulatur gerammt.

Ich hob beeindruckt die Brauen und überlegte, ob so ein Injektionsgerät womöglich auch als Waffe taugte.

Obwohl die Pflegerin die Injektion weder angekündigt hatte noch besonders behutsam vorgegangen war, zuckte Frau Küppers mit keiner Wimper. Die alte Frau nahm die Medikamente so selbstverständlich hin wie ein Kind ein Bonbon. Ich fragte mich, ob sie im Gegensatz zu mir wusste, was die Pflegerin ihr gerade gespritzt hatte. Oder ging sie einfach davon aus, dass schon alles seine Richtigkeit hatte? Ich war mir ziemlich sicher, dass sie weniger gelassen bliebe, wenn sie über die erhöhten Todesfallzahlen in Kenntnis gesetzt würde. Wie einfach wäre es für eine Krankenpflegerin, die Medikamente zu vertauschen.

Sonja war inzwischen vor der Patientin in die Knie gegangen, um ihr in die geforderten Stützstrümpfe zu helfen. Der starke, fleischfarbene Stoff leistete hartnäckig Widerstand, die Pflegerin keuchte und die Patientin beschwerte sich.

Ich nutzte die Gelegenheit, um einen interessierten Blick in den Medikamentenkarton auf dem Sekretär zu werfen. Tatsächlich war er gefüllt mit bunten Tablettenschachteln, steril verpackten Einmalspritzen, Pflastern und Kompressen. Ich entdeckte ein weiteres originalverpacktes Injektionsgerät, das wie ein kurzer, dicker Stift aussah. Kurzerhand zog ich es zwischen den Schachteln hervor.

Insulinpen, stand auf der Verpackung.

Prüfend betrachtete ich die beiliegende Injektionsnadel. Sie war kaum einen Zentimeter lang und sehr fein. Nicht als Waffe geeignet, das Ding würde mit Sicherheit abbrechen.

Schade eigentlich.

Ich steckte das Gerät zurück in den überfüllten Karton, es rutschte wieder heraus und landete auf der polierten Holzoberfläche des antiken Schreibschränkchens – direkt neben einem altmodischen, schwarzen Federhalter aus verziertem Metall.

»Ups. Entschuldigung«, sagte ich laut und klaubte umständlich die raschelnde Plastikverpackung des Insulinpens auf. Dabei verschwand der Füller spontan im Ärmel meiner Jacke.

Perfekt. Ich musste mir auf die Zunge beißen, um nicht zu grinsen. Selbst wenn der alten Frau das Fehlen des Federhalters auffiel, war ja bekannt, dass sie gern etwas verschluderte und zuerst immer wieder gern die Pflegerinnen beschuldigte, statt zu suchen.

Zufrieden verfolgte ich, wie Sonja Meierhoff die Patientin beim Anziehen unterstützte, während das metallene Schreibgerät kühl und schwer in meinen Fingern lag.

Im Gegensatz zu Janine Hinze half die Rothaarige der Giftspritze zwar wortkarg, aber bemerkenswert geduldig in eine graue Hose und die weiße Bluse.

Ich konnte mir vorstellen, wie Hedi die Sachen am vorigen Abend liebevoll auf einem Stuhl neben dem Bett zurechtgelegt hatte. Es lag auf der Hand, warum die Patienten an Hedi hingen wie Zecken am Pudel. Nicht nur, weil Hedi sich die Zeit nahm, einen Kaffee mit ihnen zu trinken, sondern weil sie sich ehrlich für sie interessierte. Hedi sah keine Kunden, die sie waschen und füttern musste wie ein Stallknecht das Vieh. Hedi lernte die Menschen wirklich kennen, ihre Geschichten, Erinnerungen und Gefühle.

Ich konnte nachvollziehen, dass Hedi den anderen Pflegern tierisch auf den Keks ging. Und am meisten wohl denjenigen, die Hedis Spätschicht-Patienten in der Frühschicht betreuen mussten. Da hatte Anna Willms schlauerweise die Leiharbeiterin eingesetzt, die nicht fest zum Team gehörte und wahrscheinlich weniger Unruhe stiftete als zum Beispiel Janine, die aufmüpfige Brezel, die schon nach einem Vertretungswochenende genervt war.

»Hedi verwöhnt die Kunden ganz schön, nicht wahr?«, erkundigte ich mich bei Sonja nach dem Zustand ihrer Nerven, als wir wenig später auf das Auto zuliefen.

Die Pflegerin warf mir einen misstrauischen Blick zu: »Ist doch toll, wenn Hedi sich Zeit für die alten Leute nimmt. Sie hat Ideen, bildet sich weiter und so. Ich wünschte, ich hätte genauso viel Power für den Job, aber ich hab Familie und Fortbildungen kosten auch Geld.«

Pffft. Das konnte die mir nicht verkaufen. Diese ständig enttäuschten Ach-kommt-heute-nicht-Frau-Sundermann?-Mienen zur Begrüßung mussten sie doch in den Wahnsinn treiben.

»Für die Patienten ist das toll«, nickte ich skeptisch.

»Mir macht das wirklich nichts aus«, versicherte Sonja und wuchtete ihren Pflegekoffer in das Heck des Wagens.

Schlechter zu lügen schaffte man kaum.

Sonja war gereizt und müde und stemmte sich die Hände in den Rücken, als sie sich wieder aufrichtete.

»Warum darf es dir nichts ausmachen?«, wollte ich wissen.

Die Pflegerin streifte mich mit einem bösen Blick. Doch weil sie kaum noch giftiger werden konnte, dachte ich nicht daran, lockerzulassen.

»Hat Hedi irgendwas gegen dich in der Hand? Dich beim Klauen erwischt, Nacktfotos gemacht, deine Kinder entführt?«

O Wunder – ich hatte es tatsächlich geschafft, der mürrischen Meierhoff ein Lächeln zu entlocken.

»Wenn du es ganz genau wissen willst«, seufzte sie, »Hedi ist stellvertretende Teamleiterin und ich bin Leiharbeiterin. Und auf die Pflegehelferstelle, die *du* bekommen hast, hoffe ich seit einem Jahr.«

Unsere Blicke trafen sich.

»Ach so.« Deshalb die Mordgedanken, die ich die ganze Zeit in ihrer Miene zu erkennen glaubte.

»Seit einem Jahr bin ich jetzt schon als Elternzeitvertretung hier«, fuhr Sonja bitter fort, »für ein Drittel weniger Gehalt als die Festen. Und auf dem Schleudersitz. Sobald meine Vorgängerin wieder auftaucht, bin ich draußen. Kannst du dir vorstellen, wie beschissen das ist? Mit zwei Kindern?«

Und statt ihr einen festen Arbeitsvertrag zu geben, stellte Elsbeth van Pels Danner und mich ein. Sonja Meierhoff ahnte ja nicht, dass wir nur in Sachen Todesfallzahl ermittelten. Und sie musste mich auch noch einarbeiten.

»Seit drei Jahren springe ich als Leiharbeiterin bei Engpässen ein. Ich bin also viel länger dabei als Piroschka. Und ich habe immer gute Arbeit gemacht. Dabei bin ich alleinerziehend. Ich bringe die Jungs vor der Frühschicht zu meiner Mutter, die fährt sie in die Schule, wo ich sie nach der Arbeit wieder einsammele. Und wenn ich mal Spätschicht habe, bricht das Chaos aus. Ich rotiere und war trotzdem noch nie unpünktlich. Und das für acht Euro fünfzig Mindestlohn und die Hoffnung auf eine Festanstellung. Es ist einfach nicht fair. Ich wäre dran gewesen.«

Das erklärte Sonjas miese Laune. Zugleich kam es mir unwahrscheinlich vor, dass sie für erhöhte Todesfallzahlen sorgte, denn die waren auf die letzten vier Jahre berechnet und Sonja Meierhoff war erst seit drei Jahren im Team.

Piroschka Weber konnten wir wohl von der Liste der zu überprüfenden Mitarbeiter streichen, denn sie hatte ihren Dienst ja noch später angetreten.

Tag 21

BELLAS BLOG:

DONNERSTAG, 01.19 UHR

Geburtstagspartys sollte man nicht mitten in der Woche feiern. Aber es hatte ja auch keine Party werden sollen.

Letztes Jahr ist Sina dreißig geworden. Das ist natürlich gefeiert worden. Mit allem Drum und Dran. Deshalb sollte der Einunddreißigste dieses Jahr ausfallen.

Ich war damit natürlich nicht einverstanden. Weil Dieter der Dämliche sich abgemeldet hatte, erst recht nicht. Und Sina war im Nachhinein wohl ganz froh, dass ich aufgetaucht bin. Mit einer Flasche Rotwein. Drei weitere Flaschen hatte Sina noch im Schrank.

Dieter kann demnächst seinen Computer vögeln, wenn er nicht mindestens mit einem Diamantring nach Hause kommt. Erklärten wir nach der ersten Flasche. Nie würden wir ein Gespräch über Durchfall bei Kleinkindern führen. Beschlossen wir bei der zweiten. Und bei der dritten Flasche entschieden wir, auch die vierte noch zu öffnen.

Dann wurde mir schlecht. Ich fand, es war an der Zeit, ein Taxi zu rufen.

Als ich ging, war Dieter immer noch nicht aufgetaucht.

Mario hingegen wartete schon. Mit einem zweihunderter Puls.

Ich hatte ihm einen Zettel hingelegt. Die Mitteilung: *Sina hat Geburtstag. Bin um spätestens 23 Uhr zurück.*

Um kurz vor eins hielt das Taxi vor unserem Gartentor.

Mario hasst Unpünktlichkeit. Ich weiß das. Aber ich bin nicht bereit, etwas zu ändern. Irgendwie süß, dass er sich Sorgen macht. Klar. Doch das ist kein Grund, sich bei jeder Verspätung derartig aufzuregen.

Konzentriert versuchte ich, mit dem Schlüssel das Schloss unserer Haustür zu treffen. Da hatte ich noch die vage Hoffnung, Mario wäre vor dem Fernseher eingeschlafen.

Doch als ich die Tür öffnete, hörte ich ihn bereits schimpfen.

Ich drückte die Tür hinter mir zu. Einen Moment lang wünschte ich mich in die kleine Zwei-Zimmer-Mietwohnung zurück. Wo sich die Nachbarn beschwert hatten, wenn man in der Badewanne sang. Dort hatte Mario seine Stimme stets gedämpft. Aus Rücksicht auf die Mitbewohner. Zu Nachbarn ist Mario ausgesprochen höflich. Und zu Kunden. Und zu älteren Damen im Bus.

Zu Vorgesetzten und Untergebenen nicht immer. Und zu seiner Frau auch nicht.

»Du sollst anrufen, wenn es später wird! Wie oft habe ich dir das schon gesagt?«

Er stand vom Sofa auf. Ich hörte es. Seine Schritte näherten sich. Ich musste mich an der Wand abstützen. Der Flur drehte sich. Der Rotwein erschwerte das freie Stehen erheblich.

»Spinnst du völlig? Es ist mitten in der Woche! Du musst morgen arbeiten und lässt dich wieder volllaufen!«
»Ist doch mein dicker Schädel und nicht deiner«, verteidigte ich mich.
Mir war schwindelig. Ich war müde. Und ich musste in vier Stunden zum Dienst. Ich hatte keine Lust, noch zwei Stunden davon mit Mario zu streiten. Ich wollte ins Bett.
Dummerweise dauern unsere Streits länger und länger, je mehr ich widerspreche.
»Es ist jedes Mal das Gleiche, wenn du mit deinen Weibern weggehst! Nächstes Mal bleibst du zu Hause, kapiert?«
»Sina hat Geburtstag!«
»Und jeder, der nicht so saublöd ist wie ihr, feiert das am Wochenende.«
»Wir haben uns eben verquatscht.«
»Kann denn auch Sina nicht die Uhr lesen? Bei dir wundert es mich ja gar nicht mehr.«
»Ich kann selbst entscheiden, wann ich nach Hause komme!« Ich lallte. Ein bisschen.
»Anscheinend nicht, sonst wärst du nicht vollstramm!«
Ich versuchte, mich an ihm vorbei in Richtung Treppe zu drängeln. Er erwischte meinen Arm. Drückte mich gegen die Wand.
Augenblicklich stiegen mir Tränen in die Augen.
»Und fang nicht wieder an zu heulen! Du tust ja, als hätte ich dir schon mal eine geballert! Dabei sollte ich dir echt mal die Fresse polieren, damit du's checkst! Ich hasse besoffene Weiber, das ist so was von ekelhaft! Ich schlaf heute lieber auf dem Sofa!«
Mit einem Ruck ließ er meinen Arm wieder los.
Hastig rannte ich die Treppe hinauf. Ins Bad. Ich schloss mich ein. Mit dem Rücken an die Wand gelehnt blieb ich stehen. Wartete. Bis die weißen Fliesen aufhörten, sich zu drehen.
Draußen stampfte Mario die Treppe herauf. Und wenig später wieder hinunter. Ein schleifendes Geräusch. Seine Bettdecke, die er hinter sich her zog.

Die Tränen liefen mir immer noch übers Gesicht. Wenn ich getrunken habe, heule ich schneller als sonst. Noch schneller.

Ich hasse es, wenn Mario sich so aufspielt.

Ich wartete weiter. Bis alles still war. Dann schlich ich ins Schlafzimmer hinüber. Griff nach meiner eigenen Bettdecke. Heute war Mario wirklich sauer. Da fielen ihm manchmal noch nach zehn Minuten Dinge ein. Dinge, die ihn schon seit Monaten ärgerten. Irgendein Fussel. Der irgendwo an der Wand klebte. Der ihn genau in diesem Moment wieder störte.

Hastig zerrte ich meine Bettdecke in den Flur. Am Türrahmen blieb der Stoff hängen. Ich polterte mit der Schulter gegen die Wand. Hielt kurz den Atem. Wartete. Doch auf der Treppe hörte ich nichts.

Mit einem Ruck befreite ich die Decke. Schleppte sie hinter mir her in mein Arbeitszimmer. Schloss mich ein. Und atmete auf.

Hier liege ich immer noch. Ziemlich unbequem. Und kalt auf dem Laminat.

Zwei Dinge weiß ich genau: Erstens werde ich es heute durchziehen. Ich werde nicht zu Mario ins Bett kriechen. Da kann er sich noch so viel entschuldigen. Zweitens werde ich morgen einen Flokati kaufen. Nur mit der Bettdecke auf dem Fußboden zu übernachten ist nicht besonders komfortabel.

13.

»Na, wieder Überstunden gemacht?«, stichelte ich spitz, als Danner sehr viel später als ich von seiner Tour mit Simo Kracht nach Hause kam. »Oder biste deinem Ingo schon untreu geworden?«

Mit einer femininen Geste zupfte sich Danner seine Wollmütze von der Glatze.

»Ach ja, auch der Simo ist ein ganz Süßer«, grinste er. »Ich kann mich gar nicht entscheiden.«

Ich schnitt eine Grimasse.

»Aber leider verheiratet, drei fast erwachsene Kinder«, ergänzte Danner. »Seine Frau töpfert Vollzeit, sie hat ein Atelier in Dortmund-Hörde. Er engagiert sich ehrenamtlich. Weil seine Frau rund um die Uhr arbeitet und die Kinder selbstständig werden, schult er Freiwillige zum Sterbebegleiter für den Hospizverein.«

Ich horchte auf.

»Den Hospizverein?« Ich drehte mich samt Bürostuhl zu Danner herum.

»Er ist da wohl auch im Vorstand.«

»Nicht zufällig als Kassenwart, oder?«

Danner zog eine Braue hoch: »Das ließe sich in Erfahrung bringen.«

Ich kratzte mich am Kinn. Ich hatte die restlichen Erben auf meiner Erbschleicherliste abtelefoniert. Natürlich war ich auf keinen immer wieder auftauchenden Namen gestoßen. Das wäre ja auch ein selten doofer Serienmörder gewesen.

Die einzige Wiederholung überhaupt war das örtliche Hospiz. Insgesamt vier Mal hatte die Einrichtung Kunden des Pflegedienstes *Sonnenschein* beerbt. Und nur einen einzigen Namen auf der Erbenliste kannte ich: Eine alte Dame hatte Agi Friedlich tatsächlich zwei Perserkatzen hinterlassen. Nach einem Mordmotiv klang das nicht. Es sei denn … weitere Katzen wären ebenfalls in Agis Besitz übergegangen, ohne von den Nachkommen erwähnt zu werden. Weil sie es einfach unwichtig fanden. Oder schon vergessen hatten.

Ein Punkt, den ich bei Gelegenheit noch klären sollte.

»Dann los. Bring mal in Erfahrung, ob Simo Kracht der Finanzminister des Hospizvereins ist«, grinste ich Danner an.

Er salutierte mit übertriebenem Gehorsam. »Übrigens treffe ich mich gleich mit Ingo – auf ein Käffchen«, informierte er mich nebenbei.

Ich musterte den Detektiv kurz.

»Ich werd mich mal hübsch machen«, flötete er, küsste mich flüchtig und verschwand im Bad.

Ich rieb mir kräftig die Augen, um die Gedanken und Bilder, die mir meine übereifrige Fantasie aufdrängte, loszuwerden, und lenkte meine Aufmerksamkeit auf den PC. Mir blieben die *bloggergirls* als meine erfolgversprechendste Spur.

Doch als Danner zu seinem Date verschwand, beschlich mich erneut ein mulmiges Gefühl. Ich war eifersüchtig. Auf einen Travestiestar. Hilfe!

Zum Glück unterbrach das Klingeln des Telefons diesen Gedankengang.

»Danner und Ziegler, Privatdetektei. Was kann ich für Sie tun?«

»Du machst dich so was von lächerlich mit dieser Detektivspielerei.«

Claudius! Schon wieder.

Mein Herz machte einen Satz.

»Dein Kumpel ist ja gerade raus. Da hast du sicher Zeit für mich.«

Reflexartig sah ich mich um.

Bescheuert, wies ich mich im nächsten Moment zurecht. Claudius war wohl kaum wie Spider-Man an der Hauswand heraufgeklettert, um mich im zweiten Stock von außen durchs Fenster zu beobachten. Aber er konnte nicht weit weg sein.

»Wir treffen uns unten in der Kneipe und besprechen alles.«

Auf keinen Fall! Erschrocken sah ich auf die Uhr. Fast fünf. Molle öffnete wahrscheinlich gerade. Ein Schauer krallte sich in meinen Nacken.

Hastig sprang ich auf und zog nun doch die Gardine zu. Claudius in Molles Kneipe. In unserer Kneipe. In meiner Kneipe. Das ging nicht.

»Wir treffen uns nirgendwo!« Ich trat an die Garderobe und durchwühlte die Taschen meiner Jacke. »Ich will dich hier nicht noch einmal sehen.«

Ich fand den Federhalter, den ich in der Gruft der Giftspritze hatte mitgehen lassen.

»Noch ist nichts passiert, Liana. Keiner außer der Familie hat bisher mitbekommen, dass du weg bist. Alle glauben, du studierst. Erklär Vater, dass du im nächsten Semester mit dem Jurastudium anfangen wirst, dann regt er sich schon ab.«

Na sicher, so wie sich ein Stier abregte, wenn ihn der Torero mit seinem Speer in den Hintern pikste. Mit zitternden Fingern zog ich die Kappe von der scharfkantigen Metallfeder.

»Mann, Liana. So schlimm, wie du tust, ist Vater nun wirklich nicht. Hör mit der bescheuerten Detektivspielerei auf und mach endlich, was er will.«

So ein Idiot!

Ich betrachtete meine neue Waffe nachdenklich. Schwer und kalt lag das Metall in der Hand. Sowohl der schwarze Schaft als auch die goldene Feder waren mit eingravierten Ornamenten verziert. Altmodisch, aber stabil. Das Ding war eine Mordwaffe. Ich umfasste das Gerät probeweise. Dabei fiel mir auf, dass das Beben meiner Hände nachgelassen hatte.

»Ich mache, was *ich* will!«, fauchte ich in den Hörer. »Kapier das endlich.«

Claudius' Stimme wurde immer lauter, ich legte auf.

Mein Herz klopfte.

Wahnsinn. Letzte Woche hatte ich noch geglaubt, endlich ein einigermaßen geordnetes Leben zu führen. Und jetzt saß ich hinter zugezogenen Gardinen wie ein Kaninchen, vor dessen Bau der Fuchs lauerte.

Ich schob die Kappe auf die Feder zurück und steckte den geklauten Nobelfüller in die Hosentasche meiner Jeans.

Von meinem bescheuerten Bruder ließ ich mich nicht fertigmachen.

Tag 21 (immer noch)

BELLAS BLOG:

DONNERSTAG, 20.24 UHR

Wie gesagt. Geburtstage sollte man nicht in der Woche feiern. Der heutige Tag bestätigte die Regel. Einmal mehr.

Bis heute Nacht um drei habe ich auf dem Laminat gefroren. Und mir dabei einen Bandscheibenvorfall zugezogen. Während Mario vor der Tür abwechselnd gebrüllt und gebettelt hat. Bis ich doch wieder schwach geworden bin.

Ich habe ihm verziehen. Weil ich keinen Flokati besitze. Hauptsächlich. Sonst hätte ich ihn länger schmoren lassen.

Wie ich zur Arbeit gekommen bin, beschreibe ich lieber nicht. Mit dem Restalkohol im Blut. Meine Kollegin (aus Gründen des Datenschutzes und der Arbeitsplatzsicherung nennen wir sie mal Betti) hat mich gleich wieder nach Hause geschickt. Betti ist Gold wert.

Gegen neun lag ich dann wieder im Bett. War gerade eingeschlafen. Da klingelte das Telefon. Ich war entschlossen, nicht dranzugehen. Ich war ja eigentlich nicht mal da.

Ich habe mich auf die Seite gedreht. Mitgezählt. Zweiundzwanzig Mal klingelte es. Entnervt habe ich mich doch aufgesetzt. In dem Augenblick war das Ding endlich still. Und ich wach.

Eine halbe Stunde später bin ich wieder eingenickt. Prompt weckte mich die Klingel an der Haustür.

Sina.

In einem Strickrock mit Blumenmuster. Der viel zu eng saß bei ihren zwölf Pfund Übergewicht. Dazu gelbe Ringelsocken und Biolatschen. Und kurze, knallrote Haare. Ungekämmt.

Das ist nichts Besonderes. Bis dahin. Sinas Berufsbezeichnung lautet Computerfreak. Sie sorgt in zwei Krankenhäusern und bei einem Gerüstverleih dafür, dass die Computersysteme laufen. Keine Tätigkeit, bei der die Frisur sitzen muss. Die meiste Arbeit erledigt Sina von ihrem PC von zu Hause aus.
Aber heute waren ihre Augen rot. Die Lider aufgequollen. Tränen kullerten über ihr rundes Gesicht.
Natürlich hatte Sina angerufen. Sie hatte mich auf der Arbeit erreichen wollen. Betti hatte ihr gesagt, ich sei krank.
»Hi?«
Wortlos schniefte Sina an mir vorbei. Ins Wohnzimmer.
»Was ist passiert?«
Eigentlich erübrigte sich die Frage.
»Was hat er angestellt?«
»Er hat mir ...!« Dramatisches Versagen der Stimme.
Ich holte den Rest Magentee aus der Küche.
Als ich zurückkam, konnte Sina wieder sprechen. Dieter hatte ein Geburtstagsgeschenk nachgereicht. Ein neues Handy. Von der Elektronikmesse.
Sie ist ausgeflippt.
Nicht, dass Sina prinzipiell nichts für Technik übrig hätte. Im Gegenteil. Mit ihrem Computer führt sie vermutlich intimere Gespräche als mit Dieter.
Aber den vergessenen Geburtstag kann Dieter nur mit einem Verlobungsring ausbügeln. Auf den wartet Sina seit zwei Jahren.
Das Handy könne er sich in den Hintern stecken, meinte Sina. Seine Antwort: Wenn sie es nicht wolle, behalte er es selbst. Praktisch. So ist er eben.
Sina ist hinausgestürmt. Und Dieter hat sein neues Telefon in Betrieb genommen.
Drei Stunden hat Sina in meinem Wohnzimmer geheult. Um sich dann zu entschließen, Dieter noch ein letztes Mal zu verzeihen.
Ich bin überzeugt, er weiß wieder nicht, was genau sie ihm verzeiht.

Inzwischen ist es Abend. Mein Restalkohol ist abgebaut. Und Mario steht im Stau. Vor zehn wird er nicht zu Hause sein.

14.

Erklär Vater, dass du im nächsten Semester mit dem Studium anfangen wirst, dann regt er sich schon ab.

Ich versuchte, das Wispern von Claudius' Stimme zu ignorieren und mich auf die Internetseite von Gülcan Aydin zu konzentrieren.

Praktikum auf dem Bau: Mädels mischen mit!, lautete die Überschrift ihres neuesten Textes, den sie gestern Nacht geschrieben haben musste. Ein Foto zeigte zwei junge Türkinnen in Blaumännern, die auf einer Baustelle einen Betonmischer bedienten.

Du bringst unsere Mutter um! Ist dir das scheißegal, oder was?

Klappe, Claudius!

Am rechten Bildschirmrand gab es eine Liste anderer Weblogs. Sie leuchteten blau, sie waren verlinkt, verknüpft. Man musste den Namen nur anklicken, um auf der Internetseite einer anderen Person zu landen.

Da gab es *Mama im Streik, Selina, Rettet den großen Panda, Denken und Meinen, Mo's Loveblog, Miss Kanatan's komische Gedanken* und elf weitere Weblogs, die ihrerseits wieder mit anderen Seiten verknüpft waren wie ein riesenhaftes Spinnennetz. Es musste Tausende verschiedener Blogs geben, ein riesiges Labyrinth von Texten.

Planlos klickte ich mich durch die anderen Seiten, die mit Politik, mit Frauen, mit Umweltschutz, mit wütenden Frauen, mit Liebe, mit wütenden, streikenden Frauen, mit radikalen Tierschutzorganisationen oder mit wütenden, streikenden, türkischen Frauen zu tun hatten.

Gülcan benutzte ihren echten Namen, wohl, weil sie den Blog als politische Plattform nutzte. Die meisten anderen schrieben unter Fantasienamen oder Kürzeln, wie *Miss Kanatan* oder *Mo.* Wahrscheinlich hatte Gülcan wahllos auf alle Blogs verlinkt, die ihr gefielen …

… und natürlich auf die Seiten von Leuten, die sie kannte.

Hm.

Ich klickte mich zurück auf Gülcans Blog. Konnte ich so womöglich die Seite von Janine Hinze finden?

Ich ging die Liste von oben nach unten durch, klickte alle an, überflog aktuelle Einträge und Kommentare.

Und tatsächlich, bei *Mama im Streik* wurde ich fündig. Eine Mama, die sich selbst *Pink Ninja* nannte, erzählte hier von ihrem Leben als alleinerziehende Ausbilderin ihres *Little Ninja.*

Verdächtige Ruhe, lautete die Überschrift des aktuellsten Eintrages. *Als über drei Minuten kein Laut mehr aus der Badewanne zu hören gewesen war, sah ich nach dem Rechten. Da hatte das kreative Kleingenie den Spielzeugmangel beseitigt und drei Würste in die Badewanne gekackt, die nun als U-Boote herhalten mussten …*

Unter dem Text hatte Gülcan einen Kommentar geschrieben: *Ahoi, Janine. Halt den Kopf über Wasser. Bis morgen, Gül.*

Volltreffer.

Ich hatte Janine Hinzes virtuelles Ich identifiziert. Und herausgefunden, dass auch sie ein Kind hatte.

Der zweite Kommentar zu dem neuesten Text ließ mich stutzen. Er war kurz: *:–) Sehen uns. Mo*

Ein Gedanke glitt an mir vorbei, hielt inne und schwebte zu mir zurück.

Mo?

Waren Gülcan und Janine womöglich gar nicht die einzigen *bloggergirls* des Pflegeteams? Auch Mo schien in der realen Welt eine Bekannte zu sein. Konnte hinter *Mo's Loveblog* etwa die schweigsame Mona Rudzinski stecken?

Nee. Im Leben hätte ich bei der keine sensible Seite vermutet. Die sah doch aus wie eine Gewichtheberin, die in ihrer Freizeit brüllend Hundert-Kilo-Hanteln über ihren Kopf stemmte.

Ich sah mir *Mo's Loveblog* genauer an.

Eine rosarote Seite, gefüllt mit – Liebesgedichten!

Ich liebe dich, hieß gleich das neueste Werk der Poetin. *Mal von hinten – mal von vorn – bis dir glühen deine Ohren …*

Uff.

Ich konnte mir nicht vorstellen, dass Gülcan diesen rosa Schmalz mit ihrer Seite verlinkt hatte, weil ihr die anspruchsvolle Lyrik so gut gefiel. Nein, es war relativ wahrscheinlich, dass sie die Verfasserin persönlich kannte.

Ob wirklich Muskel-Mona diese beeindruckende Poesie dahingeschnulzt hatte?

Das Klingeln des Telefons stellte mein Grinsen abrupt ab. Es klang fordernder, schriller als noch vor zwei Tagen. Bedrohlich irgendwie.

Ich wartete in der Hoffnung, der Apparat würde von selbst die Klappe halten. Von wegen. Nach dem achtzehnten Klingeln ging ich doch dran.

»Liliana?«

Verdammt. Ich kniff die Augen zu. Weil zum Telefonieren aber noch immer die Ohren benötigt wurden, konnte meine Grimasse die weinerliche Frauenstimme nicht am Weitersprechen hindern.

Ich sehe meine Mutter in einem bodenlangen, nachtschwarzen Kleid vor mir, das die Auswirkungen lebenslanger Diäten ausreichend zur Geltung bringt. Ihre Hochsteckfrisur schimmert goldblond, weil ihr Friseur zweimal im Monat jeden

Ansatz von Grau entfernt. Und die Absätze ihrer Stilettos machen sie locker zwölf Zentimeter größer als mich.

»Liana, Liebes, ich habe mir solche Sorgen gemacht. Ich … ich fürchtete, du hättest dir womöglich etwas angetan …«

Oh, das wäre eine praktische Lösung gewesen. Sie hätten mir ein schrecklich trauriges Begräbnis ausrichten lassen. Meine Mutter hätte sogar einen dramatischen Auftritt an meinem Grab hinlegen können.

Das theatralische Schluchzen am anderen Ende der Leitung ließ sich nicht länger ignorieren.

»Sorry, den Gefallen hab ich euch nicht getan.«

Meine Mutter jodelte los wie ein Dackel bei Vollmond.

Mann, diese Seifenoper hatte ich ganz vergessen.

»Mir geht's super, danke der Nachfrage und tschüss.«

Ich legte auf. Das Telefon zitterte in meiner Hand.

War klar. Die machte wieder eine Tragödie aus allem, die blöde Kuh. Wie rücksichtslos von mir, dass ich einmal mehr nur an mich gedacht hatte. Dabei hätte meine Mutter sich eigentlich denken können, dass ich kein Mitleid mit ihr haben würde.

Hatte ich nämlich nicht!

Ganz sicher nicht.

Nein!

Ohne Vorwarnung schrillte das Telefon wieder los.

Vor Schreck ließ ich es fallen, es hopste bimmelnd auf den Polstern der Couch.

»Lass mich in Ruhe!«, schrie ich das Gerät an.

Es klingelte lauter. Ich schnappte den Apparat und stopfte ihn in eine Ritze zwischen die Polster. Gedämpft klingelte es weiter.

Im gleichen Moment vibrierte mein Handy in meiner Hosentasche. Verdammt!

Ich musste hier weg.

Sollte Claudius es wagen, mir aufzulauern, würde ich ihm das ein für alle Mal abgewöhnen! Meine Finger tasteten nach dem Federhalter in meiner Hosentasche, während ich mir eine von Danners Wollmützen über die kurzen, blonden Zotteln zog, in meine Jacke schlüpfte und die Wohnung verließ.

Tag 22

BELLAS BLOG:
FREITAG, 19.09 UHR

Das Dieter-Desaster ist in die nächste Runde gegangen.
Sina ruft stündlich an. Weil heute Freitag ist. Sie weiß, dass ich freitags einen relativ lockeren Arbeitsplan habe. So setzt sie mich über die neuesten Katastrophen in Kenntnis. Wie gesagt: Stündlich.
Um neun Uhr war sie den Tränen nahe. Weil Dieter beim Frühstück kein Wort gesagt hat. Nur an dem neuen Handy gefummelt. Um zehn wollte sie sich trennen. Um elf habe ich ihr von Marios Ausraster nach der Geburtstagsfeier berichtet. Sie hat gemurrt. Sie wäre froh, wenn Dieter sie mal anschnauzen würde. Statt sie zu ignorieren. Aber die Trennung konnte ich ihr wieder ausreden. Stattdessen wollte sie heute Abend mit Dieter ausgehen. Und das Thema Verlobung selbst ansprechen. Weil der Vollidiot nicht von allein drauf kam.
Um zwölf hatte Dieter der Dämliche meine Bemühungen zur Rettung seiner Beziehung zunichte gemacht. Mit einer knappen Mail. Sie lautete: *hallo Sina-schatz komme heute spät war mit kurt bei burgerking geh mal wieder mit deiner freundin weg, ja?*
Um fünf nach zwölf hatte Sina ihm zurückgeschrieben. Dass er seine Sachen vor ihrer Haustür abholen könne.
Das ist das zwölfte Mal, dass sich Sina und Dieter trennen. Wenn ich richtig gezählt habe.
Mario und ich hingegen haben in zehn Jahren keine einzige Trennung zustande gebracht. Trotz aller Meinungsverschiedenheiten.

Unsere Ehe scheint doch zu funktionieren. Marios Nerven liegen im Augenblick blank. Wegen des Jobs. Das ist alles.
Heute ist Freitag. Er hat früher Feierabend gemacht. Prompt war seine Laune besser. Wir waren zusammen einkaufen. Haben gemütlich Kaffee getrunken. Und heute Abend steht eine Familienfeierlichkeit auf dem Programm. Wie könnte es anders sein?
Tante Minna wird dreiundsiebzig. Zur Feier des Tages veranstaltet sie eine Grillparty. In ihrem Schrebergarten. Wolldecken und Winterjacken inklusive.
Aus diesem Grund musste ich Sina auf ein Treffen morgen Abend vertrösten. Leider. Denn eigentlich lasse ich meine Freundinnen nie hängen. Schon gar nicht in so einer Krise.

15.

Zwei leuchtend gelbe Raubtieraugen fixierten mich. Lauernd. Sie waren kaum zehn Zentimeter von meinem Gesicht entfernt. Die Pupillen zu senkrechten, schwarzen Schlitzen verengt.

Auge in Auge starrten wir uns an. Kampfbereit.

Ihr buschiges, hellgelbes Fell und ihr Übergewicht ließen die Katze sehr groß wirken. Als hätte mir ein kleiner, dicker Löwe die Tür geöffnet. Überhaupt, wie schaffte es das Vieh, auf Augenhöhe mit mir seinen Kopf aus dem Türspalt zu stecken?

Die Öffnung erweiterte sich und das rundliche Gesicht von Agnes Friedlich erschien unterhalb des breiten Katzenkopfes. »Ja, bitte?«

Ich erinnerte mich an meine Rolle und zupfte mir die Mütze vom Kopf: »Ähm, ich bin's, Liliana. Die Neue vom Pflegedienst.«

»Ach, Liliana. Klar. Entschuldige, ist immer ein wenig ungewohnt, wenn man sich unerwartet außerhalb des Dienstes trifft. Ohne weiße Bluse und so. Was kann ich für dich tun? Komm doch rein, Kind.«

Mit Sicherheitsabstand duckte ich mich an dem übergewichtigen Löwen vorbei, der auf einem für seine Ausmaße relativ schmalen Regalbrett hockte. Das Brett war direkt neben der Wohnungstür über einer Kommode an die Wand geschraubt und wohl wirklich als Katzenplatz gedacht. Der gelbe Perser hob drohend eine Vorderpfote, als ich nicht weiterging. Ich beeilte mich, aus seiner Reichweite zu kommen, der dicke Stubentiger sah verächtlich auf mich herunter.

»Ja, ja, der Franzl hält sich für einen Wachhund«, kicherte Agi Friedlich.

Da war mir Molles kleine Hündin Mücke lieber. Die kündigte wenigstens mit einem Knurren an, dass sie demnächst zu beißen gedachte.

Mit einem lauten Plumpsen landete der fette Franz hinter mir auf dem Teppich. So viel zum Thema Samtpfote.

Im Wohnzimmer scheuchte Agi einen kleineren, aber nicht weniger übergewichtigen Fellträger vom Sofa und bot mir den frei gewordenen Platz an. »Setz dich, Liebes.«

Ich ließ mich auf einer Schicht aus Katzenhaaren nieder, unter der das rosa Blümchenmuster der Polster kaum noch zu erkennen war. Als ich mich umsah, entdeckte ich eine weitere graue Mieze zwischen zwei Blumentöpfen auf der Fensterbank. Ein schneeweißes Exemplar lag zusammengerollt auf einem Sessel, ich hatte das Tier erst für ein Kissen gehalten. Und eine bunt gescheckte blinzelte zwischen den Büchern im Regal auf uns herunter. Definitiv hatte Agi Friedlich einen Katzenfimmel. Der war für mich allerdings nur interessant, wenn sie wegen jedem Pelzträger eine Oma auf dem Gewissen hatte.

»Mann, wo hast du denn die ganzen Katzen her?«, kam ich also gleich auf den Punkt.

Agi stellte vor mir eine Teetasse auf die Häkeldecke des Couchtischchens. Ein schwarzer Mäusefänger sprang auf Agis Schoß, kaum dass sie auf der anderen Seite der über Eck angeordneten Polstergarnitur Platz genommen hatte. Der Löwe hatte sich inzwischen wie ein Türsteher auf der Schwelle zum Flur niedergelassen.

»Ach, Katzen kriegst du hinterhergeschmissen.« Automatisch streichelte Agi das schnurrende Raubtier auf ihrem Schoß. »Guck mal in die Zeitung, da bieten immer ein paar Trottel junge Kätzchen an, weil sie das mit der Sterilisation nicht rechtzeitig gebacken gekriegt haben. Ich hab ein paar aus dem Tierheim geholt. Eine ist mir zugelaufen. Und Pedro frisst hier nur, der wohnt eigentlich gegenüber. Seit mein Mann gestorben ist, werden es immer mehr Katzen.« Sie zuckte die Schultern. »So ganz allein leben ist einfach nichts für mich.«

Lieber allein leben als mit Franzl, dem Katzenkaiser, der glaubte, Menschen seien ihm untertan.

Ich hielt die Teetasse in der Hand, ohne zu trinken. Mit Sicherheit schwammen Tierhaare in der Brühe. Denn Agi Friedlich gehörte offensichtlich zu der Sorte von Katzenfreundinnen, die nichts dagegen hatten, dass ihre Lieblinge beim Spaziergang auf dem Frühstückstisch an der Butter leckten.

»Was kann ich für dich tun, Liliana?«

Ach ja, irgendwie musste ich meinen Überraschungsbesuch begründen.

»Ich habe bei einer Patientin so ein Fotoalbum entdeckt. Hedi Sundermann hat es angelegt«, trug ich den Text, den ich mir zurechtgelegt hatte, vor. »Sonja Meierhoff sagte, Hedi und du, ihr habt so eine Fortbildung besucht?«

Die kleine Pflegerin sah mich überrascht an: »Du interessierst dich für Demenz?«

»Klar«, log ich. Genau, wie ich Altenpflegerin werden wollte. Was war Demenz noch mal gewesen?

»Demenz ist natürlich ein großes Thema in der Pflege, die Menschen werden ja immer älter.«

Demenz bedeutete so was wie Vergesslichkeit, Alzheimer, glaubte ich mich zu erinnern.

Agi musterte mich durch die dicken Gläser ihrer Brille. »Hast du eigentlich einen Schulabschluss?«, wechselte sie unvermittelt das Thema.

»Logo.«

»Wieso jobbst du dann ungelernt als Pflegehelferin?«

Moment mal. Wer verhörte hier eigentlich wen?

»Mach doch die Schwesternausbildung.«

»Ich schnuppere erst mal rein«, bremste ich.

Damit schien Agi sich zufriedenzugeben. »Das ist vernünftig, Mädchen. Die Biografiearbeit ist wirklich spannend. Dazu gehören die Erinnerungsalben, die Hedi und ich mit dementen Kundinnen und Kunden anlegen. Beim Blättern erinnern sich die alten Leute besser und es steigert ihr Selbstwertgefühl, wenn sie merken, dass man sich für sie interessiert. Neue Studien zeigen, dass die Biografiearbeit auch den Pflegekräften den Umgang erleichtert. Man kann sich besser einfühlen, die Person sogar verstehen, wenn sie sich nicht mehr mit Worten ausdrücken kann.«

»Das habe ich gemerkt«, nickte ich. »Nachdem ich mir das Album der giftigen, alten Frau Küppers angeguckt hatte, konnte ich sie als die durchsetzungsfähige, engagierte Pastorenfrau sehen, die sie früher mal war. Dadurch verstehe ich ihr biestiges Verhalten viel besser und das finde ich sehr spannend.«

Agis runde Wangen bekamen Farbe: »Es ist einfach so,

dass die verbale Kommunikation bei Patienten mit Gedächtnisstörungen immer unwichtiger wird.«

Ihre Begeisterung für das Thema schien echt.

»Im hohen Alter ziehen sie sich in ihre eigene Welt zurück, sie leben in ihren Erinnerungen, die oft nicht so erfreuliche Gegenwart verliert an Bedeutung. Emotional bedeutsame Erlebnisse treten in den Vordergrund. Eine Frau, die ihre schönste Zeit als junge Mutter erlebt hat, wird vielleicht im Stuhl sitzen und eine Puppe im Arm wiegen, während sie das echte, erwachsene Kind beim Besuch nicht erkennt.«

Woran sich die giftige Frau Küppers wohl erinnerte, wenn sie ihre Pflegerinnen als Nutten beschimpfte?

»Schwer nachzuvollziehen für ein junges Mädchen wie dich, oder? Ich glaube, viele Gedächtnisgestörte ziehen ihre Welt der echten vor«, erklärte Agi katzenstreichelnd. »Im Alter wird einem oft nicht mehr der gewohnte Respekt entgegengebracht. Andere entscheiden, welche Hose du anziehst, was es zu essen gibt, im schlimmsten Fall, in welchem Altenheim du leben wirst.«

Vielleicht hatte ich etwas Ähnliches getan, als ich Wände einstürzen sah, während mein Bruder mich bedrohte, überlegte ich. Dass ich in dem Moment die Realität wahrnehmen wollte, konnte ich jedenfalls nicht behaupten.

»Aber auf Gefühlsebene kannst du die Patienten erreichen. Verwirrte Patienten möchten, dass man sie in ihrem Gefühl ernst nimmt. Dazu braucht es ein wenig Einfühlungsvermögen. Man muss auf die nonverbalen Signale achten.«

»Nonverbale Signale?«

»Selbst Bettlägrige teilen sich mit – ohne Worte. Hedi hat da eine schöne Arbeit drüber geschrieben. Die kann dir das am Patienten auch praktisch zeigen. Ich frage sie mal, ob sie dich morgen wieder mitnimmt, okay?!«

Augenblick! So hatte das eigentlich nicht laufen sollen.

Eine weitere Mammuttour mit der übereifrigen Hedi, das fehlte mir gerade noch. Ich wollte doch auf etwas ganz anderes hinaus.

Agi strahlte mich an.

»Das wär ja super«, knirschte ich so begeistert, als hätte sie mir noch eine Tasse Katzenhaartee angeboten.

»Und ich habe heute Abend eine Gruppe im Seniorenheim. Interaktive Therapie, damit kann man auch bei stark desorientierten Patienten Erstaunliches erreichen. Du kannst gern dazukommen, wenn du Interesse hast.«

Jetzt war es aber gut! Wenn ich nicht aufpasste, verpflichtete sie mich noch als ehrenamtliche Leiterin einer wöchentlichen Seniorentheatergruppe.

»Mal sehen«, murrte ich. »Zeigen sich die alten Leute denn auch mal dankbar für so viel Engagement?«, versuchte ich plump, das Gespräch wieder auf Kurs zu bringen.

»Wenn du Trinkgeld erwartest, geh lieber kellnern«, winkte Agi ab. »Die meisten Rentner haben nicht viel Geld. Vor allem bei den Frauen, die wegen der Kindererziehung nicht viel in die Rentenkasse eingezahlt haben, stockt oft das Sozialamt auf, damit sie genug zum Leben haben.« Agi seufzte bekümmert. »Die Belohnung für die Biografiearbeit ist eher ein reibungsloserer Umgang, weniger Gemotze und Beschwerden.«

Ja, ja, da wollte ich ja auch gar nicht drauf hinaus: »Hat dir denn schon mal jemand was vererbt?«

Agis graue Brauen rückten über ihren kugeligen Augen zusammen: »Das kannste dir abschminken! Wir dürfen keine Erbschaften annehmen. Vollkommen in Ordnung, die ständige Leichenfledderei finde ich so was von schlimm!«

Oha!

Ich hatte es geschafft, die friedliche Agi wütend zu machen. Anscheinend war Erbschleicherei eine weiter verbreitete Methode, an Geld zu kommen, als mir bewusst gewesen war.

»Andererseits sind Erbschaftsversprechen die beliebteste Methode, die Verwandtschaft zu Besuchen zu motivieren«, fuhr Agi grimmig fort. »Genauso schlimm, wenn du mich fragst.«

Die Pflegerin atmete durch, um sich zu beruhigen.

»Na ja, nur bei Tieren ist das wichtig, die müssen schließlich versorgt sein. Mich hat mal eine Klientin gefragt, ob ich mich nach ihrem Tod um den Franzl und die Sissi kümmern würde.« Agi deutete auf den pelzigen Türsteher. »Da hat Frau van Pels dann 'ne Ausnahme gemacht. Die Katzen wären sonst im Tierheim gelandet.«

Ich warf einen Blick auf den selbstgefälligen Löwen in der Tür. Wertvoll war er nicht gerade. Ich konnte mir nicht vorstellen, dass außer Katzenfreundin Agi jemand scharf auf das gemeingefährliche Vieh gewesen sein könnte.

Als Mordmotiv schied der Perser aus.

Auch Agis Katzen waren also kein Grund für die Todesfallhäufung. Welch Überraschung.

In der U-Bahn summte erneut mein Handy an meinem Oberschenkel. Inzwischen hatte ich den Schock über den Anruf meiner Mutter so weit verdaut, dass ich wagte, es aus der Hosentasche zu ziehen und einen vorsichtigen Blick aufs Display zu werfen.

SMS von Danner.

Ich atmete auf. Noch hatte Claudius es nicht geschafft, meine Handynummer herauszukriegen. Wie sollte er auch?

Es war bereits Danners zweite SMS, die erste hatte er vor einer Stunde geschickt. Das war das Summen gewesen, vor dem ich die Flucht aus der Wohnung ergriffen hatte. Lächerlich im Nachhinein. Ich litt wohl an Verfolgungswahn.

Wo bist du?, wollte Danner wissen.

Noch zwei U-Bahn-Stationen, dann war ich am Rathaus, in zehn Minuten zu Hause. Damit würde sich die Frage wohl von selbst klären.

Simo Kracht ist Beisitzer im Vorstand des Hospizvereins. Seit einem Jahr, Mitglied seit zwei Jahren, lautete der Text von Danners älterer Nachricht.

Ich seufzte.

Damit war der Hospizverein aus dem Rennen. Das Phänomen der erhöhten Todesfallzahlen gab es bereits seit vier Jahren. Meine Erbschleicher-Idee endete also komplett in einer Sackgasse. Mist.

Ich starrte in die am Plastikfenster vorbeirasende Dunkelheit des U-Bahn-Schachtes, aus der Sekunden später die grell beleuchtete Haltestelle am Bergbaumuseum auftauchte.

Wer hat noch Vorteile durch den Tod der alten Menschen?, überlegte ich, während sich die Zugtüren zischend öffneten. Stimmen hallten durch den unterirdischen Bahnhof, Schritte klapperten auf dem spiegelnden, grauen Steinboden.

Der Pflegedienst nicht, der verlor seine Kunden.

Wer verdiente, wenn jemand starb?

Die Türen zischten zu und der Zug setzte sich mit einem leisen Ruck wieder in Bewegung.

Blöde Frage.

Tag 25

BELLAS BLOG:
MONTAG, 15.03 UHR

Jedes weibliche Wesen jenseits der sechzig würde Mario adoptieren. Vom Fleck weg. Ich wundere mich immer wieder darüber. Wie schafft er das? Er ist der Traum jeder Schwiegermutter. An diesem Wochenende ist er seinem Ruf erneut gerecht geworden.

Angefangen hat es bereits am Freitagabend mit Tante Minnas Winter-Grillparty.
Ich belächele Veranstaltungen, auf denen nur Bier und Bratwürstchen serviert werden. Mario hingegen ist in seinem Element. Zu jedem Nachbarschaftsstreit bildet er sich eine Meinung. In Sekundenschnelle. Selbst wenn es nur um die Windrichtung geht. Die den Grillrauch womöglich über die Zuchtrosen des Nachbarns weht.
Den militanten Rosenzüchter, der Tante Minna seit Jahren die Grillfeten vermiest, hat Mario ruhig gestellt. Um danach mit drei von Minnas Freundinnen aus dem Canasta-Klub eine Flasche Stonsdorfer zu leeren. Und sich Mogelmöglichkeiten beim Kartenspiel erklären zu lassen.
Am Sonnabend waren wir bei meiner Mutter. Mittagessen. Zwischen Sonntagsbraten und grüner Grütze hat er ihren Geschirrspüler repariert. Und ich habe eineinhalb Stunden damit verbracht, ihm Werkzeug anzureichen.
Meine Mutter wird ihn die nächsten Wochen als handwerkliches Genie vergöttern. Und sich wundern, wie er es mit einer Technik-Legasthenikerin wie mir aushalten kann.
Am Sonntag hat er seiner Mutter, meiner Mutter und mir Blumen geschickt. Rosen. Via Fleurop. Einfach so.
Mario macht solche Sachen.

Übrigens habe ich meine Periode noch immer nicht bekommen. Fast zwei Wochen bin ich drüber. Vielleicht sollte ich mal einen Test machen? Oder zur Ärztin gehen? Obwohl ich ihr vielleicht auf die Nerven gehe.
Vier Mal war ich da, seit ich die Pille abgesetzt habe. Weil meine Periode ein paar Tage verspätet eingesetzt hat. Einmal habe ich mich sogar nur verzählt. Wahrscheinlich ist es wieder ein falscher Alarm.
Außerdem haben Mario und ich ja über das Thema gesprochen. Eine Schwangerschaft wäre kein Beinbruch. Nicht, dass ich versessen drauf bin, dem Mutti-Klub beizutreten. Ich habe nicht das Be-

dürfnis, auch in meiner Freizeit Windeln zu wechseln. Und ich fühle mich auch nicht wie kurz vor den Wechseljahren.

Andererseits bin ich inzwischen zweiunddreißig. Was, wenn meine Mutter recht hat? Wenn wir zu lange gewartet haben? Wenn es wirklich zu spät ist und ich gar nicht mehr schwanger werden kann?

Eine Woche warte ich noch ab.

Dann mache ich den Test.

16.

»Ist er es?«

Als ich in die Wohnung kam, drehte Danner sich auf dem Bürostuhl vom Computer weg zu mir um und begrüßte mich mit dieser vollkommen sinnlosen Frage.

Ich kickte meine Turnschuhe unter die Garderobe: »Wer ist was?«

Danner ließ mich nicht aus den Augen. »Dieser Claudius. Der Typ, der hier dauernd anruft.«

Ich starrte Danner an. Ich konnte Claudius aus der Wohnung jagen, ich konnte das Telefon unter Kissen vergraben, aber dass meine Vergangenheit sich jetzt durch Danners Mund in mein Leben drängelte, das konnte ich nicht länger ignorieren!

»Ist Claudius der Jüngere, für den du mich verlässt?«

Es dauerte einen Augenblick, bis ich begriff, dass Danner in eine ganz andere Richtung gedacht hatte als ich selbst.

Und im gleichen Augenblick konnte ich sie sehen. Die Mauern, die uns trennten. Danners. Und meine eigenen. Ich stand kaum drei Meter von ihm entfernt in unserem gemeinsamen Wohnzimmer und trotzdem waren wir unerreichbar füreinander.

Er ging davon aus, dass ich ihn früher oder später verließ.

Und ich selbst tat ja das Gleiche. Wie oft schüttelte ich den Kopf über meine Beziehung zu einem schmuddeligen Schnüffler, die irgendwann mit einem großen Knall enden musste?

Wir planten nicht miteinander. Ich nicht und Danner offensichtlich auch nicht, er hatte sich eben verraten. Wir waren beide Meister im Mauerbau. Und jetzt stand ich mitten im Wohnzimmer vor diesen selbst gebastelten Hindernissen und merkte, dass ich nicht gut genug klettern konnte, um sie zu überwinden. Lange hatte ich meine Einsamkeit nicht mehr so schmerzhaft gespürt.

»Claudius ist mein Bruder«, erklärte ich leichthin, ging endlich zum Sofa und ließ mich auf die Polster fallen. Um Danner nicht ansehen zu müssen, griff ich nach der Fernbedienung des Fernsehers.

»Dein *was?*«

»Du hast schon verstanden.« Auf der Mattscheibe flammte eine Kuppelshow auf und ich zappte schnell weiter. »Er hat rausgefunden, wo ich bin, und nervt seitdem.«

Danner rollte auf dem Bürostuhl zum Couchtisch, damit ich seinem Blick nicht mehr ausweichen konnte: »Und wann wolltest du mir mitteilen, dass du einen Bruder hast? Wenn der hier vor der Tür steht?«

»Er ist schon wieder weg«, winkte ich ab. Stur starrte ich auf den Fernseher, weil ich die Mauern nicht noch mal sehen wollte. Zu einer Beziehung schien mehr als Sex auf der Motorhaube eines klapprigen Autos zu gehören, begriff ich. Doch mehr als Sex hatte ich nicht gelernt.

»Tu bloß nicht so, als würdest du mir jeden Pups in deinem Leben mitteilen!«, fauchte ich zornig. »Oder hast du mir etwa deine Familie mal vorgestellt?«

Ich war zu weit gegangen. Aus dem Augenwinkel bemerkte ich die Anspannung, die Danners Schultern hochzucken ließ. Mein Puls beschleunigte warnend. Danner ballte die Fäuste, als wollte er mir jeden Moment eine reinhauen.

Ich spürte das Kribbeln des Adrenalins, das meinen Körper in Kampfbereitschaft versetzte. Mein Vater hatte mir beigebracht, die Anzeichen der Gefahr zu erkennen.

Die Wohnzimmerluft knisterte vor Spannung.

Danner fixierte mich zornig – dann drehte er sich wortlos um, stürmte aus der Wohnung und knallte die Tür hinter sich ins Schloss.

Danner und ich lebten zusammen und doch allein. Noch nie hatte ich so deutlich gespürt, dass mir etwas fehlte.

Tag 27

BELLAS BLOG:

MITTWOCH, 16.34 UHR

Kein Ende im Dieter-Desaster. Sina ist am Boden zerstört. Nach wie vor. Dieter denkt nicht daran, zu ihr zurückzukriechen. Schon gar nicht auf Knien. Und mit einem Verlobungsring zwischen den Zähnen. Oder Ähnlichem.

Ich bin im Dauereinsatz deshalb. Rund um die Uhr. Um Sina am Ausführen ihrer Mordpläne zu hindern.

Mario ist nicht sonderlich begeistert davon. Wenn er gegen halb acht nach Hause kommt, soll ich zumindest da sein. Meint er. Wenn ich ihm schon nichts zu essen vorsetze. Wie es die Muttis für ihre Familienernährer zu tun pflegen.

Unter Männern ist es peinlich, wenn die Ehefrau mehr Geld verdient. Und es nicht für nötig hält, ihrem Liebsten Bier und Schnitzel ans Sofa zu servieren. Und ihm nicht die Füße massiert. Wenn er abends die verschwitzten Schuhe auszieht.

Ich glaube nicht daran, dass alle anderen Frauen ihre Männer so verhätscheln. Auch wenn Mario mir das weismachen will.

Aber diese Woche war ich sowieso frühestens gegen elf zu Hause.

Und musste mir dann noch Marios Gemotze anhören. Dass Sina absichtlich so oft mit Dieter Schluss macht. Damit ich mir ihr Geheul anhöre. Und ihr die Nase putze.
Ehrlich gesagt, geht mir das auch allmählich auf die Nerven. Außerdem vertrage ich den Wein nicht mehr. Dabei habe ich nur zwei Gläschen getrunken.
Trotzdem war mir heute Morgen übel. Und als sich der Drachen auf meine Hose übergeben hat, musste ich mir ebenfalls schnell eine Toilette suchen. Dabei bin ich eigentlich nicht übersensibel.
Vielleicht sollte ich erst mal nichts mehr trinken. Vorsichtshalber. Weil ich meine Tage noch nicht habe. Aber wie soll ich das Sina erklären? Ich könnte schwanger sein, während Dieter nicht mal einen Heiratsantrag hinkriegt. Damit provoziere ich gleich den nächsten Zusammenbruch.
Vielleicht sage ich Sina heute einfach ab. Ich sollte mal zu Hause sein, wenn Mario von der Arbeit kommt. Ich könnte versuchen, ihm was zu kochen. Spaghetti sind kinderleicht. Sagt Sina.

DERSELBE MITTWOCH, 23.52 UHR

Ich hatte vorgehabt, zu Hause zu bleiben. Ernsthaft. Ich hatte Sina abgesagt. Ich hatte sogar den Topf auf dem Herd. Und die Nudeln im Wasser. Als Sina noch einmal angerufen hat.
Dieter ist wieder aufgetaucht. Allerdings ist er nicht gekrochen. Einen Verlobungsring hatte er auch nicht dabei. Sein Scanner hat den Geist aufgegeben. Er wollte sich Sinas Gerät ausleihen. Für eine wichtige Präsentation. Morgen.
Ich habe die Nudeln vom Herd genommen. Und den Rotwein eingepackt.
Als der Wein alle war, war es wieder elf. Ich konnte nicht mehr Auto fahren. Musste Mario anrufen.
Er war noch wach. Er bleibt ja immer wach, bis ich heimkomme. Dass er sich über meinen Anruf gefreut hat, kann ich aber nicht behaupten.

Ich kann ihn sogar verstehen. Die ganze Woche war ich nicht vor elf zu Hause. Natürlich ist er nicht begeistert.
Die dauernden Dieter-Krisen gehen ihm auf die Nerven. Klar. Mir gehen sie auch auf die Nerven. Trotzdem. Der Auftritt bei Sina hätte nicht sein müssen. Zumindest hätte er ihn sich für zu Hause aufheben können.
»Das nächste Mal wartest du unten vor der Tür, wenn du mich schon mitten in der Nacht rausklingelst! Kapiert?«
»Ich war auf dem Weg.« Rausreden funktionierte natürlich nicht.
»Deshalb ist auch dein Glas noch halb voll!«
Ich wusste nicht, was ich sagen sollte. Wie immer, wenn er in diesem Ton mit mir redet. Außerdem war ich überrumpelt. Ich hatte nicht gedacht, dass er mich vor Sina zusammenfalten würde.
Also stand ich auf. Wortlos.
Sina starrte mich an. Ebenfalls sprachlos.
»Und morgen bleibst du mit deinem Arsch zu Hause! Du kannst nicht nur Party machen und abgammeln, während ich arbeite! Du kümmerst dich endlich mal um das Haus!«
Daraufhin bin ich sauer geworden. Ich bin keine Hausfrau. Ich werde auch keine mehr werden. War auch nie mein Ziel. Ich hasse es, wenn er mich wie eine behandelt!
Er weiß das. Genau.
»Ich arbeite genau wie du!«
»Tatsächlich? Wie kommt es dann, dass du dich hier schon wieder seit Stunden zukippst? Während ich maloche? Den halben Tag hockst du mit deinem fetten Arsch auf dem Sofa! Ich fahre vor dir weg und komme nach dir zurück! Und solange das so ist, machst du den Haushalt! Verstanden?«
Mein Kopf war inzwischen tomatenrot. Weil es mir unglaublich peinlich war. Dass Sina das mitbekam. Und weil mir wie immer nichts einfiel, was ich erwidern konnte.
Mario dagegen war noch nicht fertig. »Wer seine Meinung nicht rüberbringen und vertreten kann wie du, hält besser die Klappe!«

Auch darauf wusste ich nichts zu sagen. Was seine Einschätzung prompt bestätigte.

Sina starrte immer noch. Offensichtlich in Erwartung meines Gegenangriffs. Der nicht kam.

Morgen würde ich Mario vor ihr verteidigen müssen. Dass sein Verhalten natürlich nicht richtig war, würde ich sagen. Dass ich mir das natürlich nicht gefallen ließe. Dass seine Wut nur fünf Minuten anhielt. Und er sich hinterher entschuldigt. Dass es ihm furchtbar leidtäte. Dass er sich eben schnell aufregte.

Im Endeffekt ist das sogar alles wahr. Eigentlich habe ich das Sagen in unserer Ehe. Mario weiß das nur nicht. Wir machen doch immer, was ich will. Sobald er sich ausgetobt hat. Er regt sich eben schnell auf. Schneller, als er nachdenkt.

Das alles ging mir durch den Kopf, während Mario in Sinas Wohnung herumbrüllte.

»Beweg dich oder du kannst dir ein Taxi nehmen!«

Er drehte sich um und ging.

Ich musste das einfach schlucken. Alles andere hätte es nur schlimmer gemacht. Zu Hause würde es ihm sowieso leidtun. Entschuldigend zuckte ich die Schultern in Sinas Richtung.

Sina fuhr sich mit dem Finger quer über den Hals.

Ich grinste gezwungen. Und eilte Mario hinterher.

Tatsächlich entschuldigte sich Mario. Als wir zu Hause waren.

Anders geht es nicht. Würde ich mich genauso schnell aufregen wie Mario, hätte ich ihm heute den Hals umgedreht.

So haben wir uns wieder vertragen. Sind zusammen ins Bett. Mit Gutenachtkuss.

Er ist sofort eingeschlafen. Als wäre nichts gewesen.

17.

Nach dem Streit mit Danner bin ich mal wieder weggelaufen.

Allerdings nicht, um fluchtartig in den nächstbesten Zug zu springen und die Stadt zu verlassen. Ich beschränkte mich darauf, zum zweiten Mal an diesem Tag aus der Wohnung zu stürmen.

Ich konnte nicht über Claudius reden. Und über meine Eltern erst recht nicht. Ich wollte mich nicht erinnern. Und Danner sollte nicht sehen, woher ich kam. Wie kaputt ich war. Es durfte gar nicht erst eine Verbindung entstehen zwischen meinem alten Leben und meiner neuen Welt hier in Bochum.

Ging ich Danner aus dem Weg, hatte er keine Gelegenheit zu fragen. Den Kopf möglichst tief in den Sand stecken und das Problem konsequent ignorieren, lautete meine Strategie.

Gerade noch rechtzeitig war mir Agis Angebot eingefallen. Um neunzehn Uhr dreißig betreute sie diese Therapiegruppe im *Haus am Garten.*

Deshalb stand ich um neunzehn Uhr neunundzwanzig in der Eingangshalle der Seniorenresidenz vor einem modernen Tresen aus dunklem Holz, über den hinweg mich eine Empfangsdame mit weißgrauer Prinz-Eisenherz-Frisur streng anblickte.

»Mein Name ist Ziegler. Ich möchte bei der interaktiven Demenztherapie von Frau Friedlich hospitieren«, erläuterte ich der Dame, so sachkundig ich konnte.

Sie blickte misstrauisch unter ihrem schnurgerade geschnittenen Pony her wie aus dem Visier eines Ritterhelms. Doch wider Erwarten erklärte sie mir den Weg durch die mit unempfindlich grau gemustertem PVC ausgelegten Flure zum Fernsehraum, wo die Veranstaltung stattfand.

Agi winkte mich erfreut herein, als ich mit der Nase an der Glastür in den abgedunkelten Raum auf Station 1 im Erdgeschoss spähte.

Leise schloss ich die Tür hinter mir. Fünf Bewohner der Einrichtung saßen mit Agi zusammen an u-förmig zusammengeschobenen Tischen. Zwei der Senioren in klobigen Rollstühlen. Eine kleine Tischlampe und das Flimmerlicht eines Fernsehers erhellten den Raum dürftig.

Ich runzelte die Stirn. Sah so etwa ihre hochwissenschaftliche interaktive Therapie aus? … Die alten Leute wurden eine Stunde vor die Glotze gesetzt.

Ich hockte mich auf einen Stuhl an der Wand hinter Agi. Die Pflegerin war in Zivil. Wieder trug sie eine geblümte Bluse und eine graue Stoffhose. Beides hätte den Bewohnern des Seniorenheimes ebenfalls gut gestanden.

Agi strahlte über das ganze, runde Gesicht und rückte ihren Stuhl ein wenig nach hinten, neben mich.

»Ich hatte nicht geglaubt, dass du wirklich kommst!«, flüsterte sie, während die vermutlich Demenzkranken wie hypnotisiert auf den Fernseher starrten.

Es lief ein Film über – sollte ich mich wundern? – Katzen!

Tatsächlich zeigte der Film eine Katzenmutter mit vier kleinen Kätzchen, die in einem Körbchen tollten. Mehr nicht. Das Bild verwirrte mich. Es gab keine schnellen Schnitte, bei denen die Bildeinstellung verändert wurde, und anscheinend auch keine Handlung. Statt mit dramatischer Hintergrundmusik wurde das Bild von lautem Schnurren untermalt. Die Szene dauerte mittlerweile bestimmt drei Minuten und noch immer putzte sich die Katzenmutter im Körbchen.

»Der Film ist extra für Menschen mit Orientierungsschwierigkeiten gemacht worden«, erklärte mir Agi flüsternd.

»Einem normalen Film mit schnellen Szenen und einer schwierigen Handlung können Demenzkranke nicht folgen. Bei diesem Film geht es nicht darum, eine Geschichte zu erzählen, sondern die Gefühle anzusprechen, Erinnerungen auszulösen. Viele Menschen hatten mal eine Katze und kennen das Gefühl, das weiche Fell zu streicheln, das warme Geräusch des Schnurrens.«

Sie deutete auf die Frau, die rechts vor uns saß. »Bei Frau Kaminski siehst du es zum Beispiel genau. Sie ist normalerweise komplett in ihrer eigenen Welt versunken, hat seit Wochen nicht gesprochen, keine Reaktion gezeigt.«

Jetzt saß die alte Dame mit den eisgrauen Haaren und den Silberringen an den Fingern aufmerksam aufgerichtet auf ihrem Stuhl und folgte gebannt dem Film.

»Das bewegte Bild kann dem gedächtnisgestörten Menschen in Sekunden Eindrücke vermitteln, was man mit Worten nicht schafft. Und bei Frau Kaminski siehst du genau, dass sie sich an eigene Katzen erinnert und dass das gute Gefühle bei ihr auslöst.«

Ich hätte schwören können, dass die alte Frau mit den Silberringen die Lippen bewegte, als führte sie ein Selbstgespräch.

Hm. Ich beugte mich kurzerhand vor, hielt mein Ohr dicht hinter ihren Kopf, was sie nicht bemerkte. Ganz leise hörte ich ihre dünne Stimme.

»Miezmiezmiezmiezmiez«, war es, was sie die ganze Zeit vor sich hin murmelte.

Abgefahren.

»Pass auf«, Agi holte aus einer Tasche unter ihrem Stuhl eine Stoffkatze. »Das Material ist hochwertig, fast wie echtes Fell.«

Sie setzte den Plüschtiger behutsam auf Frau Kaminskis Schoß. Automatisch begann die alte Frau das Stofftier zu streicheln, von vorn nach hinten glitten ihre schlanken Finger mit einer geübten Bewegung durch das Fell, die zweite Hand kraulte unter dem Kinn. Sie lächelte.

Agi lächelte ebenfalls, fiel mir auf. Erst dann bemerkte ich, dass auch ich selbst mitgelächelt hatte.

Und ich verstand allmählich, was Agi und Hedi mit Empathie meinten, was bedeutete, mit den alten Menschen mitzufühlen.

»Sie hat keine Ahnung, wer sie ist, wo sie ist oder warum«, sagte Agi leise. »Trotzdem glaube ich, sie ist glücklich. Jetzt gerade, in diesem Moment.«

Im Halbdunkel des Raumes betrachtete ich die alte Frau. Ihre aufrechte Sitzhaltung, die Falten, die ihr schmales Gesicht wie ein Spinnennetz überzogen, die große, gerade Nase, die sie erhoben hielt, die kurz geschnittenen, fast weißen Haare. Bei genauer Betrachtung verriet ihr Aussehen eine gewisse Sturheit, fand ich. Und die machte die Greisin auf eine verwirrende Art schön. Ihre wasserhellen Augen sahen in diesem Augenblick eine andere Welt und trotzdem erkannte ich, dass Agi Friedlich recht hatte.

Frau Kaminski war glücklich. Es war das beruhigende Geräusch der schnurrenden Katze, die vertraute Berührung des weichen Fells, winzige Kleinigkeiten, die für sie Glück bedeuteten. Jetzt gerade, in diesem Moment.

Ich spürte eine Gänsehaut meine Oberarme hinaufkriechen und schlang instinktiv die Arme um meinen Körper, als ich begriff, was Agi Friedlich hier tat.

»Ich glaube, das Leben kann auch mit einer solchen Erkrankung lebenswert sein«, flüsterte Agi.

Ich musste zweimal hinsehen, bevor ich mir sicher war, im Flimmerlicht des Fernsehers Tränen hinter Agis Brille glitzern zu sehen. Ich stutzte und mein detektivisches Misstrauen verscheuchte mein Staunen über Agis Nächstenliebe.

Hatte Agi Friedlich mehr Mitleid mit den Betroffenen, als gesund für diese war?

Tag 28

BELLAS BLOG:

DONNERSTAG, 17.01 UHR

Habe es eben noch mal gelesen. Den Text von gestern Nacht. Gelesen klingen Marios Worte schlimmer. Viel schlimmer, als wenn man sie hört. Ich bin entsetzt. Dass ich mir das gefallen lasse. Dass es mir überhaupt nicht bewusst war. Wie er mit mir spricht.

Ich glaube, ich höre schon lange nicht mehr hin.

18.

»Agi hat mir erzählt, du möchtest was über Demenz lernen. Allerdings werden wir für die Tour ein wenig länger brauchen, wenn ich dir das ausführlich erkläre.« Hedi Sundermann parkte den Dienstpolo vor dem Wohnblock, aus dem Pippi Langstrumpf auszog.

Ich unterdrückte ein Seufzen und lächelte Hedi so erfreut an, wie es beim Ausblick auf eine Endlostour in einem kopfschmerzverursachend nach Altweiberparfüm stinkenden Auto möglich war.

Ich fühlte mich scheiße. Der Zoff mit Danner irritierte mich, auch wenn ich mir einredete, dass unsere Beziehung ja sowieso keine Zukunft hatte. Und die alte Angst vor meinem Vater entwickelte sich zur Psychose. Ich sah verheult aus, obwohl ich nicht geweint hatte, und ich hatte keine langen Haare mehr, hinter denen ich mein Gesicht verstecken konnte. Allerdings hatte Hedi Spätdienst und je später ich zu Hause sein würde, umso weniger Zeit hatte Danner, unangenehme Fragen zu stellen. Obwohl meine Hoffnung, dass Claudius in nächster Zeit platzen und sich in Luft auflösen würde, sicherlich nicht realistisch war.

»Wär lieb von dir, wenn du wieder den Koffer nehmen würdest, man ist ja doch nicht mehr die Jüngste«, lächelte Hedi milde zurück.

Ich knirschte mit den Zähnen. »Agi geht das Schicksal der Patienten ziemlich nahe, oder?«, fragte ich drauflos, damit die Quälerei sich wenigstens lohnte.

Hedi warf mir einen stirnrunzelnden Blick zu: »Wieso?«

»Na ja, sie kämpft manchmal richtig mit den Tränen. Ist es bei so viel Mitleid nicht sehr schwer, diesen Job zu machen?«

Hedi hielt inne, bevor sie auf den Knopf am Schlüssel drückte. Die Zentralverriegelung klackte.

»Manche Betroffenen würde Agi am liebsten erlösen«, plapperte ich absichtlich achtlos weiter, während ich den Koffer hinter Hedi her zur Haustür schleifte. Wär doch gelacht, wenn ich die geduldige Hedi nicht ein bisschen provozieren konnte. So was konnte sie kaum unkommentiert stehen lassen.

»Für Agi ist es im Augenblick schwierig!«, platzte Hedi auch prompt heraus. Die große Frau wirbelte zu mir herum, statt die Haustür zu öffnen.

»Für uns andere doch auch«, konterte ich nervend naiv.

»Agi hat letztes Jahr erst ihren Mann verloren«, verteidigte Hedi ihre Kollegin.

Ach ja.

»Davon hat sie mir erzählt«, bestätigte ich.

»Bauchspeicheldrüsenkrebs.«

Na bitte, ich hatte Hedi zum Reden gebracht.

»Es passiert uns allen, dass Menschen uns bitten, ihnen beim Sterben behilflich zu sein. Aber wenn es der eigene Mann ist, den man leiden sieht, ohne helfen zu können, ist das etwas ganz anderes. Da kommt Agi nicht einfach drüber weg«, erklärte Hedi nachdrücklich und hielt mir die Haustür auf. »Da beschäftigt es sie natürlich, dass sich einige Patienten ebenfalls nach dem Tod sehnen. Die kranken Menschen konfrontieren uns ja knallhart damit, das Thema ist Alltag in unserem Job. Wer als Pflegender eine private Krise erlebt, schafft es nicht immer, den notwendigen Abstand zum Beruf zu halten. Wir sind schließlich auch Menschen.«

Wahrscheinlich hatte sich jede Altenpflegerin schon mit dem Thema Sterbehilfe auseinandergesetzt, begriff ich. In diesem Beruf konnte das kaum ein Tabu sein. Womöglich gab es das Fach sogar in der Berufsschule.

Und die Pflegerinnen waren durchaus in der Lage, diese Hilfe zu leisten. Ich erinnerte mich, wie selbstverständlich die Patienten Medikamente und Injektionen hinnahmen.

Ein plötzliches Frösteln kroch meine Oberarme hinauf. Agis verstorbener Mann hatte sie darum gebeten, sein Leben zu beenden. Konnte es wirklich sein, dass sie ihm diesen Wunsch verwehrt hatte?

»Eine empathische Grundeinstellung ist einer der wichtigsten Faktoren für erfolgreiche Kommunikation. Für die nonverbale Verständigung mit schwerstdementen Menschen umso mehr«, erläuterte mir Hedi Sundermann fröhlich, während ich schweigend den schweren Pflegekoffer die Treppe hinaufwuchtete. Wir besuchten nun die bettlägrige Frau Schiller.

»Empathie ist die Fähigkeit, sich in andere Menschen hineinversetzen zu können – das muss man natürlich wollen, sich darum bemühen und echtes Interesse an den Menschen haben. Die Biografiearbeit ist eine wichtige Hilfe, vor allem bei schweren Fällen, die wie Frau Schiller ihre Sprache bereits vollständig verloren haben.«

»Wie findet man denn etwas über die Biografie heraus, wenn die Menschen nicht mehr sprechen können?«, wollte ich ächzend wissen.

»Man kann zum Beispiel die Angehörigen fragen«, klärte Hedi mich auf.

Ach so. Wie Privatdetektive das auch zu tun pflegten. Hätte ich auch selbst drauf kommen können.

»Frau Schiller hat mit Anfang zwanzig einen weitaus älteren Mann geheiratet, sie haben einen Sohn bekommen. Ihr Mann ist schon vor fünfzehn Jahren verstorben. Danach lebte Frau Schiller allein und galt als schwierig. Sohn und Schwiegertochter hatten kaum Kontakt zu ihr, sie hatten sich zerstritten. Der Sohn ist gelernter Maler, im Winter meist arbeitslos, Geld ist immer knapp. Als die Alzheimer-Diagnose gestellt wurde und das Amt vom Sohn einen Zuschuss zum Pflegeheim kassieren wollte, haben Sohn und Schwiegertochter die Mutter zu sich genommen. Jetzt bekommen sie Pflegegeld. Eine reichlich schwierige Situation, der Sohn arbeitet, die Schwiegertochter soll, mit ein wenig Unterstützung von uns, pflegen. Dass die nicht begeistert darüber ist, sieht man auch ohne große empathische Begabung.«

Die Pflegerin klingelte kurz und öffnete gleich darauf die Wohnungstür mit dem Schlüssel des Pflegedienstes. Wie schon beim letzten Besuch quollen uns Zigarettendunst und Uringeruch entgegen.

»Guten Tag, Frau Schiller«, rief Hedi im Vorbeigehen in die Küche. Der Raum war voll Qualm, man konnte beinahe befürchten, dass es brannte. Ich hörte eine brummige Antwort.

Im Zimmer der hilflosen Frau Schiller senior verstärkte sich der Gestank auch heute. Hedi trat ans Fenster, zog die Vorhänge auf und kippte die Scheibe an, um Frischluft hereinzulassen.

Das schmale Gesicht der im Kissen versunkenen Frau veränderte sich nicht. Die Augen hielt sie geschlossen.

»Patienten im letzten Stadium der Demenz, wie Frau Schiller, haben sich komplett in ihre eigene Welt zurückgezogen. Sie vegetieren bis zu ihrem Tod vor sich hin, was aber unter Umständen Jahre dauern kann«, erklärte mir Hedi ruhig. »Mit Worten allein würde ich kaum zu ihr durchdringen, die Sprache hat für sie völlig ihre Bedeutung verloren.«

Hedi trat an das Bett und beugte sich zu der alten Frau hinunter: »Meine Stimmlage, Sprechrhythmus und das Gefühl, das ich ihr dabei vermittele, versteht sie schon eher«, fuhr sie in fröhlich-blödem Krankenschwestertonfall fort. »Ich vergesse einfach mal meine eigene Laune und wende meine Aufmerksamkeit ganz Frau Schiller zu. Ich sehe sie mir genau an und versuche in ihrem Gesicht abzulesen, wie es ihr heute geht. Mit meinem Gesicht ahme ich ihren Gesichtsausdruck nach – ich spiegele ihre Miene –, um ihr zu zeigen, dass ich ihre Gefühle erkenne. Da Frau Schiller mich aber offensichtlich noch immer nicht wahrgenommen hat, werde ich sie mit einer Berührung auf mich aufmerksam machen.«

Behutsam nahm Hedi die knochige, von Injektionen zerstochene Hand der Patientin.

»Auch mit Berührungen kann ich Zuneigung zeigen und Erinnerungen auslösen«, erklärte Hedi und streichelte der alten Frau über die Wange wie einem kranken Kind.

Tatsächlich kam es mir vor, als hätte Frau Schiller den Kopf ein klitzekleinwenig in Hedis Richtung gewandt.

»Weil ich aufmerksam bin, merke ich, dass Frau Schiller mich gehört hat.« Hedi schien ehrlich erfreut.

Und tatsächlich öffnete die Patientin die Augen. Frau Schiller blickte Hedi mit zur Seite geneigtem Kopf an. Die große Pflegerin erwiderte den Blick lächelnd mit ebenfalls geneigtem Kopf.

»Wir verstehen uns auch ohne Worte, nicht wahr?«

Ich staunte.

»Meine Kollegin scheint uns nicht recht zu glauben, dass wir uns so gut verstehen«, erklärte Hedi der Patientin belustigt, und mir wurde klar, dass Hedi nicht nur in Frau Schillers Gesicht las, sondern ganz nebenbei auch in meinem.

Verdammt, sie war gut darin.

»Zeigen wir Liliana mal, dass es stimmt«, zwinkerte die Pflegerin der bettlägerigen Frau zu.

»Frau Schiller?«, rief sie laut in Richtung Flur.

Es dauerte einen Moment, bis sich schlurfende Schritte näherten. Die Tür ging auf und die Schwiegertochter latschte herein: »Wat is?«

Zum ersten Mal war die Schiller junior aus dem Rauch herausgetreten, sodass ich sie deutlich sehen konnte. Busen und Bauch bildeten drei Wölbungen unter dem fleckigen Pullover, auf den ihre Haare strähnig herunterhingen. Zwischen dem blätternden, roten Lack ihrer Fingernägel klemmte die Zigarette, deren aufsteigender Rauch sie bereits wieder in Nebel hüllte. Sie hätte auch gut auf einem Schrottplatz sitzen und alte Autoteile verhökern können.

»Die Einlagen Ihrer Schwiegermutter sind alle. Denken Sie bitte dran, neue zu bestellen?«

Die Schwiegertochter brummte eine unverständliche Antwort und schlappte wieder hinaus.

Bereits als die Frau hereingekommen war, hatte Frau Schiller senior die Augen geschlossen.

Hedi hatte vollkommen recht.

»Es gibt verschiedene Gründe für eine Desorientierung. Natürlich wird das Gedächtnis im Alter etwas schlechter. Medikamente können das noch begünstigen. Dann gibt es die bekannten Erkrankungen wie Alzheimer oder Parkinson.

Oder man kann im Laufe seines Lebens selbst seine Hirnfunktion beeinträchtigen wie Herr Lauscher, unser nächster Patient. Auch mit ausreichend Drogen und Schnaps kann man eine Gedächtnisstörung hervorrufen.«

»Sind denn alle alten Menschen desorientiert?«

»O nein«, Hedi lachte. »Die Demenzbehandlung ist sozusagen mein Spezialgebiet. Deshalb teilt mir Anna die Patienten dementsprechend zu. Andere behandeln lieber neurologische Patienten, mit Querschnitt oder nach Schlaganfall oder mit multipler Sklerose, wie Frau Schröder. Allerdings steigt die Zahl der Demenzpatienten. Agi und Ingo beschäftigen sich ebenfalls mit dem Thema und Anna springt oft mit ein. Wenn du wirklich Interesse hast, dich in diese Richtung weiterzubilden, kann Anna der Chefin bestimmt ein paar Fortbildungen für dich abschwatzen. Aber überleg dir das gut. Die Arbeit ist spannend, aber auch anspruchsvoll, man braucht Interesse und viel Geduld, und der Umgang mit Menschen in einer desorientierten Phase bleibt schwierig. Außerdem sind die Angehörigen oft mit ihren Nerven am Ende.«

Hedi hatte recht, der Umgang war schwierig. Bei besagtem Herrn Lauscher handelte es sich nämlich um den grapschenden Opa, der mir von meiner ersten Tour mit Hedi unangenehm in Erinnerung geblieben war.

»So was siehst du nicht jeden Tag, wa?«, protzte der zugegebenermaßen gut bestückte Alte, als Hedi ihm die Hose herunterzog und ihn aus seinem Rollstuhl auf einen fahrbaren Toilettenstuhl hinübersetzte. Offenbar war ihm nicht klar, dass Hedi ihm jeden Tag aufs Klo half und deshalb über die Ausmaße seines besten Stückes bereits informiert war. Der Opa war wesentlich kleiner als seine Pflegerin, stark untersetzt, mit rotem Kopf und gelben Haarbüscheln darauf.

Erst jetzt begriff ich, dass der Gewohnheitsgrapscher mit seiner Anmache nicht wirklich Hedi meinte. Auch er lebte in Erinnerungen. Er sah in Hedi eine Person aus seiner Vergangenheit, während er auf dem Toilettenstuhl an seinem Schwanz herumfummelte.

Boah, dass Hedi vielleicht gar nicht gemeint ist, macht die Sache ja nicht besser, überlegte ich. An wem hat sich das alte Schwein wohl früher aufgegeilt?

Während Hedi bei allen anderen Patientinnen keine Skrupel hatte, mich beim Waschen, Anziehen und Füttern einzuspannen, ließ sie mich bei Herrn Lauscher von der Couch aus zusehen.

Wahrscheinlich hatte sie in meinem Gesicht gelesen, dass das für alle Beteiligten das Beste war. Denn ich hätte seine Sprüche nicht unkommentiert hinnehmen können. Und ich hätte mich von dem alten Sack auch nicht mit den Worten: »Bist ja doch noch knackig, altes Mädchen«, in den Hintern kneifen lassen.

Bäh! An meine Backpfeife hätte der sich morgen noch erinnert, Demenz hin oder her.

Hedi hingegen zog ihr Programm stur durch. Den Blick hielt sie konzentriert auf die Füße vom Fummelfranz gerichtet, vor denen sie kniete, um seine Jogginghose gegen den Pyjama zu tauschen. Sie vermied jeden Augenkontakt, um keine weiteren Anzüglichkeiten herauszufordern.

Also ich könnte das nicht, erinnerte ich mich an die Worte meiner Mutter.

Ich auch nicht, wurde mir klar.

Nicht weil ich Probleme damit hatte, Windeln zu wechseln wie meine Mutter. Das machte mir nichts aus, das hatte sich ja bereits herausgestellt. Sondern weil auch Ekelerreger wie Herr Lauscher Hilfe brauchten.

Jeden Tag wieder hinzufahren, sich jeden Tag wieder zu

kümmern und dabei auch noch Interesse aufzubringen für Menschen, die man lieber nicht kennen würde. Und das womöglich über Jahre, das war das wirklich Schwierige an dem Beruf. Bei allem Zeitdruck nicht in ein gleichgültiges ›Fertigwerden‹ wie Janine Hinze zu verfallen, sondern jeden Tag erneut Verständnis aufzubringen, sich fortzubilden, um den Menschen ihr Leben durch Kleinigkeiten angenehmer zu machen, wie Hedi es tat, unermüdlich, das war bewundernswert.

»Ist ja wohl echt peinlich, der alte Rammelmeister«, knurrte ich, während ich den Pflegekoffer wieder ins Auto wuchtete.

»Ach«, winkte Hedi ab, »das gehört eben auch zum Krankheitsbild, dass das Schamgefühl verloren geht.« Sie setzte sich ins Auto und klappte die Tür zu.

Nee, das sah ich anders. Was zu viel war, war zu viel. Ich an Hedis Stelle hätte dem grapschenden Greis schnell und unhöflich seine Grenzen gezeigt.

Für einen Sekundenbruchteil ahnte ich, wie es zu Gewalt in der Pflege kommen konnte.

Tag 31

BELLAS BLOG:

SONNTAG, 13.56 UHR

Die Dieter-Krise ist zu Ende.

Halleluja!

Und auch Mario hat sich beruhigt. Seit Mittwoch habe ich mich nur einmal mit Sina getroffen, um klarzustellen, dass Mario an besagtem Mittwochabend genervt war. Und sich selbstverständlich entschuldigt hat. Seitdem habe ich ihm regelmäßig Essen serviert. Also etwas Essbares. Mehr oder weniger. Prompt ist er wieder handzahm.

Dieter dem Dämlichen konnte ich nebenbei nicht unter die Arme grei-

fen. Bei der Rettung seiner Beziehung. Aber siehe da: Plötzlich sind Sina und Dieter in der Lage, sich selbstständig zu versöhnen.
Besser: Sie haben sich tatsächlich verlobt! Wunder gibt es immer wieder. Na ja, oder auch nicht. Denn diese glückliche Wendung ist natürlich nicht Dieters Verdienst.
Sina hat sich entschlossen, Dieter zu verzeihen. Wie immer. Doch dieses Mal hat sie ihm einen Antrag gemacht. Die Haare hat sie sich auberginefarben getönt. Zur Feier des Tages. Und sich ein Schlauchkleid gekauft. Auch auberginefarben. Und zu eng. Den Ring hat sie ihm in den Wein geworfen. Bei ihrem Lieblings-Fast-Food-Griechen. Ich staune, dass er nicht daran erstickt ist.
Seine pragmatische Antwort: »Warum eigentlich nicht?«
Nachdem er begriffen hatte, worum es ging.
Uff. Der Sex-Appeal einer Kopfschmerztablette.
Mario hatte mir auf ähnliche Art einen Antrag gemacht. Zu Hause. Bei italienischem Essen und Rotwein. Er hatte selbst gekocht. Rucola-Mozzarella-Pizza. Mario ist durchaus in der Lage, so was auf den Tisch zu bringen. Er hält das Kochen nur nicht für seine Aufgabe. Das ist das Problem.
Der Ring in meinem Weinglas war aus reinem Platin. In den wirklich wichtigen Dingen ist auf Mario Verlass.
Ich bin froh, dass ich nicht Dieter den Dämlichen geheiratet habe.

19.

»Frau Küppers kommt noch ganz gut allein zurecht. Ihr Kurzzeitgedächtnis ist nicht mehr das beste. Und wenn sie die Orientierung verliert, beschimpft sie leider andere Menschen«, erklärte Hedi.

Besser, als zu onanieren, fand ich.

»Sie lässt gern mal den Herd an oder den Wasserhahn laufen und fragt ständig, wo ich ihren Schmuck oder ihr

Portemonnaie hingelegt habe. Außerdem ist sie eine misstrauische und schwierige Person, die im Zweifelsfall erst mal ›die Hilfe‹ verdächtigt, was mitgehen gelassen zu haben. Die beschwert sich sofort bei Anna. Natürlich kennt Anna die Problematik und beruhigt sie wieder, aber nervig ist das schon. Ist ja schon vorgekommen, dass sich Pflegepersonal bei alten Leuten bedient hat.«

Ach ja? Interessant. Vielleicht schaffte jemand alte Menschen beiseite, um seine Diebstähle zu vertuschen?

Hedi bemerkte, dass ich mit dem schweren Pflegekoffer in der Hand auf sie wartete, während sie an ihrem Diensthandy fummelte.

»Entschuldige, ich hab die Daten von Herrn Lauscher noch nicht eingegeben. Das muss ich kurz nachholen, sonst kommt meine ganze Abrechnung durcheinander.« Mit zur Seite geneigtem Kopf tippte Hedi auf dem Gerät herum, das Navi, Handy, Stempeluhr und Abrechnungscomputer in einem darstellte.

Und sie gehörte zu den Menschen, die besser zu Fuß losgehen, um die Nachricht persönlich zu überbringen, statt eine SMS zu schreiben. Allein die Zeit, die sie benötigte, um ihre Tourdaten in den kleinen Computer einzugeben, machte es ihr unmöglich, ihren Zeitplan einzuhalten.

Ich stellte den Pflegekoffer ab und schüttelte meinen Arm aus.

»Hier ist der Schlüssel.« Hedi warf mir ihr klimperndes Bündel zu. Ihr war meine Ungeduld nicht entgangen. »Du kannst die liebe Frau Küppers schon mal begrüßen und sie seelisch darauf vorbereiten, dass sie sich gleich zu waschen hat. Du weißt ja langsam, wie's geht.« Hedi grinste. »Und wenn sie dich beißen will, nicht vergessen: Ihre angriffslustige Stimmung wahrnehmen und Interesse dran zeigen.«

Na, wunderbar. Ich schnitt eine Grimasse.

Den Schlüssel zwischen den Zähnen, damit ich beide Hände für den Koffer frei hatte, ächzte ich das enge Treppenhaus hinauf.

Wenn die Giftspritze mich wieder als Nutte beschimpfte, sollte ich also einfach mal ›Interesse zeigen‹. *Kennen Sie denn eine Nutte, Frau Küppers? Oder waren Sie früher selbst in dem Gewerbe tätig?* Toller Tipp, Hedi.

An der Wohnungstür drückte ich die Klingel, um mein Kommen anzukündigen, bevor ich aufschloss.

Der Flur war düster, voll mit wuchtigen Möbeln und roch nach Lavendel. Licht brannte nicht.

Ach ja, die Gruft.

»Pflegedienst *Sonnenschein!*«, machte ich mich überlaut bemerkbar.

Keine Antwort. Ein monotones Rauschen war zu hören, ansonsten blieb es still. Leer. Es kam mir vor, als wäre niemand zu Hause.

Mit beiden Händen griff ich den Pflegekoffer und zog ihn in den Flur. Mein Turnschuh machte ein patschendes Geräusch, als wäre ich in eine Pfütze getreten.

Mit der Fußspitze tippte ich noch einmal auf den grauschwarzen Teppich. Wasser, kein Zweifel. Stromsparzwang hin oder her, ich tastete an der Wand nach dem Lichtschalter. Es klickte, als ich ihn drückte, doch im Flur blieb es dunkel. Kurzschluss.

Zusammen mit dem beständigen leisen Rauschen ergab das eine ungute Ahnung.

Sie vergisst gern, den Wasserhahn abzudrehen, erinnerte ich mich an Hedis Erklärung zu Frau Küppers beginnender Demenz. So ein Mist. Das sah nach Überstunden aus.

»Frau Küppers?« Ich stellte den Koffer auf dem vollgesogenen Teppich ab und eilte durch den engen Flur, auf das Geräusch zu.

»Frau Küppers!«

Rechts ins Badezimmer. Der Wasserstrahl rauschte in die übervolle Wanne, Lavendelschaum waberte über den Rand. Eine Matte aus blauem Schaumgummi schwamm vor dem Klo.

»So ein Mist!«, fluchte ich, als lauwarmes Badewasser in meine Turnschuhe schwappte. Ich drehte den quietschenden Hahn zu. Endlich verstummte das Rauschen.

»Frau Küppers!«, rief ich jetzt laut und hörbar genervt in die stille Wohnung. Sollte sie ruhig giftig werden, die alte Ziege, schlechte Laune hatte ich auch. Ihre private Poolparty würde meine Endlostour mit Hedi um mindestens eine weitere Stunde verlängern. Mal sehen, wer von uns beiden biestiger werden konnte.

Doch von der Giftspritze war nicht ein einziges weißes Haar zu sehen.

Ich watete zum Wohnzimmer, klopfte und schob die Tür über den durch eine Schwelle trocken gebliebenen Teppich. Die alte Frau saß im Sessel am Fenster. Die Zeitung auf dem Schoß, im schwächer werdenden Licht der Dämmerung. Wäre sie nicht zu geizig, die Stehlampe neben ihrem Sessel zu benutzen, hätte sie zumindest den Kurzschluss bemerkt.

Allein konnte die kaum weiterhin in der Wohnung leben, auch wenn sie körperlich fit war. Die demolierte ja das ganze Haus. Der Wasserhahn musste schon seit Stunden aufgedreht sein, um eine derartige Flutwelle zu produzieren. Sicher hatte das Badewasser auch die Wohnung ein Stock tiefer geflutet. Und morgen ließ die Giftspritze womöglich den Herd an und fackelte den Rest der Hütte ab.

Außerdem hielt sie es nicht mal für nötig, mich zu begrüßen.

»Sie haben das Badewasser vergessen!« Ärgerlich zupfte ich ihr die Zeitung vom Schoß. Ihre darauf liegende Hand fiel leblos herunter. Ein schnurloses Telefon schepperte auf den Boden und zerfiel in Einzelteile.

Erschrocken betrachtete ich das Gesicht der Patientin. Ihre graue, faltige Haut wirkte blutleer, ihre grünen Augen leuchteten nicht mehr, ihr Mund stand offen.

Sie gab ein wütendes Summen von sich.

Im nächsten Moment krabbelte eine frühe Fliege zwischen ihren Lippen hervor.

Ich schrie vor Schreck.

Die war tot! Die Küppers war tot! Die saß hier einfach tot im Stuhl! Das konnte doch nicht wahr sein!?

Was sollte ich jetzt machen?

Wo, verdammt, blieb Hedi?

Ich konnte nicht einfach neben einer Toten stehen bleiben und warten. Bis Hedi irgendwann ihre Tourdaten fertig getippt hatte. Ich musste was unternehmen.

Erste Hilfe, fiel mir ein.

Ach du Scheiße! Sollte ich die alte Frau etwa wiederbeleben?

Beatmen? Mein Blick wanderte auf die nach innen gefallenen Lippen, einen angetrockneten Speiserest im Mundwinkel. Die dicke, schwarze Fliege, die jetzt unter ihre Nase krabbelte.

Mir wurde übel.

Was würde Danner an meiner Stelle tun?

Den Puls suchen. Das könnte gehen.

Ich war schon ein paarmal beim Fund einer Leiche dabei gewesen. Bloß nie allein. Mit zitternden Fingern griff ich nach der schlaff herunterhängenden Hand der Frau. Sie war kühl, aber nicht kalt. Knochig und knotig. Ich fand keinen Puls, obwohl etliche Blutgefäße bläulich durch die Haut schimmerten. Aber lange tot war sie noch nicht. War ihr Herz womöglich eben erst stehen geblieben? Konnte ich sie mit einer Herzdruckmassage noch retten?

Ich versuchte, den Puls am Hals zu finden, tastete neben dem knorpeligen Kehlkopf in der weichen, runzligen Haut nach der Halsschlagader. Plötzlich kippte der Kopf der Frau nach hinten auf die Lehne des Sessels, der Mund klaffte weiter auf. Die erblassten Augen starrten mich an. Quietschend sprang ich zurück.

»Lila? Ist was passiert?«, hörte ich Hedi auf der Treppe rufen.

Na endlich!

Tag 32

BELLAS BLOG:
MONTAG, 23.04 UHR

Es ist Montag. 23.04 Uhr. Das steht schon oben im Index. Weiß ich. Ich muss es trotzdem noch einmal aufschreiben.

Es ist Montag. 23.05 Uhr jetzt.

Und ich bin schwanger!

Ich bekomme ein Kind. Wirklich. Ein Kind.

Habe ich tatsächlich gedacht, dass mir das nicht passieren kann? Nur weil es ein Jahr lang nicht passiert ist?

Keine Ahnung. Jedenfalls bin ich aus allen Wolken gefallen. Als die Ärztin den Ultraschall gemacht hat. Heute Nachmittag. Vor fast sieben Stunden.

Natürlich ist die Wahrscheinlichkeit, schwanger zu werden, relativ hoch, wenn man nicht verhütet. Theoretisch war mir das klar.

Praktisch nicht. Der Erklärung der Ärztin konnte ich kaum folgen. Vielleicht habe ich so was wie einen Schock. Komisches Gefühl. Als hätte eine außerirdische Lebensform von meinem Körper Besitz ergriffen.

Dabei habe ich es mir so oft vorgestellt. Im letzten Jahr. Was wäre, wenn ich schwanger werden würde. Dabei kann man es sich nicht vorstellen.

Ich kann es mir immer noch nicht vorstellen. Obwohl es Fakt ist. Unumstößlich.
Eine knappe Stunde habe ich vor dem Spiegel gestanden. Überlegt, ob man es schon sieht. Man sieht natürlich nichts. Mein Bauch ist flach. Wie darin wohl ein vollständiger Mensch zustande kommen soll? Ein vollständiger Mensch. Ein echtes Kind. Dem ich beibringen soll, aufs Töpfchen zu gehen. Und die Finger nicht auf heiße Herdplatten zu halten. Sich keine Legos in die Nase zu stecken. Und Katzen nicht am Schwanz hinter sich herzuziehen. Messer und Gabel zu benutzen. Sein Zimmer aufzuräumen. Obst statt Schokolade zu essen. Nicht zu rauchen. Nicht den Religionsunterricht zu schwänzen. Nicht besoffen Auto zu fahren.
Das alles kann ich nicht mal selbst.
Dabei sieht man gar nichts.
Mario hat sich viel mehr gefreut. Mehr als ich. Er ist begeistert. Er hat bereits den Umbau des Gästezimmers zum Kinderzimmer geplant. Inklusive Wanddurchbruch. Für Babyfon-Leitungen.
Und wenn Mario einen Bauplan im Kopf hat, dann wird dieser auch umgesetzt. Und zwar ›ratzfatz‹. Das ist Bauarbeiterslang. Bedeutet: in den nächsten dreieinhalb Tagen.
Bis zum Wochenende wird das Kinderzimmer also bezugsfertig sein. Samt Sonne-Mond-und-Sterne-Tapeten. Und Minikettensäge für Holzfäller ab drei Jahren. Und Hightech-Mutti-Rufsystem.
Dabei sieht man noch gar nichts.
Meine Mutter ist genauso begeistert. Der stolze Papa konnte es sich natürlich nicht verkneifen, die nähere und weitere Verwandtschaft in Kenntnis zu setzen. Nach Fertigstellung der Kinderzimmerplanung. Also noch immer in der ersten Stunde nach Entstehen des Ultraschallbildes. Mittlerweile wird die Nachricht Tante Minna erreicht haben.
Wäre morgen noch früh genug gewesen. Finde ich.
Na ja. Nicht zu ändern.
Eine halbe Stunde nach Marios Anruf stand meine Mutter vor der Tür. Sie verkündete, dass sie uns den Kinderwagen und den Maxi-

Cosi schenken wird. Bis dahin wusste ich nicht einmal, was ein Maxi-Cosi ist. Ich hörte auf, meinen Bauch anzustarren.
Dank meiner Mutter bin ich mittlerweile fortgebildet. Sie hatte eine gut sortierte Auswahl an Prospekten unter dem Arm. Babyzubehör. Als hätte sie seit Jahren auf diesen Tag gewartet.
Mittlerweile bin ich über die Schwierigkeiten beim Kauf eines Kinderwagens in Kenntnis gesetzt. Die Aktion ist ungefähr mit dem Kauf eines Autos vergleichbar. Und auch preislich kann das Ding in diese Kategorie eingeordnet werden. Den ganzen Abend haben wir Kataloge gewälzt. Preis-Leistungs-Vergleich bei dreiundvierzig Kinderwagenmodellen.
Dabei sieht man doch noch gar nichts.
Harry und Waltraud hingegen fühlen sich benachteiligt. Weil meine Mutter uns den Kinderwagen schenken will. Und den Maxi-Cosi. Deshalb will Waltraud eine Kollektion an Umstandskleidern und Still-BHs sponsern.
Die machen mich echt fertig!
Sina habe ich noch nichts erzählt. Sie wird stinksauer sein. Sie erwartet, mehr über mein Sexualleben zu wissen als mein Ehemann. Ehrensache. Als beste Freundin.
Aber ehrlich gesagt, hat mir die Familie erst mal gereicht. Irre, wie der Wahnsinn ausbricht.
Außerdem ist Sina zurzeit sowieso schlecht zu erreichen. Sie schwebt weit über den Wolken. Mit Dieter-Darling.
Sie wird nicht begeistert sein, von meiner Schwangerschaft zu hören. Im Gegensatz zum Rest der Welt. Weil ich ja dem Mutti-Klub beitreten werde.
Dadurch bekommt man eine Art Gehirnwäsche. Meint Sina. Durch die Hormone, die man zu einem Kind dazubekommt. Die machen jede Frau zur Glucke. Angeblich. Sogar Startennisspielerinnen haben die Hormone schon in Baumwollwindel-Wäscherinnen verwandelt. Und Supermodels tragen plötzlich Jogginghosen.
Ich bezweifle allerdings, dass das bei mir passiert. Schließlich bin ich

die Frau, die ein Knäckebrot getoastet hat. Meine Hormone müssen defekt sein.

Ich muss Sina nicht nur beichten, dass ich schwanger bin. Dazu kommt, dass ich in Kürze im Besitz eines Maxi-Cosis sein werde. Und eines 2-in-1-Kinderwagens. Der mit drei Handgriffen zum Buggy umgebaut werden kann. Und einer Menge praktischer Still-BHs. Zum Vorneöffnen.

Hilfe! Ich bin auf dem direkten Weg. Zur Jogginghosenträgerin.

Dabei sieht man doch noch gar nichts.

20.

»Wie alt war sie?«

Elsbeth van Pels blätterte in ihren Unterlagen.

»Sechsundachtzig«, beantwortete Anna Willms die Frage und reichte dem Notarzt die Krankenakte, in die die Pflegedienstmitarbeiter täglich Medikamente, Auffälligkeiten, Pflegemaßnahmen und Daten des Patienten eintrugen.

Inzwischen war die Gruft voller Menschen. Nach dem Notruf hatte Hedi Anna Willms und Elsbeth van Pels informiert, die die medizinischen und kaufmännischen Pflegeunterlagen mitbrachten. Den Notarzt hatten zwei Sanitäter in neonfarbenen Westen begleitet. Der Hausverwalter lief jammernd durch die Wohnung und begutachtete den Wasserschaden.

Nachdem ich meinen ersten Schreck überwunden hatte, beobachtete ich interessiert das Geschehen in der Gruft.

»Zustand nach leichtem Apoplex, Diabetes mellitus, beginnende Demenz, ja, ja«, murmelte der Arzt beim Blättern in der Pflegeakte. Er blickte kurz auf die bläulichen Einstichstellen an den Oberschenkeln der Verstorbenen. »Noch andere Injektionsstellen?«

Anna Willms Blick wanderte zu Hedi. Die klopfte sich mit einer Hand auf den Hintern. »Sie klagte, die Beine wären schon ganz zerstochen.«

Der Arzt verzichtete mit einem Nicken darauf, auch den Hintern der Toten zu inspizieren. Er wirkte müde, als hätte er schon eine Nachtschicht hinter sich. »Bekam sie außer Heparin und Insulin weitere Medikamente?«

»Bei Bedarf Paracetamol gegen ihre Kopfschmerzen«, Anna Willms schlug ihm die Seite auf, auf der die Medikamentengaben gelistet waren.

»Ah. Ja, ja«, murmelte er wieder. Er war fast so groß wie Hedi, hager, mit Nickelbrille und durcheinandergeratenem, grauem Haar. Trotz seiner offensichtlichen eigenen Erschöpfung hatte er Puls, Atmung und Augenreflexe von Frau Küppers mehrmals kontrolliert sowie Kopf, Arme und Beine sorgfältig auf Verletzungen untersucht. Auch wenn er den Po der Giftspritze nicht sehen wollte, konnte man ihn sicher nicht nachlässig nennen.

»Familienverhältnisse?«, erkundigte er sich, während er der Toten noch einmal in die verblassten Augen leuchtete.

Seit wann benötigte man denn die Familienverhältnisse für eine ärztliche Diagnose?

»Verwitwet«, las Elsbeth van Pels nach. »Keine Kinder. Als Kontakt haben wir eine Schwägerin in den Akten. Sie lebt in Wattenscheid. Wir haben sie informiert, sie wollte sich ein Taxi nehmen.«

»Ihre Rechnungen zahlt das Amt?«

Ach so! Der Arzt prüfte, ob irgendjemand Vorteile durch den Tod der Frau hatte, begriff ich.

Elsbeth van Pels schüttelte den Kopf: »Sie hat eine ganz gute Witwenrente bezogen, ihr verstorbener Mann war evangelischer Pastor in der Christuskirche hier in Bochum. Sie hat Teilzeit und ehrenamtlich ebenfalls lange für die Kirche gearbeitet. Dazu kam Pflegestufe II. Alles in allem kam sie gut zurecht.«

Was sich in Zukunft vielleicht geändert hätte, wenn sie wegen ihrer Vergesslichkeit in ein Heim hätte umziehen müssen. Andererseits hätte sie das Badewasser womöglich gar nicht vergessen, wäre sie nicht nach dem Aufdrehen des Hahns unpassenderweise verstorben.

Der müde Arzt packte die Taschenlampe und das Stethoskop in seinen Koffer: »Sie ist seit ein bis zwei Stunden tot. Herzversagen. Es muss schnell gegangen sein. Auffälligkeiten gibt es nicht. Sie hat nicht mal um Hilfe gerufen, obwohl das Telefon in Reichweite war. Ich stelle den Totenschein aus.«

Elsbeth van Pels warf mir einen kurzen Blick zu.

Ich kratzte mich nachdenklich am Kinn. Ob der Mediziner genauso schnell vom natürlichen Tod der Patientin überzeugt gewesen wäre, wenn das Herzversagen den Beginn eines Streites zwischen fünf Kindern um ein Millionenerbe bedeuten würde? Oder wenn er wüsste, dass in diesem Pflegedienst im Jahr zwei Kunden mehr starben als bei vergleichbaren Unternehmen?

»Wer hätte für Frau Küppers denn die Kosten für einen Heimplatz übernommen?«, erkundigte ich mich leise bei Hedi.

Sie hob überrascht die Brauen: »Das Amt hätte den Betrag aufgestockt. Ihre Rente hätte bestimmt nicht gereicht. Unterhaltspflichtig bei Pflegekosten sind nur Verwandte ersten Grades, also Kinder oder Eltern. Wenn es wie bei Frau Küppers keine direkten Verwandten gibt, springt das Sozialamt ein. Wieso?«

Ich winkte ab: »Ist doch wichtig zu wissen, oder?«

Es gab also weder ein Erbe noch kam jemand um Unterhaltszahlungen herum. Und dem Pflegedienst ging eine schlecht gelaunte, aber regelmäßig zahlende Kundin verloren.

Eigentlich verdiente jetzt nur noch einer an der Verstorbenen.

»Sie wissen ja, dass wir im RTW keine Leichen befördern dürfen?«, sagte der müde Notarzt zu Anna Willms und Elsbeth van Pels, während er seinen Notfallkoffer zuklappte.

Ich horchte auf.

»Natürlich«, nickte Elsbeth van Pels geschäftig. »Ich kümmere mich um den Bestatter.«

Genau.

»Ich brauche eine Liste der Bestatter, die in den letzten vier Jahren die Beerdigungen der verblichenen Kunden Ihres Pflegedienstes übernommen haben«, informierte ich Elsbeth van Pels.

Notarzt und Sanitäter waren abgerückt, Hedi und Anna Willms hatten Feierabend gemacht und der Hausverwalter war fluchend im Treppenhaus verschwunden. Elsbeth van Pels und ich blieben in der Wohnung zurück, um die Formalitäten des Totentransports zu regeln. Draußen war es längst dunkel. Ein batteriebetriebener Baustrahler beleuchtete das Wohnzimmer und die Tote im Sessel. Den Strahler hatte der Hausverwalter zur Verfügung gestellt, damit der anrückende Leichenentsorger seine Arbeit zügig erledigen konnte.

»Der fünfte Todesfall. Das darf alles nicht wahr sein.« Die sonst toughe Geschäftsfrau verwirbelte mit beiden Händen ihren sonst bundeswehrtauglichen Bürstenhaarschnitt. »Das darf nicht wahr sein.«

»Können Sie mir die besorgen?«, wiederholte ich, weil mir unsere Auftraggeberin offensichtlich nicht zugehört hatte.

»Wie bitte?«

»Eine Liste der Bestattungsunternehmen. Sie müssen doch Unterlagen darüber haben?!«

Sie kniff die Augen zusammen. »Natürlich.«

Die Geschäftsführerin musterte meine ausgewaschene, weiße Pflegebluse. Im gleichen Moment zuckten ihre Augenbrauen in die Höhe, ihre Augen wurden größer. Als hätte der dienstliche Schlabberlook sie auf eine Idee gebracht. Schade, dass ich Gedanken nicht in Gesichtern lesen konnte wie Hedi. »Wieso interessiert Sie das? Haben Sie eine Vermutung?«

»Uns interessiert alles.«

»Haben Sie schon einen Anhaltspunkt für eine Unstimmigkeit im Pflegebereich?«

Oha! Gemeine Falle!, begriff ich gerade noch rechtzeitig.

»Es gibt verschiedene Richtungen, in die wir zurzeit ermitteln. Einige Vermutungen konnten wir bereits ausschließen«, erklärte ich hastig. Aus Ärger über die neue Leiche erst mal die unfähige, kleine Möchtegernschnüfflerin zusammenzuscheißen, das konnte die van Pels sich abschminken. Nicht mit mir!

»Und welche Richtung ist das, in die Sie gerade ermitteln?«, versuchte mich die Geschäftsführerin festzunageln.

»Finanzielle Vorteile. Deshalb benötige ich die Bestatterliste. Sofort. Wenn Sie weitere Informationen über den Ermittlungsstand möchten, müssen Sie sich an meinen Chef Herrn Danner wenden«, blockte ich ab.

Elsbeth van Pels musterte mich mürrisch: »Ich bringe Ihnen die Liste morgen früh ins Büro.«

»Ich brauche sie heute noch. Am besten schicken Sie sie mir per E-Mail.«

»Dann muss ich ja zurück in die Dienststelle.«

Richtig. Das ließ ich mal so stehen.

»Entschuldigen Sie, ich bin Ingelore Schramm, die Schwägerin von Karin Küppers.« Eine leicht zittrige Frauenstimme unterbrach unsere Auseinandersetzung. »Haben Sie mich angerufen?«

Eine zierliche, kleine Dame in einem Mantel stand, auf ihren Regenschirm gestützt, im hell erleuchteten Treppenhaus. Sie lugte durch die offen stehende Wohnungstür in den düsteren Flur der Gruft.

»Ah, guten Abend, Frau Schramm.« Die Pflegedienstchefin setzte eine geschäftsmäßig-besorgte Miene auf, wie eine Maske. Keine Spur mehr von der Wut über die nächste, ihren Ruf gefährdende Tote.

»Elsbeth van Pels, vom Pflegedienst *Sonnenschein.* Mein Beileid.« Strammen Schrittes marschierte sie über den quatschnassen Flurteppich auf die Dame zu.

Ich war froh, sie los zu sein. Die dominante Zicke! Ich spürte meine Wut in mir kochen. Zusammenfalten wollte sie mich, weil sie mich für eine doofe, kleine Blondine hielt! Und diese unechte Mitleidstour, mit der sie jetzt die kleine Oma einlullen wollte, gefiel mir auch nicht.

»Meine Mitarbeiterinnen haben Ihre Schwägerin gefunden. Der Notarzt war schon da, sie scheint friedlich im Sessel entschlafen zu sein. Der Bestatter ist bereits informiert.«

»Ist sie – ist sie da noch drin?« Ingelore Schramm deutete in die überschwemmte Gruft.

Elsbeth van Pels nickte. »Sie müssen aber nicht …«, wollte die Geschäftsführerin die alte Dame zurückhalten.

»Doch«, erklärte die kleine Frau entschlossen, »ich muss.« Sie trippelte an der stämmigen Geschäftsführerin vorbei und trat zu mir ins Wohnzimmer.

»Hallo«, nickte ich ihr zu.

Im grellen Licht des Baustrahlers war gut zu erkennen, dass sie eine schöne Frau war, wenngleich sie auf die neunzig zugehen musste. Ihrem Gesicht sah man an, dass sie gelacht hatte in ihrem Leben, ihre Lippen hatte sie passend zum Altrosa ihres Mantels geschminkt, sie hielt sich gerade und trug den Kopf erhoben.

So würde ich selbst mit neunzig auch gern aussehen, ging es mir duch den Kopf. Vorausgesetzt, ich erreichte dieses fortgeschrittene Alter wider Erwarten.

Mich schien die Schwägerin gar nicht wahrgenommen zu haben. Langsam trat sie an die Leiche im Sessel heran. Eine Sekunde lang kam es mir vor, als huschte ein Lächeln über ihr Gesicht. Nicht unbedingt ein fröhliches, was ja auch sehr seltsam gewesen wäre, sondern eher ein grimmiges. Besonders mitgenommen vom Tod der Küppers wirkte sie nicht.

Kurz sah ich mich nach Elsbeth van Pels um. Die lief im Treppenhaus hin und her. Vielleicht, um Frau Schramm in ihrer Trauer nicht zu stören. Oder um meinen Fragen zu entgehen?

»Dass ich diesen Tag noch erleben darf«, zischte die elegante Oma der Leiche zu und lenkte damit meine Aufmerksamkeit wieder auf sich.

Hatte ich mich verhört?

»Wie bitte?«, erkundigte ich mich interessiert.

Die Frau schrak zusammen, als ich neben sie trat.

»Liliana Ziegler, Pflegedienst *Sonnenschein*. Ich habe Ihre Schwägerin gefunden.«

»Oh«, murmelte die Frau, eher ertappt als betroffen. »Das muss für Sie jetzt sehr unpassend klingen.«

»Unerwartet trifft es eher«, korrigierte ich. Denn wenn man bedachte, was für eine Giftspritze die Küppers gewesen war, konnte man die Worte ihrer Schwägerin durchaus als passend bezeichnen. »Unüblich könnte man auch sagen.«

»Unüblich.« Ich hatte Ingelore Schramm zum Schmunzeln gebracht. Sie sah sich kurz um, doch Elsbeth van Pels hektische Schritte hallten noch immer durchs Treppenhaus.

»Genauso merkwürdig ist, dass ausgerechnet ich als nächste Verwandte übrig geblieben bin. Nun muss ich Karins Nachlass regeln. Ironie des Schicksals.«

»Sie standen sich nicht besonders nahe?«, forschte ich nach.

Wieder ein grimmiges Grinsen. »So kann man es ausdrücken.«

»Sie konnten sich nicht leiden?«

Die rosa nachgezogenen Lippen der Frau zuckten. Sie hätte jetzt vielleicht wirklich gelacht, hätte sie nicht immer noch vor der Leiche ihrer Schwägerin gestanden: »Diese Frage würde ich unerwartet nennen, Frau Ziegler.«

»Oder unüblich?«

Ingelore Schramm nickte versonnen. »Sie – also Karin – ist als Jungfrau in die Ehe mit meinem Bruder gegangen. Ich hatte mir in den Kopf gesetzt, Opernsängerin zu werden. Die Familie hat mich als – hm … sagen wir mal, schwarzes Schaf abgestempelt und Karin hat mir Gottes Rache prophezeit.« Ihre Ironie verriet ihre Wut.

Schwarzes Schaf war wohl eine eher milde Umschreibung dessen, was ihr damals nachgesagt worden war, vermutete ich. ›Schlampe‹ traf den Wortlaut wahrscheinlich besser. Oder ›Nutte‹?

»Und? Hat Gott sich gerächt?«, hakte ich nach.

Die alte Frau betrachtete nachdenklich den Leichnam im Sessel. »Das hat Karin für ihn erledigt.«

Sie schluckte und schwieg.

»Man hat Sie beschimpft? Als Hure bezeichnet?«, half ich ihr weiter.

Der scharfe Blick unter ihren faltigen Lidern musterte mich. »Besser noch«, verriet sie mir dann. »Ich wurde schwanger.«

Oh.

»Mein damaliger Freund bekam ein Engagement in Italien und war weg«, erzählte sie weiter. »Sie können sich das heute nicht mehr vorstellen, doch damals war das ein Skandal.

Meine Familie war entsetzt. Karin lamentierte über den unehelichen Bastard, mein Bruder predigte von der Kanzel über die Schande, bis …« Sie biss sich auf die Unterlippe.

»Bis?«

Ihre Augen verengten sich. »Bis ich in einen Abbruch einwilligte.«

Oje. Kurz trafen sich unsere Blicke. Ein harter Zug presste ihren Mund zu einem schmalen roas Strich zusammen, sie nahm die Nase noch ein Stück höher und sah wieder auf die Leiche hinunter. Sie hasste die Küppers bis heute dafür.

»Was soll's? Es ist lange her und Karin ist tot. Warum soll ich nicht darüber sprechen? Sie hatte schließlich auch keine Skrupel, meinen Ruf schon zu Lebzeiten zu zerstören.«

Weil sie offenbar eine Antwort von mir erwartete, nickte ich zustimmend.

»Karin hat lange Zeit illegale Abtreibungen durchgeführt. Für Unverheiratete. Und im Auftrag von Eltern, die ihren minderjährigen Töchtern die ›Schande‹ ersparen wollten. Karin hatte nach dem Krieg als Schwester auf der gynäkologischen Station gearbeitet. Bei mir hat sie es mit Stricknadeln gemacht. Manchmal glaube ich, meine Familie war sich darin einig, dass eine nochmalige Schwangerschaft verhindert werden müsste. Karin hat den Beschluss ausgeführt.« Der Zorn ließ die helle Stimme der alten Frau beben. »Jedenfalls hat Karin dafür gesorgt, dass ich nie Kinder bekommen konnte.«

Wow. Ein glasklares Mordmotiv, begriff ich.

Nur leider überflüssig, fiel mir im nächsten Moment ein. Denn der Arzt hatte ja grade einen natürlichen Tod bescheinigt. Außerdem erklärte ein einzelner Todesfall wie dieser nicht die über Jahre erhöhte Quote des Pflegedienstes.

Eine Sekunde lang ahnte ich, wie aussichtslos die Ermittlungen in diesem Fall waren. Denn selbst wenn eine Leiche auftauchte, selbst wenn es scheinbar Gründe gab, aus denen der Tod der Person vorteilhaft war, war jeder Fall ein Einzelschicksal. Unmöglich, einen Zusammenhang zu anderen Todesfällen herzustellen, erst recht, wenn diese bereits Jahre zurücklagen.

»Wann haben Sie Ihre Schwägerin das letzte Mal gesehen?«, erkundigte ich mich trotzdem.

»Ich habe den Kontakt zur ganzen Familie abgebrochen.« Die alte Frau lächelte boshaft, aber zufrieden. »Nur zu den Beerdigungen komme ich natürlich gern. Die letzte Veranstaltung galt meinem Bruder, also Karins Mann. Außer mir und meinen Kindern – ich habe später adoptiert –, außer uns war nur der Kirchenvorstand da. Danach habe ich noch einmal mit meiner Schwägerin telefoniert, als sie mich informierte, dass sie mich als nächste Verwandte beim Pflegedienst angegeben hat.«

Karin Küppers war an Herzversagen gestorben. Auch wenn Ingelore Schramm sich darüber freute, gab es keinen Grund, an der Aussage des Notarztes zu zweifeln.

Tag 38

BELLAS BLOG:
SONNTAG, 19.58 UHR

Die Hormone arbeiten.

Heute habe ich wieder gekocht. Bereits in der siebten Schwangerschaftswoche verwandele ich mich in eine Mutti. Es gab Grünkernbratlinge mit Selleriegemüse. Was die Sache noch bedenklicher macht.

Mario hat sich das Motzen verkniffen. Und sogar einen ganzen Bratling hinuntergewürgt. Dabei zählt ein Essen, das ohne ein Viertelpfund Fleisch auskommt, für Mario nicht als Mahlzeit.

Ich habe beschlossen, mich gesund zu ernähren. Die nächsten acht-

einhalb Monate. Denn in den letzten Wochen hat mein Baby schon viel zu viel Alkohol abbekommen.
Dank Dieter.
Morgen werde ich ein Rezept für Zucchini-Reis-Risotto ausprobieren.
Für Marios Familie ist meine Schwangerschaft natürlich ein willkommener Anlass zum Feiern. Vorhin haben sich alle versammelt. Sonntagnachmittag. Bei Kaffee und Kuchen.
Dabei sind meine Mutti-Hormone außer Kontrolle geraten. Als Mario sich eine Zigarette angesteckt hat. Zusammen mit seinem Vater und seinem Cousin.
Mario raucht nicht regelmäßig. Nur in Gesellschaft. Allerdings verbringen wir jedes Wochenende in Gesellschaft. Also raucht er doch ziemlich regelmäßig.
Nicht, dass ich zu den militanten Nichtrauchern zähle. Bisher hat es mich nie gestört. Nicht selten habe ich mitgeraucht. Obwohl das paradoxerweise Mario stört. Was der Hauptgrund ist, aus dem ich mitrauche. Weil er raucht, aber mich anmeckert, wenn ich mir eine anstecke. Geschmeckt hat es mir nie. Deshalb fällt es mir auch nicht schwer, jetzt zu verzichten.
Doch diesmal habe umgekehrt ich ihn angefahren. Weil er sich eine Zigarette anzündete.
»Bist du bescheuert? Hier drin zu rauchen? Geh vor die Tür!«
Prompt wurde es still.
Dann lachte Mario. Zu laut.
Mit einer Hand packte er mich vor der Brust. Mit der anderen steckte er sich die Kippe in den Mund. Er hielt mich auf Abstand. Mit ausgestrecktem Arm. Lässig.
»Solange du keinen Zementsack über die Fünf-Meter-Marke wirfst, wäre ich an deiner Stelle vorsichtiger. Sonst vergreife ich mich auch mal im Ton.« Er pustete den Rauch ins Wohnzimmer.
»Also wirklich!«, tadelte meine Mutter. »Wie redest du mit deinem Mann? Auch wenn ihr jetzt verheiratet seid, kann man doch höflich zueinander sein.«

»Das sind deine Erziehungsfehler.« Grinsend ließ Mario mich los. »Was du in zwanzig Jahren nicht hingekriegt hast, kann ich auch nicht mehr ausbügeln.«

Wieder Lacher.

Ich wunderte mich. Wegen was für Kleinigkeiten meine Mutti-Hormone Streit anzettelten.

21.

»Wenn du mich fragst, ist dieser ganze Scheißfall eine Sackgasse«, knurrte Danner feindselig. Auch er hatte unseren Streit offensichtlich nicht vergessen. »Ich hab's ja von Anfang an geahnt.«

»Findest du?«, bemerkte ich kühl. »Ich habe das Gefühl, es kommt ein bisschen Bewegung in die Sache.«

Immerhin hatte Agi Friedlich auffällig viel Mitleid, die Bestatter hatten gut zu tun und – es gab eine neue Leiche.

Langsam drehte sich Danner vom PC weg in meine Richtung. Die Arme verschränkte er vor der Brust. »Hast du etwa was rausgefunden?«

»Du nicht?«

Augenblicklich wurde Danners Blick noch ein bisschen eisiger: »Nein. Dafür hatte ich ein unerfreuliches Telefonat mit Feldwebel van Pels. Sie fragt nach Ermittlungsergebnissen. Geduld scheint nicht gerade zu ihren Charakterstärken zu zählen.«

Definitiv nicht.

»Es gibt einen neuen Todesfall«, informierte ich Danner kühl. »Die van Pels sieht ihre Firma in die Luft fliegen. Sie kriegt grad richtig kalte Füße.«

Danner konnte das verblüffte Hochzucken seiner linken Braue nicht verhindern.

»Karin Küppers, sechsundachtzig, alleinstehend. Herzversagen sagt der Arzt.«

»Herzversagen?« Danner runzelte die Stirn. »Also ein natürlicher Tod. Eine Autopsie wird nicht gemacht.«

»Korrekt.«

»Dann sind wir nicht weiter als vorher. Wir haben zwar einen weiteren Todesfall, aber immer noch keine Leiche, jedenfalls im juristischen Sinne. Solange der Arzt, der den Totenschein ausstellt, keine Zweifel an der Todesursache hat, gibt es keine Ermittlungen.«

Pessimist.

»Ich brauche den Rechner«, schnappte ich ärgerlich. Ich machte eine Handbewegung, die ihn vom Schreibtischstuhl scheuchte.

»Schön! Wenn du für uns beide arbeitest, kann ich ja ins Bett gehen«, schnauzte Danner zurück, stampfte ins Schlafzimmer und knallte die Tür hinter sich zu.

Ich hoffte, dass Elsbeth van Pels sich hatte überwinden können, mir die Bestatterliste heute noch per E-Mail zuzusenden. Obwohl es ihr sichtlich widerstrebte, der Bitte einer gerade-nicht-mehr-minderjährigen Wollsockenträgerin tatsächlich nachzukommen.

Ich setzte mich auf das noch von Danners Hintern angewärmte Kunstleder unseres Bürostuhls und klickte mich ins Internet. Mein virtueller Briefkasten war leer. Ich musste also warten.

Egal, zu dem muffligen Danner ins Bett wollte ich sowieso nicht. Störend fand ich nur die noch immer abgestellte Heizung. Während Danner unter dicken Daunen lag, wickelte ich mich auf dem Schreibtischstuhl in die abgewetzte Sofadecke.

Ich klickte mich wieder bei den *bloggergirls* ein und las Gülcans neuesten Artikel über die hohe Selbstmordrate bei jungen Frauen mit Migrationshintergrund. Dann sah ich nach, ob es bei Janine Hinze was Neues gab ... nö. Das Neueste aus *Mo's Loveblog* ersparte ich mir.

Noch immer keine Bestattermail.

Ich tippte selbst einen kurzen Eintrag auf meiner eigenen, brandneuen Seite. Über blonde Haare. Danach hinterließ ich zu Gülcans neuem Text einen kleinen Kommentar auf ihrer Seite. Unter meinem Blog-Kürzel *LilaZ*. Der Gedankensprung zum vollständigen *Liliana Ziegler*, und damit zur neuen Kollegin im Pflegedienst, erforderte hoffentlich keine intellektuellen Höchstleistungen.

Weiterhin herrschte Leere im Briefkasten.

Ich überflog ein paar andere Blogs, die Gülcan mit ihrer eigenen Seite verknüpft hatte. In einem der unzähligen virtuellen Tagebücher blieb ich hängen. Am Rand der Seite rankten Orchideenblüten ins Bild. Die Bloggerin berichtete amüsant über den Ehealltag mit ihrem prolligen Gatten. Leichte Kost, ihr Stil hätte zu einem lustigen Buch der Sparte ›Frauenliteratur‹ gepasst. Ich fing an, ihre Einträge von vorn zu lesen. Erst nach ein paar Seiten begriff ich, dass auch diese Hobbyautorin bei einem Pflegedienst arbeitete.

Zufall?

Im Leben nicht!

Tag 39

BELLAS BLOG:

MONTAG, 21.14 UHR

Aus mir wird nie eine Mutti werden. Allen natürlichen Instinkten zum Trotz.

Es gibt Menschen, die mit zwanzig bereits drei Kinder haben. Die Windeln wechseln, Muttermilchimitat auf Körpertemperatur erhitzen und den Text vom Biene-Maja-Lied singen können. Zeitgleich.

Ich nicht.

Okay. Mein Tag war schrecklich. Ein einziges Chaos. Heute Morgen war mir wieder schlecht. Zumindest liegt es nicht am Rotwein. Das weiß ich ja jetzt. Und Betti ist krank. Ich musste Patienten von ihr übernehmen. Der Drachen war in Höchstform. Mit seinem Regenschirm hat er Schwertkämpfe mit der Drachentochter ausgefochten. Die hat sich mit einer Unterarmgehstütze verteidigt. Ihren Entschluss, zur Mutter zu ziehen, will sie noch mal überdenken.

Zwar bilde ich mir manchmal ein, ich mache meinen Job gut. Aber ehrlich? Betti macht ihn besser.

Mario konnte meine Stimmung nicht heben. War auch nicht seine Absicht.

»Pass auf, dass ich dich nicht verlatte, wenn ich mal wirklich mies drauf bin. Sei lieber froh, dass ich dir sage, wenn du scheiße aussiehst. Bevor es noch anderen auffällt.«

Hat er das wirklich zu mir gesagt?

Hat er.

Hm … wenn er es sagt, klingt es nicht so schlimm. Ironisch eher. Lustig beinahe. Aber das sind seine Worte gewesen. Und aufgeschrieben klingt es schlimm. Komisch.

Wieso kommt es mir vor, als führten wir ganz normale Gespräche? Das ist doch kein normales Gespräch. Ich wäre entsetzt über jede Frau, die so mit sich reden lässt.

Aber Mario redet so mit mir. Oft. So oft, dass es mir ganz normal vorkommt.

»Wie scheiße siehst du denn aus?«

Das war seine Begrüßung heute. Ich glaube nicht, dass viele Männer so ihre Frau begrüßen. Wenn sie von der Arbeit nach Hause kommen.

Gut, er hatte mal wieder recht. Sexy bin ich nicht. Auf dem Sofa lag ich. Im Bademantel. Mit Wattebäuschen zwischen den Zehen. Wegen der frisch lackierten Nägel. Und einem Handtuch als Turban um den Kopf gewickelt.

Trotzdem.

»Wie mies bist du denn drauf?«, habe ich zurückgefragt. Und weiter meine Fingernägel gefeilt. Was Mario nicht leiden kann. Was ich aber trotzdem weiterhin tun werde.
Daraufhin hat er mir oben zitierte Antwort gegeben. Und ist im Badezimmer verschwunden.
Ich habe weitergefeilt. Als wäre nichts gewesen.
Und erst jetzt merke ich, was er zu mir gesagt hat. Wenn ich seine Worte lese. Die ich aufgeschrieben habe, weil es sonst nicht viel über meinen Tag zu sagen gibt.
Zufällig fast.
»Pass auf, dass ich dich nicht verlatte!«
Was soll mein Kind denken? Wenn Papa und Mama sich so begrüßen.
Das geht doch nicht.

22.

Bellas Blog war lang, sie schrieb schon eine ganze Weile recht regelmäßig. Ihr Tagebuch ließ mich sogar die Eiskälte in unserer Wohnung eine Weile vergessen, obwohl es ein Wunder war, dass mein Atem nicht in der Luft kondensierte.

Als ich das nächste Mal auf die Uhr sah, war es Viertel nach zwei. Bella schrieb gut. Im Gegensatz zu Mo hatte die es richtig drauf und ihre Geschichte war spannend.

Als ich jetzt meine E-Mails kontrollierte, hatte ich tatsächlich elektronische Post bekommen: Elsbeth van Pels hatte artig die verlangte Liste geschickt.

Es waren die gleichen Namen wie auf meiner ersten Liste – der Verstorbenenliste. Dahinter hatte Elsbeth van Pels entweder ein Fragezeichen gesetzt, oft mit dem Zusatz *im Krankenhaus verstorben,* oder den Namen einer Leichenverbuddelfirma.

Gespannt richtete ich mich auf.

Achtzehn der neununddreißig Verblichenen hatte das *Bestattungsunternehmen Schlichte* unter die Erde gebracht. Der gleiche Totengräber, den Elsbeth van Pels auch gestern angefordert hatte. Wenn es keine Angehörigen gab oder sie zu weit entfernt lebten, um sich selbst um die Abwicklung der Beerdigung zu kümmern, schien die Pflegedienstchefin immer denselben Entsorgungsdienstleister zu beauftragen. Der hatte also definitiv einen finanziellen Vorteil vom Tod der Kunden.

Das war eine neue Spur.

Zufrieden betrachtete ich mein Werk.

Moment mal …

Noch einmal überflog ich die Namen. Fast kannte ich sie schon auswendig, denn sowohl auf der Verstorbenenliste als auch auf der Erbschleicherliste war ich bereits Namen für Namen durchgegangen:

Almuth Wiedental – verst. im KH
Sabine Hinrichs – verst. im KH
Sergej Muchow – Bestattungsunternehmen Schlichte
Frieda Wellinghaus – ?
Barnabas Merianakis – Beerdingungsinstitut Voss
Greta Hiller – Bestattungsunternehmen Schlichte
Heinrich Herbst – Bestattungsunternehmen Schlichte
Willi Frechelt – ?
Orkan Ötztürk – Bestattungsunternehmen Schlichte
Margarethe Möller-Frieling – verst. im KH
Georg Donatus Frh. von Piwittsbocklen – Erd-, Feuer- und Seebestattungen Wiegelmann & Sohn
Bert van Herderen – Bestattungsunternehmen Schlichte
Kataczyna Weißmüller – Bestattungsunternehmen Schlichte
Alfons Trochte – Bestattungsunternehmen Schlichte

Molly Maschmeyer – Beerdigungsinstitut Franz
Soraya Kaymaz – ?
Kemal Yilmaz – Bestattungsunternehmen Schlichte
Horst Haberer – Bestattungsunternehmen Schlichte
Iris Wucherpfennig – verst. im KH
Klaus Fricke – Erd-, Feuer- und Seebestattungen Wiegelmann & Sohn
Franz Segelhorst – Bestattungsunternehmen Schlichte
Isolde Lieblich – verst. im KH
Maren Sell – Bestattungsunternehmen Schlichte
Sigrid Knethaken – Bestattungsunternehmen Schlichte
Ilona Meyerding – verst. im KH
Friedbert Geiger – verstorben im KH
Gustav Schröder – Bestattungsunternehmen Schlichte
Prof. Elisabeth Seefeld-Friedrichs – ?
Knut Briese – verst. im KH
Dr. Waldemar Traitel – ?
Simone Messerschmidt – Bestattungsunternehmen Schlichte
Egon Huber – Beerdigungsinstitut Franz
Adam Adamczik – Bestattungsunternehmen Schlichte
Marlene Eichmann – Bestattungsunternehmen Schlichte
Heidrun von Kessel – ?
Friderike Westermann – verst. im KH
Theodor Breier – Bestattungsunternehmen Schlichte
Hans-Werner Kuhn – ?
Ferdinand Hoppe – verst. im KH
Karla Koch – verst. im KH
Martin Kohlkessel – Bestattungen Seelenfried
Bodo Buchholz – ?
Mareike Brandstetter – Bestattungsunternehmen Schlichte
Karin Küppers – Bestattungsunternehmen Schlichte

Ach, du Scheiße …! Plötzlich fiel mir noch etwas ganz anderes auf. Das konnte doch nicht sein!? War ich die ganze Zeit blind gewesen?

Vor Aufregung wurden meine Hände schwitzig. Hastig zerrte ich die Akte des Falles hervor und blätterte nach der ersten Liste mit den Namen der Verstorbenen. Verglich sie noch einmal mit der Bestatterliste.

Die gleichen Namen. Natürlich.

Diese Liste gab einen Hinweis auf ein Mordmotiv! Die ganze Zeit hatte ich das übersehen. Gleichzeitig schloss sie pures Mitleid als Ursache der erhöhten Todesfallzahl aus, was gegen die friedliche Agi als meine derzeitige Lieblingsverdächtige sprach.

Dabei war mir die Namensliste ja keineswegs neu. Warum hatte ich nicht viel früher genau hingesehen?

Schlotternd vor Kälte und Aufregung saß ich in unserem acht Grad kalten Wohnzimmer vorm PC und hatte das sichere Gefühl, mitten in der Nacht den Durchbruch in diesem Fall in meinen Händen zu halten.

Tag 42

BELLAS BLOG:

DONNERSTAG, 20.18 UHR

Ich lasse mich scheiden! Definitiv!

Ist mir scheißegal, ob Mario Stress hat! Selbst wenn er Vierundzwanzig-Stunden-Schichten arbeiten müsste – seine Wut darüber braucht er nicht an mir auszulassen!

Um sieben kam er nach Hause. Seine ersten zehn Sätze:

1. »Na, wieder die Schuhe nicht weggestellt? Hast du was am Rücken, dass du dich nicht bücken kannst?«

2. »Nein, es muss was am Gehirn sein. Sonst hättest du ja wenigstens den Müll rausgebracht, wie ich es dir seit Wochen sage!«

3. »Und wo ist mein Schnitzel? Wenn du schwanger bist und den Kühlschrank leerfrisst, kannst du ihn zumindest hinterher wieder auffüllen!«

4. »Igitt, was ist das? Bella! Bei drei bist du hier und erklärst mir, was das hier ist!«

›Das‹ war eine Tomate. Um die drei Wochen alt. Die im Gemüsefach des Kühlschranks gelegen hatte. Um dort eine Schimmelpilzkolonie zu begründen.

5. »Und dann gucken wir uns gleich mal das nächste Übelfeld an!«

Eine halb volle Flasche Erdbeersekt. Stand in unserer Spüle. Keine Ahnung, wie die da hingekommen ist. Stand aber ebenfalls schon länger dort.

6. »Wenn das Ding –«

– die Erdbeersektflasche –

»– da morgen früh noch steht, führe ich es dir rektal ein.«

7. »Und der Backofen sieht auch aus wie Sau! Dabei hast du dir doch schon mein Schnitzel reingehauen! Kein Wunder, dass dein Arsch so in die Breite geht. In neun Monaten kannst du einen Bierwagen ziehen!«

8. »Jetzt bewegst du deinen Brauereipferdearsch hierher und putzt den Ofen!«

9. »Ich hab 'n Hals! Wenn du bei drei nicht hier bist, platze ich!«

10. »Eins … zwei …!«

Was soll ich sagen?

Bei drei war ich da. Ich habe den Ofen geputzt. Weil es sonst auf einen zweistündigen Krach hinausgelaufen wäre. An dessen Ende ich den Ofen geputzt hätte.

Und ich habe mir jedes gemeine Wort gemerkt. Damit ich es jetzt aufschreiben kann.

Ich bin fest entschlossen. Je öfter ich es lese: Ich trenne mich. Ich muss mir das nicht gefallen lassen.

Komisch, dass mir das erst durchs Tagebuchschreiben klar wird. Aber darüber reden kann ich mit niemandem.

Mit Sina sowieso nicht. Erstens brüllt sie Dieter genauso an wie Mario mich. Und zweitens würde sie sich von einem Mann nie so behandeln lassen.
Und meine Mutter und Mario kennen keinen amüsanteren Zeitvertreib, als Witze über mich zu reißen. Über mein fehlendes hausfrauliches Talent. Oder meine nicht vorhandene Schlagfertigkeit.
Mein Kind wird über die Unterhosen-Affäre in Kenntnis gesetzt sein, bevor es drei ist. Und sich totlachen. Mit Mario und meiner Mutter zusammen. Und mit Harry und Waltraud. Die es als jüngstes Mitglied in die Rheumaliga aufnehmen.
Genau genommen bin ich die Einzige, die Rumbrüllen und Türenknallen nicht für Kommunikationsmethoden hält.
Halt!
Ich und Dieter der Dämliche.
Mein Gott!
Ich bin wie Dieter der Dämliche!
Dämlich eben!
Moment. Jetzt mal ganz ruhig.
Warum lassen wir uns das gefallen? Dieter und ich? Warum lassen wir uns anbrüllen? Warum lasse ich mir sagen, dass ich einen fetten Arsch habe?
Mario soll sich mal selbst angucken! Wer von uns hat denn den Bierbauch? Außerdem bekommt er eine Glatze. Seine Geheimratsecken reichen bereits bis an den Hinterkopf.
Das musste mal gesagt werden. Ich habe Haare. Und eine Taille. Und ich mag meine Beine.
Deshalb werde ich mich nicht mehr anbrüllen lassen. Mein Kind wird nicht erleben, dass sich seine Mutter heulend im Badezimmer einschließt. Nie.
Dumm nur, dass ich nicht weiß, wie ich sonst auf einen Streit reagieren soll.
Aber ich will nicht länger kuschen. Mario wird sicher gleich noch was zu meckern haben, mies, wie er heute drauf ist. Höchste Zeit für ihn

zu begreifen, dass er mich nicht länger so behandeln lassen kann. Schließlich bin ich erwachsen. Emanzipiert. Eine moderne Frau. In einer modernen Welt.

Und ich bin stolz auf meine Beine.

DERSELBE DONNERSTAG, 22.06 UHR

Ich habe gekuscht.

Ich fasse es nicht.

Ich bin eine Memme. Eine Heulsuse. Ein Feigling. Erbärmlich. Zum Kotzen. Die letzte Stunde habe ich im Badezimmer verbracht. Und geheult.

Ich heule noch immer.

23.

»Männer!«

Danner starrte mich an, als hätte ich behauptet, in unserer Badewanne einen Alligator zu beherbergen.

»Van Pels Lieblingsleichenentsorger Schlichte hat vorwiegend Männer beerdigt«, bekräftigte ich. »Überhaupt sind seit vier Jahren etwas mehr Männer als Frauen verstorben. Obwohl der größere Teil der Kunden des Pflegedienstes angeblich weiblich ist. Weil Frauen länger leben und so. Wenn mehr Frauen betreut werden, müssten eigentlich auch mehr Frauen versterben.«

»Das kann doch nicht wahr sein!« Danner schnappte mir die Bestatterliste aus der Hand. Kopfschüttelnd überflog er den Zettel. Las ihn ein zweites Mal konzentriert. Schüttelte wieder den Kopf.

»Die vermehrten Todesfälle werden also nicht durch die Spätfolgen des Bergbaus, die hohe Abgasbelastung oder einen mutierten Virus hervorgerufen, denn solche äußeren

Umstände hätten Männer und Frauen gleichermaßen gekillt«, schlussfolgerte ich schon mal voraus.

Danner ließ verblüfft den Zettel sinken: »Du meinst, da hat einer was gegen Männer? Weißt du, was das bedeuten würde?«

Dass wir es mit einem Mordfall von ungeahntem Ausmaß zu tun hätten.

»Wenn wir das laut sagen, sind Elsbeth van Pels und ihr Pflegedienst ruiniert. Dabei haben wir nicht einen einzigen Beweis«, staunte Danner.

Weil nach meiner Entdeckung an Schlaf natürlich nicht mehr zu denken gewesen war, hatte ich mir eine Kanne Kaffee gekocht und weitergedacht: »Aber wir haben endlich eine Richtung, in die wir ermitteln können. Schließlich kennen wir jemanden, der nicht gut auf Männer im Allgemeinen zu sprechen ist.«

»Tatsächlich?«

Ich konnte sehen, wie Danners grauen Zellen hinter seiner gerunzelten Stirn ihre Arbeit aufnahmen.

Zu meiner Verwunderung sagte er nach kurzem Überlegen: »Kuchenbecker?«

Der machte bei mir nicht das Rennen als Hauptverdächtiger. »Wieso denn der? Ich denke, der steht auf Männer?«

»Aber nicht jeder konservative Neunzigjährige steht auf ihn. Ich kann mir vorstellen, dass Kuchenbecker eine Sicherung durchbrennen könnte, wenn er den hunderttausendsten schwulenfeindlichen Spruch hört. An wen hast du gedacht?«

»Gülcan Aydin.« Ich deutete auf den PC.

»Die Türkin?« Danner trat an den Schreibtisch. »Hat man der nicht beigebracht, Männer zu bedienen?«

»Boah, Chauvinist!« Wütend funkelte ich ihn an.

Danner warf mir einen kurzen Blick zu, bevor er sich in Gülcans schwarz-weißen Feministinnenblog vertiefte. Das

Glitzern seiner grauen Augen verriet, dass es ihm Spaß machte, die Emanze in mir Amok laufen zu lassen.

»Gülcan hat schlechte Erfahrungen mit Männern gemacht«, erläuterte ich verärgert. »Schlecht genug, um als Frauenrechtlerin politisch aktiv zu werden.«

Für uns Grund genug, die Türkin genauer zu überprüfen, fand ich.

»Also Aydin und Kuchenbecker«, murmelte Danner lesend.

Während er weiter Gülcans Blog studierte, schlüpfte ich in ein blasslila Sweatshirt, dessen Vorderseite ich in der letzten Stunde mit einem schwarzen Edding feinsäuberlich und unübersehbar groß beschriftet hatte.

Der Blick des Detektivs wanderte vom PC zu den Blockbuchstaben auf meinem Busen.

»Verdammt, ich muss dich besser bezahlen«, brummte er.

BLOG YOUR LIFE!, stand auf meiner Brust.

Tag 44

BELLAS BLOG:

SAMSTAG, 15.31 UHR

Sina will mich als Trauzeugin.

Weil ich Ahnung habe von Beziehungsdingen. Weil ich seit zehn Jahre mit demselben Kerl zusammen bin, ohne zur Mutti zu mutieren. Hah! Ich bin ihr großes Vorbild an Treue, Emanzipation, Familienleben. Ausgerechnet.

Garantiert wird sie ihre Meinung ändern. Sobald sie erfährt, dass ich schwanger bin. Und meine emanzipierte Beendigung eines Ehestreits ›im Badezimmer einschließen‹ lautet.

Natürlich habe ich Sina noch immer nichts von den Geschehnissen erzählt. Im Augenblick hat Sina selbst genug Probleme. Andere Probleme als letzte Woche. Als ich sie noch von der Umsetzung verschiedener Mordpläne hatte abhalten müssen.

Aber eine Hochzeit vorzubereiten ist ebenfalls stressig. Auch wenn das Ereignis erst in sechs Monaten stattfinden soll. Im kleinen Kreis. Allerdings ziemlich extravagant. Auf einem Fischkutter vor Helgoland. Was die Planung nicht einfacher macht.
Keine Ahnung, wie die beiden darauf gekommen sind. Aber womöglich die beste Lösung. Mit anderen Menschen treten Sina und Dieter normalerweise nur per E-Mail in Kontakt. Mal abgesehen von mir. Da erscheint es beinahe sinnvoll, dass sie ihre Hochzeit so gut wie allein verbringen. Und Freunde und Bekannte das Ereignis auf einer durchgestylten Homepage verfolgen können.
Der kleine Kreis der Familie umfasst allerdings noch immer dreißig Leute. Die alle auf einer Insel Asyl finden sollen, die man nur per Boot erreicht. Dazu kommt die Suche nach einem nordischen Buffet. Einem ostfriesischen DJ. Und einem hochseetauglichen Hochzeitskleid.
Da will ich Sina nicht auch noch belästigen. Mit meinem Badezimmer, in dem ich in letzter Zeit die Abende verbringe.
Darüber hinaus ist es zu peinlich.
Meine Kollegin Betti fällt mir ein. Sie hat vor Kurzem gefragt, ob mit mir alles in Ordnung sei. Hat mir Hilfe angeboten. Weil ich mich so oft übergebe. Vielleicht ahnt sie die Schwangerschaft. Oder sie vermutet ein Alkoholproblem. Aber ich will nicht auch noch auf der Arbeit als Null dastehen. Bemitleidet werden. Belächelt.
Mario hat übrigens einen weiteren Anlass zu Ärger gefunden: meinen Computer.
In Zukunft schreibe ich nachmittags. Wenn er nicht da ist. Denn wenn er abends nach Hause kommt, wünscht er sich meine Aufmerksamkeit. Wenn schon nichts wirklich Essbares auf dem Tisch steht und das Haus nicht geputzt ist. Dann soll ich mir wenigstens anhören, was er zu meckern hat.
Soeben habe ich eine neue Taktik getestet. Um erwachsener auf seine Brüllerei zu reagieren. Und weniger erbärmlich.
Harry und Waltraud sind vor einer halben Stunde gegangen. Sie hatten sich zum Mittagessen eingeladen. Weil ja mein freies Wochen-

ende ist. Ich hatte beschlossen, das Geschirr einfach auf der Spüle stehen zu lassen. Bis morgen. Schließlich ist Sonntag. Ich habe genug Zeit, aufzuräumen.

Mario kann es nicht ausstehen, wenn schmutziges Geschirr herumsteht. Genau genommen kann er gar nichts ausstehen, was herumsteht.

Also fing er wieder an zu meckern. »Ich verstehe nicht, wie man dich eigenverantwortlich arbeiten lassen kann! Du bist nicht in der Lage, auf einer Müllkippe die Hygienevorschriften einzuhalten!«

Sinngemäß.

Ich hatte keinen Bock auf Streit. Und ich habe mir geschworen, mich nie wieder im Bad einzuschließen. Also versuchte ich die ruhigsachliche Methode. Konfliktumgehung.

»Ich hab keine Lust, mich anbrüllen zu lassen. Ich geh an meinen Computer. Sag Bescheid, wenn du dich abgeregt hast.«

Leider legt Mario auf Konfliktumgehung keinen Wert.

»Kommt nicht infrage! Das wird erst weggeräumt!«

Ich tat, als hörte ich ihn nicht. Drehte mich um. Nicht zu eilig. Lief die Treppe hoch. Erreichte mein Zimmer.

»Du kannst dir ruhig mal ein bisschen Zeit für mich nehmen, statt ewig vor dem Scheißcomputer zu sitzen!«

Ich habe die Tür hinter mir zugemacht. Mich an meinen Schreibtisch gesetzt. Den Laptop eingeschaltet.

Er polterte die Treppe hoch. Hinter mir her. Die Tür flog auf und krachte gegen die Wand.

»Wenn – Küche – morgen früh – nicht – tipptopp ...« Mario sprach überbetont. Als wäre ich ein polnischer Schwarzarbeiter, der zusammenhängende Sätze nicht versteht. »... dann – *das* – aus *dem* – Fenster! Kapiert?«

›Das‹ war mein Notebook.

»Ich räume morgen früh auf«, erklärte ich ruhig. Und sachlich. Während ich die ersten Zeilen dieses Textes tippte.

»Klar! So wie du immer den Müll rausbringst. Und den Staubsauger wegräumst. Oder so, wie du *das hier* in den Geschirrspüler geräumt hast!«

›Das hier‹ war ein Teller. Er stand neben meinem Computer. Zwei Bananenschalen vegetierten darauf vor sich hin.

Mit einer wütenden Handbewegung fegte Mario den Teller vom Schreibtisch. Samt Bananenschalen. Ungefähr fünf Minuten dauerte Marios Anfall. Dem Teller folgten Stifte, Tesafilm, mein Locher, dessen Inhalt sich wie Konfetti verteilte. Marios Gesicht wurde hellrot. Dunkelrot. Dann violett. Vor drei Minuten ist er schließlich rausgestürmt.

Aber gerade eben hat es in der Küche gekracht. Entweder teilt weiteres Geschirr das Schicksal des Tellers oder Mario ist vor Wut geplatzt.

Ich sitze noch immer in meinem verwüsteten Zimmer vor dem Computer. Ich habe nicht nachgegeben.

Immerhin.

24.

»Auf dem Schrank im Esszimmer, in dem Muscheldöschen neben der Bibel, wie oft muss ich Ihnen das noch erklären, Frau Ali?«, brüllte eine klapprige Seniorin mit einem strengen, grauen Dutt und einer goldgerahmten Schulleiterinnenbrille auf der großen Nase.

Gülcan verdrehte die Augen, sparte es sich aber, ihren Namen zu korrigieren.

Die dominante Oma war tatsächlich mal Schulleiterin gewesen, hatte mir Gülcan verraten. Und Widerspruch von Jüngeren löste verlässlich eine Desorientierung aus, in der sich die Frau ein paar Jahrzehnte zurück in ihren Beruf fantasierte. Anstrengend für ihre Tochter, bei der sie lebte. Die hatte bei unserer Ankunft erklärt, sie bräuchte unbedingt frische Luft, und fluchtartig die Wohnung verlassen.

Die Exschulleiterin hieß Frau von Günth. Sie erwartete von ihren Pflegerinnen, dass die sich, während sie durch ihre Tour hetzten, nebenbei noch merkten, unter welchem Buch ihre Lieblingsgoldbrosche versteckt war, wie sich das Schmuckstück aufklappen ließ und dass der Name des Mannes auf dem Schwarz-Weiß-Foto Heinz-Herbert lautete. Leicht übertriebene Ansprüche an den Service, fand ich.

»Sie weigert sich, ihr Hörgerät zu benutzen«, erklärte mir Gülcan im Vorbeigehen.

»Und Sie, junge Dame, wollen Sie sich vielleicht auch endlich mal nützlich machen?!«, donnerte mich die Lehrerin so laut an, dass ich zusammenzuckte. »Ihre Aufgaben haben Sie doch noch immer nicht erledigt, nicht wahr?«

Missbilligend musterte sie mich über ihre Brille hinweg. Sie sprach mich nicht als Pflegerin an. Sie hatte erkannt, dass ich mich noch dicht am schulfähigen Alter befand, und war anscheinend in ihre Erinnerungen zurückgereist. Gut möglich, dass sie gerade überlegte, ob sie mir mit einem Rohrstock etwas mehr Fleiß beibringen sollte.

Nimm ihr Gefühl wahr und interessiere dich für sie, erinnerte ich mich an Hedis Erläuterungen zum Umgang mit Demenzkranken.

Versuchen konnte ich es ja. Den Gefühlszustand der Lehrerin zu erraten war nicht gerade schwierig. Ich zog ebenfalls ein missmutiges Gesicht und blickte streng zurück: »Haben Ihre Schüler oft ihre Aufgaben nicht erledigt, Frau von Günth?«

»Versuchen tun es doch alle! Die wollen unsereins hintergehen, wo sie können! Aber nicht mit mir!« Sie wandte den angriffslustigen Blick von mir ab und fummelte mit zittrigen Fingern an den noch offenen Knöpfen ihrer Bluse.

»Sie haben ihnen gezeigt, wo es langgeht, nicht wahr?« Ich half ihr mit den Knöpfen.

»Natürlich. Bei mir mogelt sich keiner durch, ich habe alles kontrolliert. Disziplin müssen die lernen, da fehlt es heute an allen Ecken und Enden. Vor allem bei den Türken. Disziplin ist wichtig!«, lamentierte die alte Frau, während ich sie anzog wie ein kleines Kind.

Erstaunt bemerkte ich, dass ich weiter nickend ihre strenge Miene spiegelte, obwohl ich der Ausländerfeindin gern eine reingehauen hätte. Ich hatte nicht gewusst, dass man als Pflegekraft auch Schauspieltalent benötigt. Da musste ich mich verbiegen wie eine Giraffe im Parkhaus, nur um die Oma bei ihren Erinnerungen nicht zu stören. Kein Wunder, dass die Tochter geflohen war, als wir ihr die Gelegenheit dazu gegeben hatten. Vierundzwanzig Stunden am Tag mit so einer, dagegen war ein Knastaufenthalt ein Erholungsurlaub.

Und wie fest musste sich erst Gülcan bei so einer Patientin auf die Zunge beißen?

»Meinen Sie diese Brosche, Frau von Günth?« Gülcan hielt ihr das große, goldene Stück dicht unter die Brille.

»Na, siehste, Frau Ali, geht doch!« Die Frau tätschelte Gülcan lobend die Wange.

Die Türkin lächelte freundlich.

Möglicherweise hätte die alte Ausländerfeindin ihrer Pflegekraft ein wenig mehr Höflichkeit entgegengebracht, wenn ihr die erhöhte Todesfallzahl bewusst gewesen wäre.

Der Gedanke amüsierte mich innerlich. Es grenzte ja beinahe an Todesverachtung, die Frau derartig herunterzuputzen, von der man sich zwei Minuten später eine Injektion in den Hintern jagen ließ.

»Ein Wunder, dass die dich kein Hakenkreuz aus ihrer Schmuckschatulle fummeln lassen hat«, schimpfte ich kopfschüttelnd, kaum dass wir die Wohnung verlassen hatten.

Ich knöpfte den engen Kragen der steifen, weißen Kittelbluse auf. Vor Entrüstung war mir warm geworden: »Mit der sollten Hedi und Agi mal ein Erinnerungsalbum machen.«

»Ich möchte gar nicht wissen, was da drinstehen würde«, grinste Gülcan. »Ehrlich gesagt, möchte ich viele unserer Kunden gar nicht näher kennen. Auch wenn sie alt geworden sind, waren mit Sicherheit nicht alle Engel in ihrem Leben. Mir kann Hedi mit ihrer Biografiearbeit gestohlen bleiben. Ich muss nicht furchtbar mitfühlend auf jeden Idioten eingehen, den wir betreuen. Das mach ich bei jüngeren Menschen doch auch nicht. Ich bin höflich, mache meine Arbeit und nach einer halben Stunde bin ich wieder draußen. Ich will nicht jede Oma adoptieren, die ich betreue – und die mich auch nicht.«

Mit einer trotzigen Kopfbewegung schleuderte Gülcan ihren langen, geflochtenen Zopf nach hinten. So nüchtern hatte keine ihrer Kolleginnen ihr Verhältnis zum Job beschrieben. Der glänzend schwarze Zopf baumelte zwischen Gülcans schmalen Schultern auf den gerade aufgerichteten Rücken der Frau. Die markante Nase im orientalisch schönen Gesicht trug sie erhoben. Beinahe ein bisschen arrogant wirkte sie.

War sie eine Mörderin?

Tja, das herauszufinden war meine Aufgabe. Danner würde heute Kuchenbecker noch einmal genau unter die Lupe nehmen. Vorausgesetzt, Elsbeth van Pels feuerte ihn nicht vorher. Denn sicherheitshalber wollte Danner sich auch noch einmal erkundigen, ob unsere qualitätsbewusste Auftraggeberin womöglich irgendwelche Vorteile von den vielen Aufträgen für das *Bestattungsunternehmen Schlichte* hatte. Ein Präsentkorb vom Feinkostladen oder so etwas. Eine Hundert-Euro-Edelsalami pro Leiche konnte bei einem Wurstfanatiker vielleicht zum Mordmotiv werden.

Ich hatte Gülcan zu lange angestarrt, sie bemerkte meinen Blick. Weil ich meine Bluse aufgeknöpft hatte, lenkte die dicke, schwarze Schrift auf meinem Shirt ihre Aufmerksamkeit prompt auf meinen Busen.

»Liliana Ziegler«, sagte sie laut. »Du bist LilaZ?!«

Na also. War doch gar nicht so schwer gewesen.

Ich tat, als würde ich länger brauchen, um es zu checken, und sah verständnislos auf meine Brust hinab. »Woher …?«

»Du hast mir einen netten Kommentar geschrieben», nagelte mich Gülcan fest. »Zu den Selbstmorden junger Migrantinnen.«

»Ach so. Ja, das war ich«, gestand ich bereitwillig. »Dein Blog ist echt stark. Ich wünschte, ich würde meine Seite auch so hinkriegen.«

»Dein Text über die Nachteile blonder Haare ist ein ziemlich guter Anfang«, fand Gülcan.

Sieh an, sie hatte auch recherchiert.

»Ist ja ein Zufall, dass ausgerechnet ein *bloggergirl* unser Team verstärkt«, grübelte Gülcan.

»Der Zufall heißt Janine«, gestand ich freimütig. »Sie hat mir erzählt, dass sie bloggt, als ich mit ihr auf Tour war. Ich hab es einfach spontan ausprobiert. Ich muss mich aber noch reinfuchsen. Ich wollte deine Seite verlinken, da komm ich aber noch gar nicht klar.«

»Wie man eine Verknüpfung erstellt, kann ich dir zeigen«, bot sich die Türkin überraschend an.

»Echt?«

»Die Verweise auf andere Seiten sind das Wichtigste«, erklärte mir Gülcan. »Je mehr Seiten du verlinkst und Kommentare hinterlässt, umso mehr Menschen werden auf dich und deine Seite aufmerksam.«

Ach so. Im Klartext hieß das, ich sollte auf *Gülcans Meinung* verweisen.

»Wenn du willst, kannst du nach dem Dienst auf einen Kaffee mit zu mir kommen«, bot sie mir an.

Immer gern.

Gülcan bewohnte zusammen mit ihrer Tochter Selin eine Zweizimmerwohnung im Dachgeschoss eines dreistöckigen Altbaus. Ein griechischer Schnellimbiss im Erdgeschoss sorgte in dem engen, schmutzigen Treppenhaus für Knoblauchgeruch, im ersten Stock ergänzte eine Familie namens Cheng einen starken Fischduft und im zweiten Stock fügte ein ins Treppenhaus ausgelagerter Schuhschrank das Aroma von Schweißfüßen hinzu. Dicht an der Kotzgrenze, die Mischung.

Umso erstaunlicher war, dass der Gestank im Treppenhaus zurückblieb, als ich hinter Gülcan in ihre Wohnung trat. Als Geruchsbremse dienten offenbar eine Menge getrockneter Kräuterbüschelchen, die, an den Stängeln zusammengeschnürt, die Flurwände schmückten. Thymian, Lavendel und Koriander lösten Bratenfett, toten Fisch und ungewaschene Füße ab.

Gülcan duftete wirklich nach orientalischen Gewürzen, allerdings nicht, weil sie aus Überzeugung exotische Gerichte brutzelte. Denn bis auf die Kräuterbüschelchen im Flur deutete nichts auf ein Übermaß an türkischen Traditionen hin. Die Zweizimmerwohnung hatte eigentlich nur ein Zimmer, denn an der zweiten Tür im Flur hing ein leuchtend gelbes Baustellenschild: *Betreten verboten!*

»Das Zimmer meiner Tochter«, sagte Gülcan, als würde das genug erklären.

»Pubertät?«, vermutete ich.

Gülcan nickte seufzend.

Damit war alles gesagt.

Bei dem zweiten Zimmer, in das Gülcan mich führte, handelte es sich also um ein Wohn-Ess-Arbeitszimmer mit

Küchenzeile, Schlafcouch und einer Tür, die zum Bad führte. Im Zimmer der Türkin gab es weder bunte Teppiche noch wehende Schleier oder goldene Lampen.

Es gab gar keine Farben. Die Raufasertapeten an den Wänden waren schlicht weiß gestrichen, die Küchenzeile mit den zwei Herdplatten war elfenbeinfarben, das ausklappbare Sofa hellgrau, der große, mit losen Zetteln und Ordnern überhäufte Schreibtisch unterm Fenster weiß. Beim Parkett und einem Esstisch mit zwei Stühlen tippte ich auf Eichenholz.

Gülcans Wohnung war steril weiß. Reizarm. Von einem Künstler hatte ich mal gelesen, dass er ohne Beeinflussung durch Farben seine Werke in einem weißen Atelier entstehen ließ. Aber auch die Gummizelle in psychiatrischen Kliniken wurde wahrscheinlich weiß gehalten, um überreizte Patienten nicht zusätzlich zu verwirren.

In Gülcans Wohnung sorgte das Fehlen von Farbe dafür, dass nichts von den Bildern ablenkte.

Drei riesige, sensationell scharfe Porträtaufnahmen hinter Glas. Frauengesichter. Mit Kopftuch. Ein Teenie vor einer mit Graffiti verschmierten Fassade, eine zerknitterte Alte vor der Plakatwand einer Lippenstiftfirma, eine Dicke mit einer Ziegenherde im Hintergrund.

Keine der Frauen lächelte.

Ich überlegte, ob das eher auf ein Atelier oder auf eine Gummizelle hindeutete.

Tag 45

BELLAS BLOG:

SONNTAG, 18.34 UHR

Mit einer Sache hat Mario natürlich recht.

Ich verstehe es selbst nicht. Ein Zwei-Personen-Haushalt überfordert mich. Aber bei meiner Arbeit bin ich überkorrekt. Es ist, als gäbe es

zwei verschiedene Bellas. Die ordentliche Bella geht jeden Morgen pünktlich zur Arbeit. Kümmert sich. Räumt auf. Notiert. Die faule Bella haut sich aufs Sofa. Und verteilt schimmelndes Obst im Haus.
Zurzeit muss die Ordentliche der Faulen sogar Nachrichten schreiben. Sonst hätten die beiden gar keinen Kontakt. Ist mir heute aufgefallen. Das klingt schizophren. Ist es wahrscheinlich auch.
Aber die Ordentliche hat der Faulen tatsächlich einen Zettel hinterlassen: *Neue Kaffeekanne mit zur Arbeit nehmen!*
Weil die Ordentliche erst in der Umkleide ihren Dienst antritt. Und die Faule vorher keinen Gedanken daran verschwendet. An die Arbeit im Allgemeinen oder die geplatzte Dienstkaffeekanne im Besonderen.
Bei genauerer Betrachtung gibt es weitere Auffälligkeiten in meinem Verhalten. Zum Beispiel meine Unfähigkeit zu telefonieren. Das ist beinahe eine Phobie. Allerdings betrifft die Phobie nur Personen, die ich kenne. Was die Sache noch auffälliger macht.
Keinerlei Schwierigkeiten zu telefonieren hat Bella die Ordentliche. Solange ich arbeite: Ich kann bei der Apotheke Windeln bestellen oder ein Rezept vom Arzt anfordern. Oder einen Krankenwagen rufen, wenn es einem Klienten schlecht geht.
Aber meine beste Freundin anrufen, das geht nicht. Dabei tun Frauen doch nichts lieber, als stundenlang zu quatschen. Angeblich.
In der Tat kann ein Gespräch mit Sina durchaus die Zwei-Stunden-Grenze überschreiten. Was genau ich mit ihr besprechen will, brauche ich vorher nicht zu überlegen. Sina ist garantiert irgendeine Katastrophe passiert. Meine eigenen Katastrophen erscheinen mir meist nichtig. Im Vergleich zu Sinas Leben.
Zurück zu meinem Problem: Ich muss Sina nie anrufen. Ich muss nie selbst zum Hörer greifen. Das fällt mir gerade auf. Nun hat Sina aber bereits seit fünf Tagen nichts von sich hören lassen. Mal abgesehen von der SMS mit der Trauzeugenanfrage. Das gab's noch nie. Seit zwei Tagen schleiche ich um das Telefon herum. Weil ich sie anrufen will. Denn mir fehlt ihre tägliche Katastrophe. So sehr mir die letzte Dieter-Krise auch auf den Geist gegangen ist.

Vielleicht will ich auch nur hören, dass mein eigenes Leben gar nicht so beschissen ist, wie es mir im Augenblick vorkommt. Bis jetzt hat mich Sina noch immer überzeugt, dass ihr eigenes Leben hundertmal chaotischer ist. Dass ihre Beziehung viel, viel schlechter läuft. Und ich mich über Kleinigkeiten beschwere.
Vermutlich läuft es bei Sina im Augenblick aber gar nicht schlecht. Fürchte ich. Denn wenn eine neue Krise eingetreten wäre, hätte sie mich davon in Kenntnis gesetzt.
Also sitze ich vor dem Telefon. Wie kann ich ihr sagen, dass es bei mir nicht gut läuft?
Ich weiß es nicht. Mir fallen die richtigen Worte nicht ein.
Na ja, eigentlich doch. So schwer ist es ja nicht.
»Hör mal, Sina, ich hab Stress mit Mario.«
Ich greife zum Hörer. Da fällt mir ein Grund ein, aus dem ich Sina gerade in diesem Augenblick nicht stören kann.
Sie arbeitet jeden Tag bis sechzehn Uhr. Gut, sie arbeitet zu Hause. Von ihrem Computer aus. Aber sie müsste wegen mir eine Pause einlegen.
Also verschiebe ich den Anruf. Auf abends. Abends könnte sie aber gerade mit Dieter im Bett liegen. Schließlich sind sie frisch verlobt. Als ob Dieter je auf die Idee käme, spontan Sex zu haben. Während die Nachrichten laufen. Egal. Ich verschiebe den Anruf wieder. Auf den nächsten Morgen. Und rede mir dann ein, dass Sina neuerdings bis mittags schläft. Ich glaube sogar daran. Ernsthaft.
So geht das seit Tagen.
Was ich damit sagen will: Ich schaffe es nicht, meine beste Freundin anzurufen. Ich schaffe es einfach nicht.
Seit Wochen weiß ich von meiner Schwangerschaft. Und kriege es nicht hin, Sina davon zu erzählen. Ich denke über eine Trennung nach. Aber ich kann mit niemandem darüber reden.
Ich kann es nicht.
Ich glaube, ich gehöre in die Geschlossene.

25.

»Du willst den Kerlen also auch klarmachen, dass sie nichts zu sagen haben, hm?«, erkundigte sich Gülcan im Plauderton, während eine teuer wirkende, weiße Kaffeemaschine ratternd frische Bohnen zerkleinerte.

Ich zuckte unmerklich zusammen.

Wieso fragte sie nach meiner Einstellung zu Männern? Ahnte sie etwa, warum ich wirklich hier war?

Rasch sah ich zu der Türkin hinüber. Sie lehnte mit dem Rücken an der Spüle und beobachtete mich.

Verdammt! Hatte sie gesehen, dass mich ihre Frage erschreckt hatte? Mir wurde heiß.

»So ungefähr«, murmelte ich. Ich senkte meinen Blick auf den klobigen, alten Klapprechner, der sich vor mir auf dem Küchentisch surrend bemühte, endlich eine Internetverbindung herzustellen. Locker bleiben. Ich ließ mich ja in die Enge treiben wie eine blutige Anfängerin.

»Kaputter Akku?«, versuchte ich plump, etwas Zeit zu gewinnen. Ich deutete auf das Kabel, das das Gerät mit dem Stromnetz verband.

Ich hatte Gülcan unterschätzt. Als Politikerin war sie vermutlich rhetorisch geschult. Während ich selbst nur dreist und planlos herumschnüffelte.

»Wenn ich in den Stadtrat gewählt werde, ist hoffentlich ein neuer drin.« Gülcan drückte auf einen blinkenden Knopf und der Kaffeeautomat spuckte die duftende Flüssigkeit in einen Becher. »Bist du schon in einem Verein dabei?«

Häh? »Sport?« Ich schaffte es nicht, ihren Gedankensprüngen zu folgen.

Lachend stellte sie mir den Kaffee hin. »Politik natürlich.«

Sie setzte sich mir gegenüber und zog sich den Rechner heran.

Ich atmete durch, weil ich endlich schnallte, worauf sie hinauswollte. Sie suchte grünen Nachwuchs.

»Ich war mal Mitglied bei Green Peace.«

»Das ist schon mal ein Anfang.« Gülcan tickerte kurz auf der Tastatur herum. Dann stand sie noch mal auf, um sich selbst eine Tasse Kaffee aufzubrühen, während sich auf dem Computerbildschirm mühsam die Seite der *bloggergirls* aufbaute.

Ich griff nach dem Laptop.

»Deine Seite wollte ich verlinken.« Ich dachte kurz nach, während ich meinen Blog mit dem Titel *Mylilalife* heraussuchte. »Und Janine ...« Als sich der Bildschirm violett verfärbte, drehte ich den Rechner zu Gülcan herum, die sich wieder gegenübersetzte.

»Und Mona verknüpfe ich dann natürlich auch«, fügte ich noch hinzu, während Gülcan bereits mit wenigen Klicks die Seiten vernetzte.

»Du brauchst nur die Netzadresse des Blogs in diese Liste einzufügen«, erklärte mir Gülcan und gab flott *www.bloggergirls/mos-loveblog.de* ein. Ich biss mir auf die Unterlippe, um nicht grinsen zu müssen. Bei der bemitleidenswert talentfreien Schnulzenschreiberin handelte es sich tatsächlich um die Furcht einflößende Mona. Und Gülcan hatte es mir verraten, ohne es zu merken.

Zwar hatte sie mich mit ihrer Frage nach den Männern ganz schön ins Schwitzen gebracht, anscheinend aber unbeabsichtigt. Auf das Thema würde ich gleich noch einmal zu sprechen kommen. Mal sehen, wer dann wen aushorchte.

»Und *Bellas Blog* möchte ich auch noch verknüpfen«, wagte ich mich weiter vor. Diesmal war ich diejenige, die auf eine Reaktion lauerte. Und die erfolgte prompt: Gülcans wache, kaffeefarbene Augen flitzten vom Computer zu mir. »*Bellas Blog*?«

»Klar. Kennst du doch, du hast sie ja selbst in deiner Link-Liste. Sie schreibt spannend und arbeitet auch in der Pflege.« Ich tat, als würde mir der Gedanke gerade zum ersten Mal durch den Kopf schießen. »Gehört Bella etwa auch zu unserem Team?!«

Diesmal glaubte ich, Gülcan zusammenfahren zu sehen. »Was? Nein, so ein Quatsch!«, bestritt sie eilig.

Hm. Warum dann der Schreck?

»Warum bist du wirklich hier?«, unterbrach Gülcan mich scharf.

Mit einer einzigen Frage hatte sie den Spieß wieder umgedreht. Sie griff mich an, erkannte ich. Weil ich ihr mit meinen Fragen zu nah gekommen war? Ich schluckte trocken. Zu nah woran?

»Mein Blog gefällt dir und *Bellas Blog* hat ebenfalls dein Interesse geweckt«, fuhr Gülcan fort. »Ich schreibe für Frauenrechte, Bella schreibt über Unterdrückung in ihrer Ehe.«

Tatsächlich zwei eigentlich ähnliche Themen. Gülcans Themen. Konnte es sein, dass Bella eine Erfindung von Gülcan war? Um auf die Unterdrückung von Frauen in der Ehe aufmerksam zu machen?

Wie aufeinanderfolgende Blitze im Gewitter setzten sich meine Überlegungen fort.

War Gülcan womöglich Bella? Wer sagte denn, dass Bella eine Deutsche sein musste? Passte die ganze Geschichte nicht sogar besser auf eine muslimische Ehe? Schilderte die Türkin in *Bellas Blog* eigene Erfahrungen?

»Du bist doch nicht hier, weil du mit dem Bloggen nicht klarkommst«, störte Gülcan meine sich überschlagenden Gedanken.

Verdammt! Wieder nagelte sie mich fest.

Ich war hier, weil ich herausfinden wollte, ob Gülcan den Frauen zu ihrem Recht verhalf, indem sie einfach die Männer reduzierte.

Wie hatte ich mich verraten? Oder hatte sie es die ganze Zeit gewusst? Spielte sie ein Spiel mit mir?

Ich versuchte, nicht nervös auf meinem Stuhl hin und her zu rutschen. Was, wenn ich mit meinem gewagten Verdacht richtig lag? Wenn ich wirklich gerade mit einer Mörderin Kaffee trank? Einer Serienmörderin? Einer Profikillerin, die seit Jahren politische Morde beging?

Ich rutschte nun doch auf dem Stuhl.

»Meinen Exmann kenne ich, seit ich acht Jahre alt war«, sagte Gülcan unvermittelt.

Wieder so ein Gedankensprung.

»Meine Eltern haben die Hochzeit bei einem Urlaub in der Türkei klargemacht, abgesprochen mit seinen Eltern. Ich bin von der Realschule in die Ehe gegangen. Als ich gemerkt habe, dass das mit Liebe gar nichts zu tun hatte, sondern eine Art Arbeitsvertrag für die Frau ist, war ich schon schwanger. Trotzdem habe ich mich getrennt. Und obwohl keine Liebe im Spiel war, habe ich meinen Exmann mit der Trennung so sehr gekränkt, dass er geschworen hat, mich dafür umzubringen.«

Sekundenlang saßen wir uns gegenüber und starrten uns an.

Es ging nicht um die Todesfälle im Pflegedienst. Wir sprachen über mich. Gülcan hatte das längst erkannt.

Mich fröstelte. Ich griff meinen Kaffeebecher und umklammerte das warme Gefäß mit beiden Händen.

Über Ehrenmorde las man höchstens in der Zeitung. Das Thema war immer weit genug weg gewesen. Doch jetzt saß ich in Gülcans weißer Wohnung, umzingelt von übergroßen Porträtfotos ernst blickender Kopftuchträgerinnen. Und plötzlich betraf mich das alles irgendwie selbst.

»Das erste Mal hat mich mein Vater verprügelt, als ich sechs Jahre alt war.« Meine Stimme versagte. Ich hatte Schwierigkeiten, es auszusprechen. So selbstverständlich darüber reden wie Gülcan konnte ich nicht.

»Unzählige Male lag ich im Krankenhaus. Schädelbasisbruch, Rippen, Arme, zuletzt der Kiefer. Vor einem halben Jahr bin ich von zu Hause abgehauen.«

Gülcan schien nicht überrascht.

»Vor drei Tagen hat er rausgefunden, wo ich bin.«

»Was wirst du tun?«, kam sie ohne Umschweife auf den Punkt.

»Was kann ich denn tun?« Stopp! Bat ich gerade Gülcan um Hilfe? Meine Lieblingsverdächtige, der ich Minuten zuvor problemlos den einen oder anderen Mord zugetraut hatte? Ich redete mich um Kopf und Kragen.

»Geh ins Frauenhaus«, riet sie mir entschieden. »Die helfen dir zu verschwinden. Ich kann dir den Kontakt machen.«

»Ich will nicht verschwinden!«, platzte ich heraus. »Wieso soll ich mich in Luft auflösen, weil mein Vater ein Problem hat? Nur weil er einen Wutanfall bekommt, soll ich ihm aus dem Weg gehen? Ihn bloß nicht reizen, so wie Bella es vormacht? Kommt nicht infrage!«

Ich war aufgesprungen und hatte Gülcan angeschrien, merkte ich. Ich hatte die Kontrolle verloren. Und das verständnisvolle Nicken der Türkin verriet mir, dass sie das beabsichtigt hatte.

Scheiße.

»Wenn ich eine Therapie brauche, such ich mir einen Psychologen!«, schnauzte ich zornig, wirbelte herum und stürmte hinaus.

»Bella habe ich auch zum Frauenhaus geraten!«, rief Gülcan mir nach. »Aber sie hört ebenfalls nicht auf mich.«

Ich knallte die Tür hinter mir zu.

Tag 47

BELLAS BLOG:
DIENSTAG, 23.09 UHR

Ich habe nie geglaubt, dass Mario mich schlagen könnte. Hätte mir das vor zehn Jahren jemand gesagt, hätte ich laut gelacht. Vor zwei Jahren hätte ich immer noch gelacht. Selbst vor zwei Monaten hätte ich verständnislos den Kopf geschüttelt. Marios Umgangsformen sind nicht immer die besten. Aber er würde mich nie anfassen. Davon war ich überzeugt.

Heute bin ich mir nicht mehr sicher. Nicht, dass er wirklich gewalttätig geworden wäre. Nein, er betont sogar, dass er mir nie etwas antun würde.

»Benimm dich nicht, als würde ich dich verlatten! Du weißt genau, dass ich dir nichts tue – obwohl du mir Gründe genug lieferst!«

Das sagt er. Öfter.

Heute hat er dabei mein Gesicht mit einer Hand gepackt. Mit Daumen und Fingern hat er meine Wangen zusammengedrückt. Ich sah vermutlich aus wie ein Fisch. Der auf dem Trockenen nach Luft schnappt.

Keine Ahnung, worüber wir gestritten haben. Ich wollte es mir merken. Hat nicht geklappt. Sein Griff tat nicht wirklich weh, aber ich habe wieder gekuscht. Vor Schreck. Heulend habe ich mir seine Standpauke angehört.

»Räum endlich die Bude auf! Und mach die Wäsche!«

Ich bin doch kein Teenager. Und er ist nicht mein Vater. Wieso sagt er mir, was ich zu tun habe? Mit welchem Recht? Für wen hält er sich?

Mir ist der Gedanke gekommen, dass Mario unser Kind vielleicht gar nicht will. Ich meine, ich bin schwanger. Er sollte mich auf Händen tragen. Mir jeden Wunsch von den Lippen ablesen. So habe ich es mir jedenfalls vorgestellt. Und jetzt streiten wir nur noch. Schlimmer als vorher.

Was, wenn er das Kind nicht will?

Ich habe noch nie darüber nachgedacht, ob ich ein Kind allein erziehen kann. Im Gegenteil. Eigentlich sollte Mario die Elternzeit machen. Weil ich mehr verdiene. Und die besseren Arbeitszeiten habe. Wie soll ich die Erziehung allein bewerkstelligen?

Obwohl ...

Eigentlich ist die Frage doch eine ganz andere. Will *ich* mit Mario mein Kind aufziehen?

Im Augenblick nicht! Definitiv nicht!

Wow! Warum komme ich da erst jetzt drauf? Ich kann mir gar nicht vorstellen, Mario mit meinem Kind allein zu lassen! So wie der im Augenblick drauf ist. Er regt sich über jeden Fliegenschiss auf. Staubsauger und Schmutzwäsche lassen ihn ausrasten. Wie soll er da mit Geschrei, stinkenden Windeln und erbrochenem Babybrei zurechtkommen?

Wahnsinn. Tagebuchschreiben bringt einen zum Nachdenken. Zuerst wollte ich nur zum Spaß schreiben. Einen mehr oder weniger amüsanten Blog. Mich ein bisschen über die Drachen beschweren, mit denen ich täglich kämpfe.

Aber es ist nicht amüsant.

26.

Es dämmerte langsam und ein feiner, eiskalter Nieselregen ließ Bochum im Grau versinken. Passend zu meiner Stimmung.

Gülcans Befragung war mit Abstand die mieseste Ermittlungsarbeit in meiner kurzen Laufbahn als Privatdetektivin. Statt herauszufinden, ob die Frauenrechtlerin den männlichen Anteil der Wähler reduzierte, hatte ich ihr meine privaten Probleme präsentiert. Ausgerechnet einer mutmaßlichen Mordverdächtigen, Meisterleistung. Denn Gülcan war intelligent und radikal genug, um meine Hauptverdächtige zu bleiben.

Wie eine blutige Anfängerin hatte sie mich aus dem Konzept gebracht, mich mit meiner Angst konfrontiert. Holzhammer vor Kopf, ich fühlte mich wie nach einem Schlag in die Fresse. Sah man mir wirklich an, dass ich zum Klub gehörte? Wirkte ich so verhuscht und verängstigt, dass man mir Hilfe anbieten musste?

Überhaupt, ein Frauenhaus. Absurd. Ich war doch keine wehrlose Ehefrau, die ihrem gewalttätigen Mann entfliehen wollte. Keine vom Ehrenmord bedrohte Muslima. Ich war keins dieser Opfer, die sich bedrohen, verfolgen und zusammenschlagen ließ, ohne sich zu wehren.

Oder …?

Nachdenklich sah ich die enge, leere Straße hinunter. Der Regenschleier dämpfte das Licht der Straßenlaternen. Wie in meinen Albträumen. Mein Herzschlag beschleunigte sich.

Automatisch tastete ich nach dem geklauten Füller in meiner Jackentasche. Dabei stießen meine Finger auf mein Handy. Ich zog es hervor, obwohl ich in ein paar Minuten zu Hause war. Doch das leuchtende Display hatte etwas Beruhigendes.

Danner hatte eine SMS geschickt, vor ein paar Stunden bereits.

Bestatter spendiert Weihnachtsessen. Kleine Korruption, aber kein Mordmotiv.

Wäre auch zu schön gewesen, wenn der Haus-und-Hof-Bestatter Elsbeth van Pels ein mehrstelliges Kopfgeld pro Leiche bezahlt hätte, mit dem die Pflegedienstleiterin als nebenberufliche Mörderin ihr Gehalt aufbessern konnte.

Van Pels ist nicht begeistert, dass wir sie verdächtigen, hatte Danner noch hinzugefügt. Ich wunderte mich, dass keine weitere SMS mit dem Wortlaut *Sind gefeuert* gefolgt war.

Ich steckte das Telefon wieder ein, denn ich hatte Molles Kneipe erreicht. Durch die verregneten Fenster und zwischen den Topfpflanzen hindurch konnte ich Danner und Molle mit ihren Biergläsern an der Theke sitzen sehen. Einsamkeit stieg in mir hoch wie kaltes Wasser.

»Wie siehst du denn schon wieder aus?«, zischte es plötzlich heiser in meinem Nacken.

Er packt mein Handgelenk, reißt mich zurück, der Schmerz schießt meinen Arm hinauf. Die Faust vor meinem Gesicht, die hochzuckende Hand, sein Brüllen, mein zorniges Kreischen, mein Blut, Röntgenbilder, Krankenschwestern, die gestammelten Erklärungsversuche meiner Mutter.

In Bruchteilen von Sekunden stürzte auf mich ein, woran ich nicht mehr hatte denken wollen.

Die Stimme meines Vaters klang rau. Sie kratzte auf meiner Haut, knüllte meinen Magen zusammen wie eine Plastiktüte.

»Deine Mutter fällt vor Schreck tot um, wenn sie deine Haare sieht!« Seine Hand krachte auf meine Schulter, ließ mich ein Stück zusammensacken, kräftige Finger schlossen sich um das Gelenk.

Da war er, der Moment, vor dem ich mich seit Tagen gefürchtet hatte. Hatte Gülcan recht? War ich ein Opfer? Hätte ich besser fliehen sollen, solange ich noch konnte? Oder schaffte ich es endlich, mich zu wehren?

»Du nimmst mich nicht mit!«, schrie ich und war trotzdem kaum zu hören.

»Du nimmst mich nicht mit!«, brüllte ich lauter. Schriller. Mein Kreischen hallte von den Fassaden der Häuser wider. »Und fass mich nicht an, hörst du? Fass mich nie wieder an!«

Die Ohrfeige knallte gegen meine linke Schläfe, ließ mich schwanken.

Umfallen würde ich nicht, auf keinen Fall, meldete sich mein alter Trotz.

Mein Vater packte mein Handgelenk und zerrte mich hinter sich her. Der Schmerz sagte mir, dass mein Arm sich blau färben würde.

Warum war ich so winzig? Claudius und mein Vater waren groß und kräftig, während meine Mutter und ich schlank und zierlich waren. Ob mein Leben anders verlaufen wäre, wenn ich eine Riesin wie Hedi Sundermann geworden wäre? Und mein Bruder stattdessen ein blonder, blauäugiger Zwerg?

Hilflos stolperte ich hinter meinem Vater her. Als wäre ich von einer Sekunde zur anderen aus der Bochumer Innenstadt in mein altes Leben zurückgebeamt worden.

Nein, wir waren noch immer in Bochum. Mein Revier.

Ich wollte kein Opfer sein!

»Lass mich los!«, brüllte ich, so laut ich konnte. »Fass mich nicht an! Hilfe!«

»Bist du total bescheuert?«, tobte mein Vater.

Ich duckte mich, bevor seine freie, linke Hand auf mein Gesicht zuschnellte. Der schmerzende Griff seiner Rechten um meinen Arm lockerte sich ein wenig. Mit aller Kraft warf ich mich zurück, registrierte, dass ihm mein Arm entglitt. Ich fiel.

»Hilfe!«

»Du Miststück!«, fauchte mein Vater erbost.

Ich landete auf dem Hintern, hopste rückwärts weg. Er setzte nach, langte nach mir. Ich kam stolpernd auf die Füße, begann zu rennen.

»Ruhe da unten!« Irgendwo klapperte ein Fenster, auf der anderen Straßenseite hatte sich ein Fußgänger nach uns umgedreht, unentschlossen, ob er sich einmischen sollte.

»Was soll das Geschrei?«

Ich lief, ohne mich umzusehen, zurück zur Kneipe.

»Claudius hat recht«, donnerte mein Vater in meinem Rücken. »Du bist nicht zurechnungsfähig! Aber damit kommst du nicht durch! Du hast eine Woche Zeit, um dich zu besinnen! Wenn ich noch mal persönlich kommen und dich holen muss, dann gnade dir Gott!«

Die alte Klingel an der Kneipentür schellte, als ich mich in den Wirtsraum warf. Das Licht blendete mich, die mollige Wärme schlug mir entgegen.

Mein Kopf dröhnte, mein Herz hämmerte, ich presste den Rücken gegen die Tür, um sicherzugehen, dass mein Vater mir nicht folgte.

Molle und Danner starrten mich an.

Mit zitternden Fingern zerrte ich den Ärmel meiner Jacke über mein Handgelenk, an dem sich ein violetter Bluterguss abzeichnete.

Tag 49

BELLAS BLOG:
DONNERSTAG, 23.21 UHR

Ich will mich nicht wirklich scheiden lassen.

Ich liebe Mario ja. Ich weiß, das klingt merkwürdig. Nach allem, was ich in den letzten Tagen geschrieben habe.

Vielleicht bin ich naiv. Mir ist das ernst: in guten und in schlechten Zeiten. Und so weiter. Wir haben gerade eine schlechte Zeit. Aber deswegen gleich die Scheidung einreichen?

So schnell gebe ich nicht auf. Es muss eine andere Lösung geben. Ich habe an eine Eheberatung gedacht. Das ist natürlich ziemlich peinlich. So kurz nach der Hochzeit.

Trotzdem habe ich Mario darauf gesprochen.

Begeistert war er nicht von der Idee. Und er hat seine Meinung nicht für sich behalten. Natürlich nicht.

»Eheberatung? Um unsere Probleme zu lösen, brauchen wir keinen Seelenklempner. Die Probleme lösen sich von selbst, sobald du mal deinen Arsch hochkriegst und das Haus in Ordnung bringst. Statt vorm Computer zu hocken oder dich mit deinen Weibern zu besaufen.«

Er sagte das nicht besonders laut. Es war lediglich eine Feststellung. Trotzdem wurde ich sauer.

»Ich habe in dieser Woche nicht mal mit Sina telefoniert!«

Wegen der Telefonphobie.

»Und das Haus ist völlig in Ordnung! Gut, wir können nicht vom Boden essen wie bei Mellimutti! Aber wenn du das willst, hättest du Mellimutti heiraten müssen!«

»Wer von uns schreit denn jetzt hier rum?«

Ich schwieg.

Tatsächlich war ich zuerst laut geworden. Zum ersten Mal.

»Außerdem tickst du nicht mehr ganz richtig! Wenn es für dich in Ordnung ist, dass seit fünf Tagen eine halbe Pizza im Ofen vergammelt, brauchst du wirklich eine Therapie! Ich finde das eklig.«

Ich merkte, dass mir die Worte fehlten.

Die Pizza hatte ich vergessen.

»Du bist so eine Schlampe, echt!«

Ich dachte an mein Baby. In einem Jahr ist es live dabei. Wenn sein Vater seine Mutter eine Schlampe nennt. Und die es sich gefallen lässt. Weil ihr die passende Antwort nicht rechtzeitig einfällt.

Mir stiegen Tränen in die Augen. Vor Wut! Noch nie in meinem Leben war ich so wütend gewesen wie in dem Moment.

»Halt die Klappe!«, kreischte ich. Meine Stimme kippte. Egal. »Halt, verdammt noch mal, endlich die Fresse!«

Das war nicht ruhig und sachlich. Das war Maurer-Vokabular. Aber anscheinend verstand Mario ja keine andere Sprache.

Er explodierte. Eine sehr tiefe Falte entstand über seiner Nase. Plötzlich packte er mich mit beiden Händen um den Hals. Am Kopf hob er mich hoch. Ich habe nicht gewusst, dass das möglich ist.

»Was sagst du zu mir? Halt die Fresse? Du solltest besser die Fresse halten. Wenn ich mit dir fertig bin, erkennt dich nicht mal deine Mutter wieder.«

Sein Griff war grob. Nicht schmerzhaft. Na ja, nicht besonders. Erstaunlich, was eine Halswirbelsäule aushält.

Trotzdem bin ich ausgerastet. Völlig. Kompletter Kontrollverlust. Ich habe geschrien und geheult und nach ihm getreten.

Er hat mich wieder losgelassen. Vor Schreck wahrscheinlich. Wutanfälle kennt er nicht. Jedenfalls nicht von mir.

Ich bin ins Bad gerannt und habe mich eingeschlossen. Geheult. Und geheult. Und nur noch gedacht, dass ich mich doch scheiden lasse!

Mario hat an die Tür geklopft. Sofort. Beinahe.

Und auch geheult. Und gesagt, dass er das nicht habe tun wollen. Dass es ihm leidtäte. Dass wir vielleicht wirklich eine Therapie machen sollten.

Ich habe auf dem Klodeckel gehockt. Und weiter geheult. Ich konnte einfach nicht glauben, dass das eben tatsächlich passiert war.

Will ich so einen Übergriff ernsthaft unter ›schlechte Zeiten‹ verbuchen? Weitermachen wie vorher? Das mit der Therapie hätte Mario sich zehn Minuten vorher überlegen sollen. Für ihn ist es kein Problem, sich zu entschuldigen und weiterzumachen wie vorher. Ich kann es nicht mehr.

Ich muss mich scheiden lassen. Es geht nicht anders.

Nach einer halben Stunde erhob ich mich vom Klo. Entschlossen stampfte ich zur Tür.

Mario saß mit rot verweintem Gesicht auf der Treppe, gegenüber vom Badezimmer. Hastig sprang er auf. Ließ mich durch. Ich marschierte an ihm vorbei.

»Bella …«

Ich würdigte ihn keines Blickes.

»Ach, verdammt!«

Er ließ seine Stirn gegen die Wand krachen.

Ich ging in mein Zimmer. Kippte den Wäschekorb aus. Begann, meine Lieblingsbücher hineinzuwerfen. Ich konnte nicht hierbleiben. Nicht eine Nacht länger. Ich würde ausziehen. Jetzt. Sofort.
Erst als ich den Korb voller Bücher geladen hatte, dachte ich weiter. Ich hatte keine Ahnung, wohin ich gehen konnte.
Sina fiel mir als Erste ein. Aber das geht nicht. Sie schwebt ja im siebten Himmel.
Meine Mutter? War froh, als ich damals endlich ausgezogen bin.
Meine Schwester lebt in Bayern.
Ich stand vor dem vollgepackten Wäschekorb und stellte fest, dass ich nicht so einfach weglaufen kann.
Außerdem wäre ich wieder Single, wenn ich mich von Mario trennen würde. Ich müsste ganz von vorn anfangen. Flirten. Peinliche erste Verabredungen. Und so weiter.
Ich bin über dreißig. Ich habe eine Krampfader. Einen dicken Hintern. Und keinen Busen. Und schwanger bin ich auch.
Ich werde nie wieder Sex haben, wenn ich Mario verlasse.
Wenn ich mich von Mario trenne, werde ich die nächsten Jahre meines Lebens mit Windelnwechseln verbringen. Und Wäschebügeln. Danach bin ich über fünfzig und werde zum Drachen. Dann terrorisiere ich meine Pflegerinnen. Die Einzigen, die mich besuchen. Weil sie dafür bezahlt werden. Bis zu meinem Tod. Nach dem ich eine Woche in meiner Wohnung liege. Unentdeckt. Bis die Nachbarn der Gestank stört.
Ein Klopfen unterbrach meine morbiden Gedanken. Mario stand in der Tür.
»Ich wollte das nicht. Ich verstehe, wenn du gehen willst. Aber bitte bleib. Du kannst das Schlafzimmer haben. Ich nehme das Sofa.«
Er griff meine Hand.
»Du denkst, du entschuldigst dich und alles ist wieder in Ordnung.«
»Nein! Das stimmt nicht. Ich weiß, dass ich Mist gebaut habe. Ich wollte das nicht. Und ich will nicht, dass du dich aufregen musst, Schatz. Du bist schließlich schwanger. Ich muss viel mehr Rücksicht

auf dich nehmen. Ich bin so ein Idiot. Lass uns zu einer Beratung gehen, okay? Lass es uns noch mal versuchen, ja? Bitte. Ich liebe dich, Bella. Ich liebe dich wirklich!«

Wir sind zusammen im Bett gelandet. Statt die Betten zu trennen. Und versuchen es mit einer Eheberatung.

27.

»Was ist passiert? Was ist los mit dir?«, wollte Danner wissen, als er die Tür unserer Wohnung hinter sich geschlossen hatte. »Und komm bloß nicht mit ›Ich hab alles im Griff‹, das seh ich ja!«

Mein linkes Ohr pochte, meine Hände zitterten. Ich hörte noch immer den Knall der Ohrfeige, spürte den Druck der schweren Hand auf meiner Schulter. Ich ließ mich aufs Sofa fallen und zog die Knie an den Bauch.

»Du musst schon mit mir sprechen!«, fuhr Danner mich ungeduldig an. »Ich kann deine Gedanken nun mal nicht lesen!«

Ich kniff die Augen zu und hielt mir die geballten Fäuste vor die Ohren.

»Mensch, Lila! Das gehört zufällig zu einer Beziehung dazu, dass man über Probleme spricht. Dass man überhaupt miteinander spricht.«

»Musst du grad sagen«, gab ich zurück.

Danner musterte mich mit eisigem Blick.

»Zieh dich an!«, befahl er mir knapp.

Danners Auto war ein lärmendes Ungeheuer, das mit scheppernder Ladefläche, dröhnendem Motor und qualmendem Auspuff durch die Straßen dampfte.

Im Leben erfüllte das Ding nicht die Kriterien einer

Schadstoffklasse, die in der Innenstadt geduldet wurde. Deshalb hatte Danner sich gar nicht erst die Mühe gemacht, eine der bunten Plaketten auf die Windschutzscheibe zu kleben. Dass wir trotz des Spektakels, das die Schrottschüssel veranstaltete, niemals angehalten wurden, konnte ich mir nur mit den Nacktfotos der Vizepolizeipräsidentin erklären, die Danner sorgfältig in einer seiner Akten abgeheftet aufbewahrte.

Er parkte vor einem hell erleuchteten Gebäudekomplex im Stadtteil Altenbochum. Ich kannte das Gebäude, ich war erst vor Kurzem hier gewesen.

Haus am Garten, las ich über dem breiten, rollstuhlgerechten Eingang. Ein Seniorenheim. Das Seniorenheim, in dem Agi Friedlich ihre interaktive Therapie anbot.

Wieso fuhren wir hierher? War Danner mit unserem Fall weitergekommen? Hatte er was Neues herausgefunden?

War meine erste Verdächtige Agi Friedlich doch die Verursacherin der hohen Todesfallzahlen?

Verdammt, warum konnte ich Danner nicht einfach sagen, dass ich im Augenblick andere Probleme hatte als den Scheißfall?

Doch Danner hatte bereits den überlangen Ärmel meines lila Pullovers gepackt und zog mich durch die automatisch aufschwingende Eingangstür.

»Heh – hallo?« Die Dame mit der Prinz-Eisenherz-Frisur sprang hinter dem Empfangstresen in die Höhe. »Die Besuchszeit ist gleich vorbei, Herr Danner! Ich denke, es lohnt nicht …«

Wieso kannte Prinz Eisenherz Danners Namen?

»Keine Sorge, dauert nicht lange«, knurrte Danner und die Frau setzte sich prompt wieder auf ihren Hintern.

In einem geräumigen Aufzug fuhren wir in den zweiten Stock. *Pflegestation* stand neben dem leuchtenden Knopf, den

Danner zielstrebig drückte. Offensichtlich kannte er sich hier aus.

»Du warst schon mal hier?«

»Leider.« Danners Spiegelbild starrte aus der Aufzugwand. Mit dunklem Parka, schwarzer Mütze und verschränkten Armen stand er neben mir, als wäre er auf dem Weg zu einem Begräbnis. »Ich hätte lieber drauf verzichtet.«

Ich verstand nicht, und das sah man mir an. Mein Spiegelbild sah zum Kotzen aus. Mein Gesicht war klein und bleich, mit spitzem Kinn und großen, verschreckten, blauen Augen. Meine zu kurzen, blonden Haare strubbelten sperrig in alle Richtungen und dachten gar nicht daran, meine jämmerlichen Miene zu verstecken. Ein zitterndes Häuflein Elend, genau wie mein Vater mich haben wollte.

Mit einem sanften Gong öffnete sich die Fahrstuhltür und wir standen in dem langen Flur von Station 3. Eine Pflegestation mit Krankenhausflair. Glastüren, weiße Wände, abwischbarer PVC-Boden und flimmernde Neonbeleuchtung.

Danner öffnete die dritte Tür links, neben der ein Plastikschild mit der Nummer 303 hing.

Das Zimmer war dunkel und leer. Wolken und Regen verschluckten das letzte Tageslicht, das sonst durch das Fenster auf ein ordentlich aufgeschlagenes Bett mit weißen Laken gefallen wäre.

Danner schaltete die Deckenleuchte ein, deren Energiesparlampe ein schwächliches, fahles Licht aufflimmern ließ.

Erst jetzt bemerkte ich den Mann, der bewegungslos in einem Rollstuhl an dem kleinen Tisch saß. Sein Kopf hing schief zur Seite, sein Mund stand offen. Strähnige, graue Haarreste fusselten in sein eingefallenes Gesicht. Vor ihm stand eine halb gefüllte Plastiktasse. Es roch nach kaltem Kaffee. Der Mann sah aus, als hätte er sich schon eine Weile nicht mehr bewegt.

Die Bilder der toten Frau Küppers im Sessel zuckten durch meinen Kopf. Und Agi Friedlich im weißen Kittel mit einer überdimensionalen Spritze in der Hand.

Aber die Theorie hatte Schwächen. Vorstellbar, dass Agi Friedlich aus Mitleid tötete. Doch warum Männer? Hatte Danner den Grund herausgefunden? Oder hatte er die Pflegerin auf frischer Tat ertappt? Womöglich bei diesem Patienten?

In dem Moment hustete der Mann im Rollstuhl röchelnd. Tot war er also nicht. Noch nicht. Noch nicht so ganz. Doch inzwischen hatte ich genug Erfahrung in der Pflege gesammelt, um zu wissen, dass dieser Mann nicht ansprechbar war.

»Jetzt spuck es endlich aus«, motzte ich ungeduldig. »Was machen wir hier? Geht es um den Fall? Hast du was Neues rausgefunden?«

»Ich hab geschwänzt, gestern und heute.«

»Wie bitte?«

»Statt zu ermitteln, war ich hier.« Danner ließ die Hände in den Jackentaschen vergraben. Mit einem knappen Kopfnicken deutete er auf den Alten im Rollstuhl: »Das ist Gerhard Danner.«

Häh?

»Mein Vater.«

»Wow.«

Danner zuckte die Schultern: »Ich schätze, er ist der Grund, aus dem ich keinen Bock auf den Fall hatte. Ich wollte nicht daran erinnert werden, dass es ihn gibt.«

Der Mann im Rollstuhl wandte Danner jetzt den Kopf zu. Es sah aus, als würde er den Worten seines Sohnes mit offenem Mund lauschen.

»Er leidet am Korsakow-Syndrom, alkoholbedingter Gedächtnisverlust.«

Ich musterte Danner nachdenklich. Doch seine Miene verriet nicht, wie er sich fühlte. Das war seine Mauer. Aber er hatte beschlossen, mich hinübersehen zu lassen, begriff ich.

»Wir kamen nie besonders gut miteinander klar. Mit achtzehn bin ich zu Hause ausgezogen, seitdem hatten wir keinen Kontakt mehr. Vor sechs Jahren hat mich das Sozialamt daran erinnert, dass es ihn noch gibt. Denn er hatte den letzten Rest seines Gehirns versoffen. Und weil er sich die Rundumversorgung hier natürlich nicht leisten kann, bittet das Amt mich zur Kasse.«

»Obwohl du gar keine Beziehung zu ihm hast?«

»Ich bin Verwandter ersten Grades. Unterhaltspflichtig. Dreitausendzweihundert Euro kostet der Heimplatz im Monat. Kann mich nicht erinnern, dass ich schon mal so viel verdient hätte. Aber alles, was über den Selbstbehalt reinkommt, ziehen sie mir ab.«

Danner beobachtete den Speichel, der dem alten Mann aus dem Mund übers Kinn lief.

»Die ersten zwanzig Jahre meines Lebens musste ich mich mit ihm persönlich herumschlagen, die nächsten zwanzig Jahre habe ich versucht, nicht so zu werden wie er, und die kommenden zwanzig Jahre kann ich ihm seinen Aufenthalt hier finanzieren.«

Sanft legte ich die Hände um Danner Oberarm. Durch den dicken Stoff seines Parkas hindurch spürte ich die Spannung seines Bizeps. Ein winziger Hinweis, dass ihn die Situation doch nicht ganz kalt ließ.

»Was ist mit deiner Mutter?«, forschte ich vorsichtig nach.

»Hatte irgendwann die Schnauze voll. Sie hat sich scheiden lassen, nachdem ich ausgezogen war. Später hat sie ab und zu mal aus Frankreich angerufen. Noch später hat sie nicht mehr angerufen.« Danner kratzte sich die Glatze. »Ich hatte keine große Lust, eine Beziehungskiste genau wie meine Eltern an die erstbeste Wand zu fahren. Ich bin manchmal ein Arsch. Das ist das Einzige, was mein Vater mir erfolgreich beigebracht hat.« Er deutete auf den Mann im Rollstuhl. »Auf eine Frau, die meine ätzende Art geduldig erträgt, habe ich keinen Bock. So eine würde irgendwann freundlich lächelnd die Scheidung einreichen. Dummerweise mutieren aber die meisten Frauen zum anschmiegsamen Weibchen, sobald sie meinen, eine Beziehung zu führen. Also hab ich es eben sein lassen.«

Erstaunt sah ich Danner an. Er war absichtlich bindungsunfähig? Er servierte seit zehn Jahren ein Superweib nach dem anderen ab, weil ihm alle *zu nett* waren?

Er legte mir seinen Arm um die Schultern: »Aber dann bist du aufgetaucht. Du denkst gar nicht dran, geduldig und anschmiegsam zu werden. Da steh ich total drauf.« Grinsend drückte er mich an seinen Parka.

»Interessantes Kompliment«, fand ich.

»Ist mein Ernst«, sagte er. »Ich will eine Beziehung auf Augenhöhe, was anderes kommt nicht infrage. Wenn ich mich wie ein Arsch benehme, muss mir meine Frau in denselbigen treten. Und das hast du voll drauf.«

Tatsächlich?

»Als du neulich sagtest, ich hätte dir meine Familie ja auch nicht vorgestellt, hast du mich voll erwischt. Und vorhin schon wieder. Ich habe dir vorgehalten, dass du nicht über Probleme sprichst, und mache es selbst nicht anders. Aber du lässt dich nicht verarschen. Du bist ein Gegner, kein Opfer.«

Ich schluckte.

Wusste er, was er da sagte?

»Deshalb musste ich dich jetzt meinem Vater vorstellen. Das hab ich vorher mit keiner Frau gemacht.«

Ich liebte dieses Glitzern seiner grauen Augen. Ich packte

ihn am Kragen und küsste ihn, bis uns ein Pfleger mit Türsteherfigur auf die längst beendete Besuchszeit aufmerksam machte.

Tag 50

BELLAS BLOG:

FREITAG, 20.38 UHR

Ich sollte nicht lesen, was ich am Tag vorher geschrieben habe. Dummerweise habe ich es aber gelesen. Was sagt es über mich aus, dass ich mich für hässlich halte? So hässlich, dass unmöglich ein anderer Mann mit mir ins Bett will? Dass ich meiner besten Freundin nicht von meiner Schwangerschaft erzählen kann?

28.

»Sie ermitteln seit einer Woche, ich möchte einen Bericht. Allmählich müssten Sie doch etwas herausgefunden haben, Herr Danner. Ich erwarte Sie morgen früh in meinem Büro in der Hauptgeschäftsstelle.«

Heute war Freitag, genau genommen arbeiteten wir erst fünf Tage für Elsbeth van Pels. Zumindest bis Montag hätte sie uns Zeit lassen können, in Anbetracht der Tatsache, dass auch die Pflegekräfte am Wochenende arbeiteten.

»Wir sind noch nicht bei allen Mitarbeitern mitgefahren«, sagte ich zu dem auf laut gestellten Telefonapparat.

»Wenn Sie bisher auf rein gar nichts Verdächtiges gestoßen sind, Frau Ziegler, könnte das doch ein Hinweis sein, dass es nichts Verdächtiges gibt.«

Was für sie persönlich die erfreulichste Lösung wäre, schon klar. Ich warf Danner einen Blick zu. Der verdrehte die Augen.

»Lassen Sie uns das morgen persönlich besprechen«, schlug er vor.

»Ich erwarte Sie um neun im Büro.«

»Die will uns feuern«, regte ich mich auf, kaum dass Danner das Gespräch beendet hatte. »Absichtlich! Seit die Küppers abgekratzt ist, sieht die die Pleitegeier kreisen.«

Danner runzelte die Stirn.

»Die sieht ihre Firma in den Skandalschlagzeilen. Das will sie jetzt abwenden. Sie hat die erhöhte Todesfallzahl bemerkt und reagiert. Aber selbst die bekannte Privatdetektei, die sie engagiert hat, kann nichts Verdächtiges feststellen. Also kann sie weitermachen wie vorher.«

Danner nickte nachdenklich: »Wenn sie sich das nicht sogar von Anfang an so ausgedacht hat.«

»Ihr könnt einpacken. Ihr habt nicht mal eine ermordete Stubenfliege«, feixte Kriminalkommissar Lennart Staschek eine halbe Stunde später beim Bier in Molles Kneipe.

Nicht ohne Schadenfreude, denn dass sein alter Kumpel und Exkollege Danner nichts herausfand, kam nicht häufig vor.

»Keine Leiche, kein Motiv, keine Beweise. Dafür könnte eine ansteckende Form von Hodenkrebs als Todesursache infrage kommen. Das wäre ein Fall für die Mediziner, aber nicht für die Polizei.« Der Kommissar setzte sein Bierglas an die Lippen, hielt dann aber noch einmal inne, statt zu trinken. »Eure einzige Chance, einigermaßen gut aus dem Fall rauszukommen, wäre, dass euer nicht existenter Mörder einen Fehler macht. Wenn er ein netter Kerl ist, legt er euch heute noch eine Leiche hin. Ich meine eine echte, mit einem Messer im Rücken oder einer Zyankalispritze im Arm.«

Danner sah aus, als wollte er demnächst einen Polizisten zur Leiche machen.

»Ansonsten werdet ihr eurer Auftraggeberin morgen erklären müssen, dass in ihrem Pflegebereich zwar tatsächlich auffallend viele Männer versterben, ihr aber keine Ahnung habt, woran es liegt. Und dass sie euch natürlich trotzdem ein paar Tausend Euro Honorar überweisen soll. Sie wird sicher begeistert sein.« Staschek nahm endlich einen Schluck. »Den Auftrag überhaupt anzunehmen, war schon bescheuert«, lästerte er weiter, sobald er das Bierglas wieder abgesetzt hatte. »Hätt ich euch vorher sagen können.«

Tja, Danner hatte die Sackgasse, in der wir steckten, womöglich ebenfalls vorhergesehen.

Ich biss mir auf die Unterlippe. Obwohl Danner wie immer keine Miene verzog, konnte ich Ärger in seinen steingrauen Augen funkeln sehen. Einen Fall aufzugeben, kratzte mächtig an seiner Detektivehre. Kein Auftraggeber zahlte ewig weiter, wenn die Ermittlungen keine Ergebnisse lieferten. Elsbeth van Pels, der kein Ergebnis das Liebste wäre, schon gar nicht.

Ich nippte an meinem Tee.

Meine Fantasie hatte zwar einige Ideen produziert, wer warum Patienten beseitigen könnte, aber nicht einen einzigen stichhaltigen Anhaltspunkt.

Agi Friedlich hatte zwar auffällig viel Mitleid, aber keinen Grund, speziell Männern ihr Sterben zu erleichtern. Ingo Kuchenbecker wurde wegen seiner Sexualität diskriminiert, doch gab es keine Anzeichen dafür, dass er die Intoleranten beseitigte. Gülcan Aydin, die Agi den Platz als meine Lieblingsverdächtige streitig gemacht hatte, war definitiv nicht gut auf das andere Geschlecht zu sprechen. Doch ihr wegen ihrer politischen Ansichten eine Mordserie anzudichten, war mehr als gewagt.

Und dann war da noch … Bella. Eine neue Idee leuchtete plötzlich auf wie ein verirrtes Glühwürmchen. Gülcan kannte Bellas Identität, da war ich mir ziemlich sicher. Wenn die Türkin *Bellas Blog* nicht selbst schrieb, war es durchaus denkbar, dass Bella zum Pflegeteam gehörte. Und ich sie bereits kennengelernt hatte.

Bella ließ mich in ihr Leben schauen wie durch eine Fensterscheibe. Ich hatte das Gefühl, sie zu kennen, trotzdem konnte ich keine der Pflegerinnen als Bella identifizieren. Doch wenn die fremde Bella tatsächlich in unserem Pflegeteam arbeitete, hatte auch sie Schwierigkeiten mit Männern. Ihr Angetrauter war ein evolutionsresistenter Primat, der auf Neandertaler-Niveau kommunizierte: die Frau anschreien, damit sie pariert.

Irgendwann würde Bella ausrasten und den Kerl abservieren. Oder war sie bereits ausgerastet ...?

War es möglich, dass eine Frau, die zu Hause von ihrem Mann terrorisiert wurde, aus Frust darüber andere, hilflose Männer um die Ecke brachte?

Irgendwie musste ich herausbekommen, wer sich im echten Leben hinter Bella versteckte. Ihren eigenen Beschreibungen nach war Bella mollig, mit einem Hintern, den man nicht übersehen konnte. Blond mit Brille ... trug sie eigentlich eine Brille? Und sie war extrem schüchtern, ungefragt brachte sie kaum ein Wort heraus – und wenn doch, lief sie rot an und stotterte.

In Gedanken versunken hielt ich meine mit beiden Händen umschlossene Teetasse unter mein Gesicht und genoss den heißen, duftenden Dampf, der gegen meine Wangen schlug.

Extrem schüchtern waren nur zwei im Team: Mona Rudszinski und die neunzehnjährige Leiharbeiterin Piroschka Weber.

Piroschka Weber schloss ich gleich wieder aus. Um derart glaubhaft über eine zehnjährige Beziehung mit einem Mann berichten zu können, hätte sie diese im Alter von neun Jahren beginnen müssen.

Blieb Muskel-Mona, die Freizeitlyrikerin, übrig. Tatsächlich passte sie bei genauerer Betrachtung überraschend gut zu Bellas Beschreibung. Sie war kräftig gebaut, sprach so gut wie nie und irgendwie blond konnte man sie auch nennen – wenn auch kurz und wollig wie ein schlecht getrimmter Pudel.

Erstaunt setzte ich mich auf.

Konnte das sein?

Versteckte sich Mona hinter Bella?

Hm. Irgendwie musste sich das doch herausfinden lassen.

Doch wen fragte ich? Wem außer Gülcan hatte sie sich noch anvertraut?

In Bezug auf die Eheprobleme niemanden, aber eine Schwangerschaft teilte man doch gewöhnlich dem Arbeitgeber mit. Elsbeth van Pels war als Leiterin mehrerer Zweigstellen zu weit entfernt. Teamleiterin Anna Willms war die direkte Vorgesetzte und mit Sicherheit informiert. Leider war sie viel zu korrekt, um den Datenschutz zu missachten. Aber mir fiel noch jemand ein, der Bescheid wissen musste.

»Hört auf, eure arme Auftraggeberin abzuzocken, und gebt zu, dass ihr das Ding nicht lösen könnt«, stichelte Staschek noch mal.

»Wir lösen das Ding«, gab Danner zurück.

Staschek prustete sein Bier über den Tisch: »Wenn ihr den Fall doch noch auf die Reihe kriegt, zahl ich diesen Monat eure Rechnung bei Molle.«

»Dann fang schon mal an zu sparen«, riet ich ihm.

Staschek stellte sein Glas hin und verschränkte spöttisch die Arme vor der Brust. »Wie willst du den Fall lösen, wenn eure Auftraggeberin euch morgen früh feuert?«

»Bens Termin mit Elsbeth van Pels ist erst um neun. Ich

kann also morgen früh um sechs noch einmal zur Frühschicht antreten.«

Tag 53

BELLAS BLOG:

MONTAG, 20.20 UHR

In Zukunft werde ich kämpferischer sein. Und weniger neurotisch. Eine neue, mutige Bella. Die ihre Probleme anpackt und löst.

Das ist schwerer als gedacht.

Mit knirschenden Zähnen steigt Mario zurzeit über Schuhe und Staubsauger hinweg. Nicht ein einziges Mal hat er mich heute beschimpft. Deshalb habe ich versucht, mein Problem mit Sina anzupacken.

Dem stand das Telefon im Weg. Eine geschlagene Stunde bin ich um den Apparat herumgeschlichen. Wörtlich habe ich mir überlegt, was ich sagen würde. Danach habe ich es aufgeschrieben.

Erst würde ich mich für die Störung entschuldigen, sozusagen vorbeugend. Entschuldige die Störung beim Gespräch mit deinem PC. Beim Sex mit Dieter. Beim Plätzchenbacken.

Schließlich habe ich tatsächlich angerufen.

Sechs Freizeichen. Dann ging Sina ran.

Ich habe gesagt, was ich aufgeschrieben hatte.

»Hi, Sina, hier ist Bella. Ich hoffe, ich störe nicht. Ich muss dir was erzählen. Kann ich vorbeikommen?«

Und sie hat geantwortet, was ich mir vorgestellt habe. Genau, was ich mir vorgestellt habe. Trotzdem bin ich nicht darauf gefasst gewesen.

»Ach, Bella, heute ist schlecht. Wir wollen ins Kino. Ich ruf dich morgen an, Süße. Okay?«

Mir fiel keine Antwort ein. Ich hatte keine vorbereitet. Außerdem hatte sie schon aufgelegt.

Seitdem fühle ich mich scheiße. Dabei war die Aktion kein totaler Reinfall. Ich habe angerufen. Immerhin. Ich habe nicht gestottert. Ich habe gesagt, was ich sagen wollte. Und Sina hat sogar geantwortet, wie ich es erwartet habe.

Aber wie gesagt, ich habe nicht damit gerechnet. Nicht wirklich.

29.

Samstagmorgen saß ich also wieder mit baumelnden Beinen auf dem schmalen Bänkchen in der engen Umkleide vom Pflegedienst *Sonnenschein*.

Die unangenehme Aufgabe, Elsbeth van Pels über den Stand unser Ermittlungen zu unterrichten, übernahm Danner allein. Ich rechnete nicht damit, dass sie uns trotz der bisherigen Ergebnislosigkeit weiter beschäftigen würde.

Voraussichtlich war die vor mir liegende Samstagmorgenschicht also unsere letzte Chance, die Ursache für die erhöhten Todesfallzahlen herauszufinden.

Und ich setzte alles auf eine Karte, die mehr eine vage Hoffnung als eine konkrete Spur war.

»Hallo, Liliana!« Hedi Sundermann deponierte ihre Handtasche sorgfältig in ihrem Spind. Dann richtete sich die große Altenpflegerin auf, fast ganz. Sie grinste. »Was ist? Kommst du noch mal mit mir? Oder hast du genug vom Kofferschleppen?«

»Der wiegt doch nichts.« Ich sprang auf.

Dass die Bloggerin Bella als rachsüchtiger Todesengel unterwegs war, war hoch gepokert. Aber mit Hedis Hilfe würde ich zumindest Bellas Identität klären können, denn Hedi musste als stellvertretende Teamleitung über Schwangerschaften informiert sein. Und seit wir gemeinsam auf die tote Giftspritze gestoßen waren, hellte sich ihr Gesicht jedes Mal auf, wenn sie mich sah. So ein Leichenfund verbindet. Sie würde sich bestimmt ein wenig aushorchen lassen.

Entschlossen schnappte ich mir den klappernden Pflegekoffer der Schwerhörigen und trabte hinter ihr her.

»Ich blogge jetzt auch«, erklärte ich ihr unumwunden, während wir uns auf den Weg zu Pippi Langstrumpf mit der multiplen Sklerose machten. Hedis Tour kannte ich auswendig. Es war unser letzter Besuch bei der rothaarigen Frau Schröder, ihr letzter Tag in der eigenen Wohnung. Morgen würde die junge Frau ins Behindertenwohnheim ziehen.

»*Was* machst du?«, fragte Hedi nach.

»Bloggen. Ich schreibe im Internet.«

»Ach.«

»Wie Janine und Mona und Gülcan.«

Hedi grinste: »Scheint ja groß in Mode zu sein.«

»Mona schreibt Liebesgedichte.«

»Und so einen Schmalz willst du jetzt auch von dir geben?« Hedi schüttelte belustigt den Kopf.

Kannte Hedi *Mo's loveblog*?

»Ist Mona eigentlich verheiratet? Oder hat sie einen Freund?«, bohrte ich weiter, wo wir schon beim Thema waren.

»Mona?« Hedi rückte ihr Hörgerät zurecht, als glaubte sie, es würde nicht richtig funktionieren. »Mona hat eine Freundin«, verriet sie mir dann.

Ich sah Hedi verblüfft an. Nicht so sehr wegen der Vorstellung, Mona Rudszinski könnte lesbisch sein. Auch wenn sie damit dummerweise nicht mehr als Alter Ego für Tussen-Bella infrage käme. Aber ich staunte, dass ausgerechnet Hedi Sundermann mit ihrer altbackenen Zwanziger-Jahre-Spießer-Frisur über Monas Homosexualität Bescheid wusste. Andererseits – in meiner Erinnerung tauchten Agi, Hedi, Mona und Piroschka mit Weingläsern auf. Mit Rotweinkelchen in den Händen und beschallt von Ingo Kuchenbeckers dahingehauchter Hintergrundmusik.

Tatsächlich hatte Hedi von Anfang an keine Berührungsängste gezeigt. Allein ihr Rentnerinnenlook gaukelte mir immer wieder vor, sie wäre eine Spießerin.

Ich blinzelte. »Sie ist aber nicht zufällig deine Freundin, oder?«

Vor Schreck trat Hedi auf die Bremse. Der dicke Audi hinter uns hupte empört. Hektisch reihte Hedi den kleinen Dienstwagen wieder in den Verkehr ein. Ich musste grinsen. Ich hatte es geschafft, Hedi Sundermann aus der Ruhe zu bringen.

»Gut geraten. Bis vor einem halben Jahr waren wir tatsächlich zusammen«, gestand Hedi.

Wahnsinn! Volltreffer!

»Jetzt ist sie allerdings mit Piroschka zusammen«, seufzte Hedi. »Tja, so ist eben das Leben.«

»Piroschka Weber? Ehrlich?«

Erst jetzt fiel der Groschen, klingelnd und klimpernd. Unser Grüppchen damals im *Fredo's* war ein Lesbentreffen gewesen. Dass ich das nicht gleich geschnallt hatte.

Hedi lächelte milde: »Das sieht man doch.«

Ach ja, Hedi konnte ja in Gesichtern lesen. Ich hatte allerdings nicht gewusst, dass man den Menschen auch an der Nasenspitze ansehen konnte, wen sie vögelten. Unwillkürlich drehte ich mich weg und sah aus dem Fenster. Sonst kriegte sie womöglich noch mit, dass ich mit Danner schlief.

»Dann ist Mona nicht schwanger?«

Hedi tippte kurz an ihr Hörgerät und warf mir einen forschenden Blick zu. »Weißt du da mehr als ich?«

So ganz abgeschlossen hatte sie mit der Trennung von Mona vielleicht noch nicht. »Dann würde ich nicht fragen.«

Hedi schien aufzuatmen.

Ich ließ den Kopf hängen. Mona war nicht schwanger. Und Mona war nicht Bella. Das war's mit unserem Fall. Mist.

»Geht es dir nicht gut?« Obwohl sie den Wagen durch den Verkehr lenkte, registrierte Hedi meine Resignation. Ihre Antennen waren wirklich bemerkenswert.

Ich zwang mich zu einem Lächeln.

»Und du bist jetzt mit Agi zusammen?«, lenkte ich ab.

»Nee«, Hedi schüttelte den Kopf. »Agi geht nur gern mit uns aus. Seit dem Tod ihres Mannes ist sie froh über ein bisschen Ablenkung. Mit der Zeit kriegst du einen Blick dafür, bei wem sich ein Versuch lohnen könnte. Obwohl ich gestehen muss, dass ich mir bei dir nicht ganz sicher bin.«

»Bei mir?«

Hedi zwinkerte mir zu. »Wenn ich raten müsste, würde ich sagen, du bist eine Schwester, aber du hast es noch nicht gemerkt. Oder nicht merken wollen.«

Was? Sie hielt mich für eine Lesbe?

»Auf jeden Fall bist du eine Süße. Also wenn du merkst, dass ich richtig liege, melde dich mal bei mir.«

Hätte ich ein Hörgerät getragen, hätte ich es jetzt zurechtgerückt.

Tag 54

BELLAS BLOG:
DIENSTAG, 23.32 UHR

Sina hat sich nicht gemeldet.

30.

»Du Sau!« Mit einem Knall schepperte die Wohnungstür vor uns zu.

Hedi und ich wechselten einen kurzen Blick. Erstaunlicherweise verschlechterte Hedis Outing unser Verhältnis nicht. Seit dem Gespräch im Auto hatte sie das Thema einfach abgehakt.

Hedi zog ihre hochgezogenen Schultern noch etwas höher und drückte zum zweiten Mal die Klingel.

Sofort ging die Tür wieder auf und die kleine Oma im Bademantel lugte hervor. Ihre in den Mund gesogenen Lippen verrieten, dass sie ihre Zahnprothese nicht trug.

»Sau!«, beschimpfte sie uns noch einmal und ließ die Tür erneut ins Schloss krachen.

Mit dem gezückten Schlüssel in der Hand stand Hedi neben mir. »Ich komme jetzt zu Ihnen herein, Frau Wilhelmi!«, rief Hedi durch die geschlossene Tür.

»Nein!«, rief die Alte zurück.

»Ist Ihre Tochter nicht da?«

»Nein!«

Hedi blinzelte irritiert, bevor sie ihre Stirn runzelte, um ihrem Gesicht einen mäßig zornigen Ausdruck zu verleihen. »Sie scheinen wütend, weil wir Ihre Wohnung betreten wollen?!«, versuchte sich die Pflegerin in die verwirrte, alte Dame hineinzufühlen.

Offensichtlich durchlebte auch Frau Wilhelmi gerade eine Erinnerung. Keine angenehme. Was hatte sie erlebt? Ob Ähnliches wie bei der verstorbenen Frau Küppers dahintersteckte, die in ihrer Verwirrung die vor Jahrzehnten ungewollt schwangere Schwägerin als Nutte beschimpfte?

Allmählich verstand ich, warum Hedi Spaß an der Arbeit mit den alten Menschen hatte. Langeweile kam in dem Job nicht auf.

Hedi schüttelte den Kopf: »Ich muss jetzt wirklich hereinkommen und sehen, ob bei Ihnen alles in Ordnung ist!«

»Nein!« Die Tür ging wieder auf und der Griff eines langen, mit Leopardenfellmuster bedruckten Regenschirms zischte an uns vorbei.

Hedis Kopf verfehlte die Oma nur, weil sie so klein und Hedi so riesig war.

Mit einem schnellen Griff schnappte ich nach dem Schirm, zog ihn der angriffslustigen Patientin aus der Hand und stellte einen Fuß in die Tür.

»Ah! Du Sau! Hilfe!«, schrie die alte Frau und flüchtete in den Flur.

Als wir die Tür ganz aufgeschoben hatten, sahen wir Frau Wilhelmi gerade noch mit kurzen Trippelschritten durch eine andere Tür am Flurende hinken. Auch diese Tür krachte vor uns zu.

Hedi seufzte.

Die Tür am Flurende schwang wieder auf. Die zahnlose, kleine Frau Wilhelmi wirbelte einen Küchenbesen über den Kopf.

»Raus, Pack!«, schimpfte sie und trippelte uns mit wehendem Bademantel entgegen.

Hedi guckte ebenfalls verärgert: »Ich verstehe, Sie wollen uns nicht in Ihrer Wohnung haben, Frau Wilhelmi! Wobei stören wir Sie denn?«

»Die verdammten Bosse, die wollen keine Gewerkschaft! Die schicken mir ihre Gorillas auf den Hals, damit sie mir die Möbel zerschlagen! Aber nicht mit mir! Mit mir nicht!«

»Diese Schweine!«, schimpfte Hedi empört mit. »Jetzt gehen wir ins Wohnzimmer und hauen mal ordentlich auf den Tisch!«

Erstaunlicherweise ließ Frau Wilhelmi den Besen wirklich sinken und begleitete Hedi einigermaßen friedlich ins Wohnzimmer.

Wahnsinn, wie Hedi das hingekriegt hatte. Das war eine richtige Kunst.

Hinter mir verursachte ein Schlüssel, der im Schloss gedreht wurde, ein quietschendes Geräusch. Eine etwa Sechzigjährige steckte eine feuerrot getönte Dauerwelle aus dem Badezimmer.

»Das wird auch Zeit!«, fuhr sie Hedi und mich wütend an. »In drei Minuten hätte ich mich bei Ihrer Chefin beschwert. Um halb neun haben Sie hier zu sein. Halb neun! Wissen Sie, wie lange ich schon im Bad festsitze?«

Ich riss die Augen auf.

Offenbar waren wir nicht die Einzigen, die sich vor dem Regenschirm von Frau Wilhelmi in Acht nehmen mussten.

»Machen Sie ihr endlich das Valium fertig!«, befahl die Frau, bei der es sich anscheinend um die gesuchte Tochter der wehrhaften Seniorin handelte. »Die Packungen stehen in der Küche, auf dem Regal über dem Tisch. Machen Sie schon.«

Hedi runzelte die Stirn. »So schwierig haben Sie sich die Pflege Ihrer Mutter nicht vorgestellt, nicht wahr?«

Die dick getuschten Wimpern hinterließen schwarze Tupfer auf der Make-up-Schicht, als die Augen der Dauergewellten schmal wurden. »Sie haben doch keine Ahnung!«, zischte sie Hedi an. Sie sah aus, als würde auch sie selbst am liebsten nach dem nächsten Regenschirm greifen. »Die war schon schwierig, als sie noch nicht senil war!«

Hedi musterte die Frau nachdenklich. Die Tochter presste die Lippen so fest aufeinander, dass ihr Mund einen dünnen, von Falten umsäumten Strich bildete.

»Sie sind nach einer halben Stunde wieder draußen. Und dann machen Sie Feierabend und fahren nach Hause. Sie wissen doch gar nicht, wie das ist.«

»Wollen Sie vielleicht eine Runde spazieren gehen, solange wir uns um Ihre Mutter kümmern?«, schlug Hedi vor.

Die zusammengekniffenen Augen von Frau Wilhelmis Tochter wurden wieder größer.

»Manchmal hilft es«, ergänzte Hedi aufmunternd.

Ihre Worte trieben der Rothaarigen ohne Vorwarnung Tränen in die Augen.

»Es geht nicht!«, fuhr sie Hedi an, als wäre diese Schuld an ihrer Verfassung. »Ich hab es versucht, in den letzten Monaten. Aber es geht nicht! Immer soll ich mich auf Mutter einstellen. Auf ihre Gefühlslage Rücksicht nehmen. Dabei ist die launischer als eine verzogene Katze. Und wie es mir geht, interessiert keinen Menschen.«

Hedi nickte verständnisvoll.

Die Rotgefärbte wischte sich durchs Gesicht, entdeckte schwarze Schminkspuren an ihren Fingern und wurde noch wütender. Offensichtlich war sie ein ähnlich schwieriger Charakter wie ihre demenzkranke Mutter. Für ein friedliches Zusammenleben nicht die optimale Ausgangssituation.

»Lassen Sie mich einfach in Ruhe und machen Sie Ihre Arbeit!«, fauchte sie, verschwand im Bad und schloss sich ein.

»Sei so gut, Mädchen, bürste mir mal kräftig den Rücken ab, ja? Dat juckt und ich komm da einfach nicht dran.«

Wie selbstverständlich nahm Hedi die harte Wurzelbürste von der Fensterbank und fing an, dem fummelfreudigen Herrn Lauscher im Rollstuhl den Rücken zu bearbeiten.

So einen Wunsch hätte ich einem Typen, der in Anwesenheit seiner Pflegerinnen gern mal einen Steifen bekam, auf keinen Fall erfüllt.

Na ja, wenigstens war der Mann frisch geduscht und Alkohol getrunken hatte er heute wohl auch noch nicht, soweit ich das einschätzen konnte.

»Ah, das tut gut! Noch ein bisschen weiter links!«

Der weißliche Rücken des grabbelnden Großvaters färbte sich unter Hedis harten Bürstenstrichen feuerrot.

»Dass in deinen zarten Händen so viel Kraft steckt, denkt man gar nicht, Mädel.«

Hedi verdrehte die Augen.

Ich musste schmunzeln. Eindeutige nonverbale Aussage.

»Noch ein bisschen fester.«

Hedi gehorchte und versuchte, so viel Abstand wie möglich zu halten, während der Grapscher stöhnend ihre Massage genoss.

Unwillkürlich fragte ich mich, ob Hedi sich manchmal vor ihrer Arbeit ekelte. Komischer Gedanke, denn keine der anderen Pflegerinnen machte ihren Job mit solcher Begeisterung. Hedi hatte keine Berührungsängste.

Allerdings bemühte sie sich bei dem Möchtegernplayboy nicht, einen gefühlsmäßigen Gleichklang zu erzeugen wie bei der aufsässigen Frau Wilhelmi kurz zuvor. Das konnte man ja auch nicht ernsthaft verlangen.

In dem Moment klickte es in meinem Kopf. Ganz leise, als ob ein gut geöltes Schloss einschnappte.

»Und jetzt noch den Franzbranntwein ordentlich einmassieren!«, verlangte Herr Lauscher.

Auch diesen Wunsch erfüllte Hedi. Ohne Widerspruch. Ohne aufzusehen. Hatte sie den Baggerfreund im Rollstuhl überhaupt schon ein einziges Mal angesehen?

Klick.

Ich biss mir auf die Unterlippe. Was war das? Nur ein Gefühl? Oder hatte auch etwas, das *nicht* gesagt wurde, Bedeutung? Und wenn ja, *was* sagte Hedi *nicht?*

Klick.

Tag 56

BELLAS BLOG:

DONNERSTAG, 21.01 UHR

Ich brauche eine Therapie. Ich drehe durch. Ich glaube, ich drehe durch.

Dabei lief es mit Mario viel besser. Er hat sich wirklich bemüht. Doch ich bin immer schlechter drauf. Weil Sina mich sitzen lässt. Die blöde Kuh. Zurückgerufen hat sie bis heute nicht. Obwohl sie es versprochen hatte.

Ich hab sie auch nicht noch mal angerufen. Natürlich nicht.

Jahrelang habe ich mir die unendliche Dieter-Geschichte angehört. Ich habe ihr literweise Beruhigungstee gekocht. Und Tausende von Taschentüchern gereicht. Während sie in meine Sofakissen gerotzt hat. Und nun, wo ich mal mit ihr sprechen will? Ein Mal nur?

Geht sie ins Kino.

Am Dienstag nach der Arbeit habe ich mich in eine Decke gewickelt. Und neben dem Telefon darauf gewartet, dass es klingelt. Dass Sina sich entschuldigt. Weil sie mich wegen Dieter dem Dämlichen abserviert. Wo wir uns doch hundertmal geschworen haben, nie zur Mutti zu werden. Unsere Freundin nicht zu vergessen, nur weil wir unter der Haube sind. Sina ist noch nicht mal unter der Haube!

Wie gesagt, sie hat nicht angerufen. Trotzdem habe ich mit ihr gesprochen. In Gedanken. Ich habe den Nachmittag damit verbracht. Ich habe mir ausgemalt, wie ich sie beschimpfen werde. Wie sie in Tränen ausbricht. Und sich entschuldigt.

Um sieben tauchte Mario auf. Er hat sämtliche Beschimpfungen abgekriegt. Im Flur musste er über meine Handtasche hinwegsteigen.

»Bella! Verdammt, geht das schon wieder los? Räum das weg!«

»Räum es selbst weg, wenn's dich stört! Ich bin doch hier nicht der Besen!«

Mario betrat das Wohnzimmer. Und entdeckte mich in meiner Decke auf dem Sofa. Über seiner Nase entstand eine Falte. Ich konnte zusehen.

»Sag mal, hast du einen Knall? Du gammelst hier seit heute Mittag rum und ich soll hinter dir herputzen? Bei drei bist du im Flur!«

Da war er wieder, der bekannte Befehlston.

»Du hast gehört, was ich gesagt habe! Ich räume die Tasche nicht weg. Wenn sie dich stört, mach es selbst. Ansonsten lass sie stehen!«

Das Blut stieg in seinen Kopf. Färbte ihn dunkelrot. Von unten nach oben.

War mir egal. »Ich hab die Schnauze voll! Ich bin doch kein Mülleimer, in den sich alle auskotzen können! Also leck mich.«

»Das hättest du wohl gern!«

Mario stampfte auf das Sofa zu. »Du bewegst dich jetzt!«

Er packte mich am Arm. Mit einem groben Ruck riss er mich auf die Füße. Zerrte mich durchs Wohnzimmer.

Das war der Moment, in dem ich durchgedreht bin.

Erstaunlich. Wie genau man merkt, wann man den Verstand verliert.

Denn plötzlich stand ein kleines Mädchen neben mir. Ganz deutlich konnte ich es sehen. Seine langen, blonden Haaren. Die dicke Brille auf seiner Stupsnase. Es hat sogar mit mir gesprochen. »Warum ist Papa so böse, Mama?«

Meine Wut explodierte in meiner Brust. Ich konnte den Knall spüren! Was fiel ihm ein, mich so anzufassen?

Ich hatte keine Chance, mich aus seinem Griff zu befreien. Das wusste ich. Und das machte mich noch wütender!

Ich habe gekreischt. Und geschlagen. Habe versucht, mich loszureißen! Natürlich hat er mich festgehalten. Deshalb der dunkelblaue Fleck. Rings um meinen linken Oberarm. Wo er zugepackt hat.

War mir in dem Augenblick egal. Ich hab nach ihm getreten. Ohne zu treffen. Mit der freien Hand habe ich auf seine Schulter gehämmert.

Irgendwann hat er dann doch losgelassen.

Aber ich konnte nicht aufhören zu schreien. Ich habe ihn auf die Brust geschlagen. So fest ich konnte. Mario ist einfach stehen geblieben. Hat sich nicht gerührt. Nicht mal gezuckt. Als hätte er die Schläge gar nicht bemerkt.

Schließlich hat er nervös gelacht. »Drehst du jetzt durch, oder was?«

Ich schrie noch immer. »Fass mich nie wieder an, kapiert?«

Dann bin ich die Treppe hoch. Hab mich in meinem Zimmer eingeschlossen. Wieder meine Sachen gepackt. Obwohl ich noch immer nicht weiß, wohin ich soll.

Ehrlich gesagt, habe auch ich mich erschrocken. Vor mir selbst. Ich bin zweiunddreißig. Ich kenne mich schon eine ganze Weile. Dass ich so ausrasten könnte, hätte ich nie gedacht. Denn eigentlich bin ich ja ein geduldiger Mensch.

Die Dieter-Geschichten habe ich mir jahrelang angehört. Mit dem Drachen kämpfe ich jeden Tag aufs Neue. Und zehn Jahre lang habe ich Marios Gemotze ertragen.

Aber heute hätte ich ihm am liebsten irgendetwas über seinen Dickschädel gezogen! Etwas möglichst Hartes. Schweres. Hätte ich etwas in der Hand gehabt, hätte ich es getan.

Ich brauche eine Therapie.

31.

»Wieso stehst du nicht auf Männer?«, erkundigte ich mich, während Hedi und ich zum Auto zurückkehrten.

Hedi lachte auf: »Frauen waschen sich regelmäßig.«

Sie stieg ein. Abgeblockt.

»Du findest Männer eklig?«, ließ ich mich nicht abwimmeln.

Hedi musterte mich abschätzend.

»Im Ernst, woran merke ich, dass ich lesbisch bin?«, köderte ich sie ein bisschen. »Wie bist du selbst darauf gekommen?«

Klar, ich machte ihr Hoffnungen. Tat, als würde ich ernsthaft in Erwägung ziehen, zu ihrem Ufer hinüberzuschwimmen. Nicht ganz fair, aber anscheinend eine gängige Ermittlungstaktik, denn Danner wandte sie ja ebenfalls an.

Hedi zuckte die verspannten Schultern: »Das war schon immer so.«

»Du hattest noch nie einen Mann?«

»Nee.« Hedi angelte nach dem Gurt. »Also nicht richtig.

Vielleicht liegst du gar nicht so falsch. Ich ekle mich manchmal wahrscheinlich wirklich. Ein wenig.«

Ich überlegte. Hedi ekelte sich nicht nur vor Herrn Lauscher, dem Sexprotz. Sie stand auf Frauen, weil sie Männer generell unangenehm fand?

»Liegt's an deinem Vater?« Für mich ein guter Grund. Aus meiner Sicht eben.

Der Gurt rutschte Hedi durch die Finger. Ratterte zurück. Sie fummelte am Hörgerät.

»Mit sieben hatte ich mein Gehör bereits verloren«, sagte sie unvermittelt, während sie erneut nach dem Gurt griff, sich anschnallte und den Motor startete.

Häh?

»Er hat mir immer beide Hände rechts und links auf die Ohren geklatscht. Benutz die Dinger, hat er gebrüllt. Zuhören und gehorchen sollte ich. Sprechen war nicht gewünscht.«

Oje.

Hedi rangierte den Wagen schweigend aus der Parklücke. Ich glaubte schon, mehr würde sie nicht sagen.

Tat sie dann aber doch.

»Mit sechzehn hatte ich doch mal einen Freund, also einen männlichen«, sprach sie weiter, nachdem sie den kleinen Wagen in den Verkehr eingereiht hatte. »Beim Tanzkurs, weil da alle einen hatten. Dem Kerl war es ganz recht, dass ich nur zuhörte und nicht redete. Da brauchte er nicht zu fragen, ob er mich schwängern durfte. Nach dem Tanzkurs war er weg und meine Eltern sind ausgerastet. Ein uneheliches Kind, das war in den Sechzigern eine Katastrophe. Eine Schande für die ganze Familie.«

Ich merkte, dass ich unwillkürlich Hedis ernste Miene spiegelte, während ich nickte. Ich hatte ihren Erklärungen gut zugehört.

Und Hedi fühlte sich tatsächlich verstanden und erzählte mehr: »Mein Vater hat mich in irgendeinen Keller geschleppt, wo eine böse, alte Frau die Schwangerschaft mit zwei Stricknadeln beendete. Eine Betäubung gab es nicht, ich sollte schließlich was draus lernen. Nach der Abtreibung habe ich Fieberkrämpfe und Blutungen bekommen. Zwei Wochen wusste niemand, ob ich überlebe. Später hat mir eine Gynäkologin erklärt, dass mir die alte Hexe den ganzen Unterleib zerstochen hat. Sie hatte noch nie solche Vernarbungen gesehen.«

Klick machte es noch mal in meinem Kopf, laut dieses Mal. Und ein flaues Gefühl breitete sich in meiner Magengegend aus.

Diese Geschichte kannte ich schon!

O Gott, dachte ich und aus dem flauen Gefühl wurde Übelkeit. Das konnte doch nicht sein!

Hedi parkte den Wagen.

Ich spürte, wie mir das Adrenalin ins Blut schoss. Wie mein aufgeregt pochendes Herz das aufputschende Hormon durch meinen Körper trieb. Plötzlich war ich hellwach, meine Muskeln spannten sich, meine Hände wurden schwitzig.

In Sekundenschnelle griffen sämtliche Zahnräder in meinem Hirn ineinander und rasteten ein.

»Kann sein, dass es wirklich auch mit an meinem Vater liegt, dass ich Männer hasse«, grübelte Hedi nachdenklich. »Ich hab da noch nie drüber nachgedacht.«

… dass ich Männer hasse?!

Mein Herz flatterte gegen meine Rippen.

Hedi schien vollkommen in ihren Erinnerungen versunken. Wahrscheinlich hatte sie nicht einmal bemerkt, dass sie laut gesprochen hatte.

Ich schluckte trocken.

Was sollte ich jetzt tun?

Tag 63

BELLAS BLOG:
DONNERSTAG, 19.29 UHR

Heute hatten wir den ersten Eheberatungstermin. Nachmittags um vier. Mario ist tatsächlich mitgekommen.

Allerdings ist eine Eheberatung so eine Sache. Vielleicht benötigte die Therapeutin selbst Hilfe. Sie nennt sich psychologische Beraterin. Ich weiß, dass das ein Unterschied zur Psychologin ist. Der bedeutendste Unterschied ist wahrscheinlich, dass die Wartezeit bis zum ersten Termin beim echten Psychologen ein Dreivierteljahr beträgt.

Ich habe der Therapeutin erzählt, dass Mario viel arbeitet. Und dass wir häufiger streiten. Seit ich schwanger bin.

Mario versicherte ihr, dass er sich auf das Kind freue. Sehr. Im Augenblick wäre er nur gestresst. Meine Faulheit gehe ihm deshalb auf den Keks. Mehr als sonst. Und meine Unordnung auch.

Die Therapeutin hörte mit gelangweilter Miene zu. Dann hat sie auf ihre Notizen gestarrt. Lange. Ich dachte schon, sie sei eingeschlafen. Aber dann hat sie doch was gesagt. Unser Fall sei doch klar, stellte sie fest. Ziemlich vorwurfsvoll. Als wäre es unverschämt von uns, ihre teure Zeit mit einer solchen Lappalie zu verschwenden.

Unser Problem sei nicht die Schwangerschaft. Oder die Unordnung. Wie in den meisten Fällen seien das alles nur Symptome. Für ganz andere Schwierigkeiten. Tiefer gehende Probleme.

Mario schnaufte verächtlich.

Aus allem machen die Seelenklempner ein tiefer liegendes Problem. Hat er schon vorher prophezeit. Damit sich das Problem auf keinen Fall in einer einzigen Beratung lösen lässt. So besorgten sie sich Kundschaft. Für eine Langzeittherapie.

»Bisher hatte Ihr Mann das Sagen in Ihrer Ehe.« Die Psychologin gähnte. »Und diese Position will er sich nicht streitig machen lassen.«

Ich protestierte empört. »Er hat nicht das Sagen!«
Mario rechtfertigte sich. »Wenn ich nicht sage, was gemacht wird, vergammelt uns das Haus über dem Kopf.«
Die Psychologin zog die Augenbrauen hoch. »Soweit ich das in der kurzen Zeit beurteilen kann, haben Sie drei Möglichkeiten: Entweder machen Sie alles wieder wie gewohnt und ignorieren sein Meckern …«
Sie meinte mich. Ich runzelte die Stirn.
»… oder Sie trennen sich …«
Mario schnaufte laut.
»… oder die mühsamste Variante: Sie versuchen beide, Ihr Verhalten dem Partner gegenüber zu ändern.«
An dem Punkt war ich auch ohne therapeutische Beratung schon angekommen. Seit Wochen versuche ich, unser Verhalten zu ändern. Dummerweise sind meine Versuche nicht erfolgreich gewesen. Sonst hätten wir kaum eine Beratung gebraucht.
Später fragte Mario, ob ich jetzt zufrieden sei. Nachdem ich hundertachtzig Euro zum Fenster hinausgeschmissen habe. Nur um zu erfahren, dass er recht hat. Dass eine Eheberatung rein gar nichts bringt.
Nein, ich bin nicht zufrieden.
Ich weiß noch immer nicht, wie ich etwas ändern kann.

32.

»Guten Morgen, Frau Schiller! Zeit aufzuwachen!«, flötete Hedi gewohnt fröhlich, als sie in dem stickigen, dunklen Raum die Vorhänge aufzog und das Fenster weit öffnete. »Ich lasse erst mal ein wenig frische Frühlingsluft herein!«

Ich stand mit dem Pflegekoffer in der Hand in der Tür und versuchte, mir meine Anspannung nicht anmerken zu lassen. Mein Herz raste in einer Geschwindigkeit, von der mir schwindelig wurde. Ich wusste, was passiert war. Ich konnte den Fall aufklären. Jetzt und hier. Das war die Gelegenheit.

Die bettlägerige Frau Schiller hielt die Augen wie immer geschlossen und von ihrer Schwiegertochter fehlte außer dem allgegenwärtigen Zigarettengeruch jede Spur.

»Karin Küppers«, sagte ich.

Hedi hielt inne, die Arme noch zu den aufgezogenen Gardinen erhoben, den Blick aus dem Fenster in den leichten Regen gerichtet.

»Karin Küppers hat damals deine Abtreibung durchgeführt.«

Ich registrierte, wie sich Hedis lange, knochige Finger in den schweren Stoff der Gardinen krallten. Ich habe recht, schrie die Detektivin in mir triumphierend. Hedi hatte ja nicht wissen können, dass mir Ingelore Schramm neben der Leiche der Giftspritze von deren Verbrechen berichtet hatte.

Hedis Kopf sackte tief zwischen ihre Schultern. Sie starrte hinunter auf die Straße.

»Sie war die Frau des Pastors«, flüsterte ich.

»Vorher hatte sie angeblich in der Geburtshilfe gearbeitet«, bestätigte Hedi. »Sie gab vor, Mädchen, die in Schwierigkeiten geraten waren, helfen zu wollen. In Wirklichkeit wollte sie sie bestrafen. Für die Sünde, die sie begangen hatten. Viel später habe ich erfahren, dass ich nicht die Einzige gewesen bin, die unfruchtbar wurde.«

Hedi drehte sich zu mir um. Ihre normalerweise müde nach unten hängenden Augen hatten sich zu funkelnden Schlitzen verengt. »Die Alte kam mir gleich bekannt vor. Doch begriffen hab ich es erst, als ich das Erinnerungsalbum mit ihr angelegt habe. Sie erzählte mir, dass sie die Frau des Pastors gewesen sei. Sie war auch noch stolz darauf.«

Echter Zorn verzerrte Hedis Gesicht. Zum ersten Mal, seit ich sie kannte. »Die Hexe war durch und durch böse. Selbst in vollkommen orientierungslosen Phasen hat sie nichts bereut. Im Gegenteil: Junge Frauen hat sie immer noch als Huren beschimpft!«

Als die Küppers mich eine Nutte genannt hatte, hatte sie in mir eines der ungewollt schwangeren Mädchen gesehen, dem sie mit der Abtreibung eine Lehre erteilen wollte. In Gottes Namen.

»Wie hast du es gemacht?«

Hedis Augen flitzten zur Tür in meinem Rücken. Doch die war zu. Niemand hörte uns.

»Wie hast du Karin Küppers umgebracht?«, ließ ich nicht locker.

Plötzlich schien Hedi zu wachsen. Sie richtete sich auf, ließ die Schultern sinken, hob den Kopf. Stand zum ersten Mal vollkommen gerade. Sie war fast zwei Köpfe größer als ich. Riesig.

»Insulin. Die meisten alten Menschen leiden unter Altersdiabetes und bekommen regelmäßig Insulin gespritzt. Eine vernünftige Überdosis ist jedoch tödlich. Ein nahezu schmerzfreies Sterben: Der Körper unterzuckert, die Zellen werden nicht mehr ausreichend versorgt. Der Mensch dämmert langsam weg, fällt ins Koma und stirbt schließlich an Herzversagen – wenn er nicht zu früh gefunden wird. Dann kann der Prozess durch die Gabe von Zucker gestoppt werden. Deshalb habe ich den Akku aus ihrem Telefon entfernt. Und wir sind an diesem Tag erst ganz am Ende unserer Tour zu Frau Küppers gefahren. Um auf Nummer sicher zu gehen.« Sie zögerte kurz. »Allerdings war die Küppers bis vor einem halben Jahr noch kerngesund«, entschied sie sich, weiterzusprechen. »Doch glücklicherweise kann man einen Gesundheitszustand ja ändern. Statt des Heparins, das sie täglich gespritzt bekam, um Schlaganfällen vorzubeugen, habe ich ihr etwas Insulin eines anderen Diabetikers gegeben. Wenn bei einem gesunden Menschen Insulin injiziert wird, registriert die Bauchspeicheldrüse den Überschuss und fährt die eigene Produktion herunter. Der körpereigene Insulinhaushalt gerät durcheinander und es entsteht ein künstlicher Diabetes. Den hat der behandelnde Arzt dann natürlich auch festgestellt und ihr ebenfalls Insulin verordnet.«

Wow! Hedi hatte die Krankheit herbeigeführt. Um Karin Küppers unentdeckt beseitigen zu können.

Beinahe stolz klang ihre Stimme: »So kann man leicht aus einem gesunden Menschen einen Diabetiker machen und bei einem toten Diabetiker fällt eine Überdosis Insulin nicht auf. Meist wird gar nicht genau untersucht. Du hast ja selbst gesehen, dass sich keiner wundert, wenn eine Sechsundachtzigjährige tot im Stuhl sitzt.«

Hedi war eine Mörderin. Eine verdammt kaltblütige Mörderin. Und Hedi hasste Männer.

»Wie viele Menschen hast du schon auf diese Art umgebracht? Oder soll ich lieber fragen, wie viele *Männer* es waren?«

Ich sah genau, wie Hedi begriff, dass ich sie durchschaut hatte.

»Woher weißt du es?«

»Nonverbale Kommunikation« Ich zuckte die Schultern. »Das hast du mir selbst erklärt. Du ekelst dich, wenn du Herrn Lauscher versorgst. Aber du kannst nicht Nein sagen.«

Hedi starrte auf mich herunter.

»Du gehorchst immer noch, wie es dir dein Vater beigebracht hat«, fuhr ich fort. »Jedenfalls den Männern. Du kannst dich nicht wehren. Nicht mal, wenn sie dich begrapschen.«

Hedis Hände zitterten. Genauso plötzlich, wie sie sich eben aufgerichtet hatte, ließen meine Worte sie wieder in sich zusammenschrumpfen.

»Ich glaube, sie riechen es.« Hedi spuckte die Worte vor

ihre Füße auf den Boden. »Ich benutzte Deo und immer mehr *Kölnisch Wasser*, aber meinen Angstschweiß riechen sie trotzdem. Sogar die Verwirrten, die sonst nichts mehr mitkriegen. Dass sie auf dir herumtrampeln können, das merken sie sofort. Sie hören einfach nicht auf.«

Hedis Stimme versagte. Sie hustete kurz.

»Ich behandele niemanden so«, erklärte sie trotzig. »Ich strenge mich an, um den Menschen zu helfen, auch den Männern. Ich respektiere ihre Persönlichkeit, auch wenn nicht mehr viel davon übrig ist. Nur mich respektiert niemand. Im Gegenteil. Wenn sie merken, dass ich freundlich bin, nutzen sie es aus. Dann wird es bei jedem Besuch schlimmer. Früher hatte ich Albträume. Jahrelang, wenn ich so einen Typen betreuen musste.«

Ich fröstelte. »Früher?«

»Jentsch hieß der Erste.«

Der Erste.

»Er war gelähmt nach einem Hirnschlag, bettlägrig. Er hat mich jedes Mal angepinkelt beim Waschen und sich totgelacht«, zischte Hedi gepresst. »Das war noch im Altenheim gewesen, bevor ich beim ambulanten Pflegedienst angefangen habe.«

Die Gänsehaut kribbelte zwischen meinen Schultern.

Agnes Friedlich und Hedwig Sundermann sind mit mir zusammen die Dienstältesten. Zwölf Jahre gibt's den Laden schon und die beiden sind von Anfang an dabei gewesen, das hatte Anna Willms uns bei der Vorstellungsrunde am ersten Arbeitstag erklärt.

»Drei Jahre lang habe ich jedes Mal geheult, wenn ich aus dem Zimmer raus war«, sprach Hedi weiter.

Aber richtig sauer werden und ihm sagen, dass sie ihn nicht mehr behandeln wollte, das hatte Hedi nicht gekonnt. Ihre Wut hatte ihr Vater ihr viel früher abgewöhnt.

»Und dann?«

Hedi war kreideweiß geworden. Ihre Falten und Augenringe hoben sich dunkel von der fahlen Gesichtshaut ab. Kalter Schweiß glitzerte auf ihrer Oberlippe.

»Dann bin ich ausgerastet«, flüsterte sie. »In der Nachtschicht. Er hat mich wieder angepinkelt und ich hab ihm ein Kissen ins Gesicht gedrückt, bis er sich nicht mehr gerührt hat.«

Ich hielt den Atem an.

Ihr erster Mord. Vor mehr als zwölf Jahren.

Ganz ruhig bleiben. Ich wagte nicht, mich zu rühren, um sie nicht zu unterbrechen.

»Ich sah mich schon im Gefängnis«, erzählte Hedi weiter. »Aber dann kam der Arzt und stellte Herzversagen fest und der Pinkler wurde einfach beerdigt.«

Sie zuckte die Schultern.

So hatte Hedi eine Möglichkeit entdeckt, sich zu wehren. Und sie seitdem genutzt. Ihr Fehler war letztendlich der Mord an einer Frau gewesen. Denn mit Karin Küppers hatte ich sie in Verbindung bringen und ihr ein Motiv nachweisen können.

»Jeder Mensch verdient Respekt. Egal, wie hilflos er ist«, murmelte Hedi und meinte sich selbst.

»Ich rufe jetzt die Polizei«, sagte ich.

Hedi nickte nachdenklich.

Tag 68

BELLAS BLOG:

DIENSTAG, 20.45 UHR

Ein Polizeiwagen hält vor unserem Haus.

Es gibt noch eine vierte Möglichkeit. Die die Psychologin nicht erwähnt hat.

Mario hat keinen weiteren Gedanken an den Beratungstermin verschwendet. Er war seitdem sogar besonders fröhlich. Weil seine Meinung bestätigt worden ist. Weil wir keinerlei Probleme haben, die einer Therapie bedürfen.

Nun warte ich seit Tagen auf einen Anlass, ihm an den Kopf werfen zu können, dass ich mir gar nichts sagen lasse.

Aber er war geradezu ausgeglichen. Steigt über jeden herumliegenden Schuh hinweg. Und hat heute Morgen sogar den Staubsauger zur Seite geräumt.

Er hat sich unglaublich zusammengerissen.

Bis eben.

Wir sind heute Abend bei seinen Eltern eingeladen. Hochzeitstag. Ich habe mein blaues Minikleid angezogen. Und Stiefeletten. Zwar ist es gerade erst Anfang März, aber wir fahren ja mit dem Auto.

Marios Kommentar: »So willst du doch nicht etwa mitgehen? Soll denn jeder deine Krampfadern sehen?«

Ich habe geknurrt. Doch ich musste ihm zustimmen. Das Kleid ist nicht besonders vorteilhaft. Durch die Schwangerschaft habe ich ein wenig zugelegt und die Krampfader hatte ich verdrängt.

Also habe ich das Kleid gegen einen Jeansanzug getauscht.

Sein Kommentar: »Wie scheiße sieht das denn aus? Du solltest nur was Längeres anziehen. Ich gehe doch auch nicht im Blaumann.«

Richtig. Er trug seinen dunklen Anzug. Wie immer, wenn Harry und Waltraud uns zum Essen einluden. Harry und Waltraud feiern nicht nur gern, sondern sie brezeln sich auch gern auf. Um in noblen Restaurants überbackene Ente an Auberginensoufflé zu bestellen.

Ich habe geseufzt. Und dann einen langen, schwarzen Rock angezogen. Dazu ein enges, dunkles Top.

»Und das sieht aus, als wolltest du zu 'ner Beerdigung gehen. Außerdem willst du doch wohl nicht die braunen Stiefel dazu anziehen?!«

Hatte ich vorgehabt. Ich bin nicht besonders stilsicher. Okay.

Doch in dem Moment fiel zufällig mein Blick auf Marios Füße. Ich konnte mir das Lachen nicht verkneifen.

»Sagt mir das der Mann, der weiße Tennissocken zum Anzug trägt?«
Das kann Mario gar nicht vertragen. Wenn man seine Eitelkeit verletzt, sich womöglich über ihn lustig macht.
»Was gehen dich meine Socken an? Das ist kein Vergleich. Sieh du lieber zu, dass du nicht rumläufst wie Petra, die Presswurst! Du wirst ja wohl nicht schwanger noch bauchfrei tragen?«
Mein dunkles Oberteil ist nicht bauchfrei. Und ich bin erst im dritten Monat.
»Ach ja! Kaum mache ich den Mund auf, wirst du schon wieder unfair!« Ich habe gekontert.
Prompt erschien die Falte über Marios Nase. Grub sich in seine Stirn.
Auch mir wurde heiß vor Wut.
»Kümmere du dich um deine Socken und ich zieh wieder das Blaue an! Und apropos Presswurst: An deiner Stelle würde ich das nächste Jackett eine Nummer größer kaufen. Dann kriegst du es auch zu!«
Die Falte über Marios Nase wurde sehr scharf. Und sehr tief. Ehe ich mich versah, packte er mich wieder mit einer Hand am Hals. Hob mich am Kopf hoch.
Er drückte nicht zu. Aber es machte mich rasend. Er tat es wieder. Dabei hatte er versprochen, sich zu bessern. Geschworen. Alles Lüge! All seine Entschuldigungen dienten nur einem Zweck: mich dazu zu bringen, zu tun, was er wollte!
Ich schlug nach ihm. Trat zu. Konnte ihn nicht erreichen. Ich hatte keine Chance, mich zu befreien. Wieder nicht. Und er wusste es.
Plötzlich hielt ich die Wasserflasche in der Hand. Ein Liter. Hartplastik. Keine Ahnung, wo sie herkam.
Ich habe zugeschlagen. Zwei Mal. Drei Mal. So fest ich konnte.
Mario liegt auf dem Bauch neben unserer Couch. Auf dem Boden. Er bewegt sich nicht. Sein Kopf blutet. Ich wage nicht, ihn umzudrehen. Nachzusehen, ob er atmet. Oder den Puls zu messen.
Ich habe die Polizei gerufen. Sie klingeln gerade an der Haustür.
Ich gehe jetzt hin und öffne …

33.

Hedi hatte Frau Schiller noch gewaschen und gewickelt und ihr gewohnt herzlich erklärt, dass sich in Zukunft eine Kollegin um sie kümmern würde. Gemeinsam waren wir zurück zum Pflegedienst gefahren. Hedi hatte ihre weiße Bluse ausgezogen, glatt gestrichen und sorgfältig auf den Bügel in ihrem Spind gehängt.

Dann waren wir in das kleine Büro von Anna Willms hinübergegangen, wo Danner, Staschek, Elsbeth van Pels und zwei Uniformierte bereits auf uns warteten.

Hedi steckte ihr Diensthandy zurück in die dafür vorgesehene Halterung, unter das Pappschild mit ihrem Namen. Dann folgte sie den Beamten wortlos hinaus.

»Frau Sundermann. Ich kann das nicht glauben«, wiederholte Elsbeth van Pels gerade zum siebenunddreißigsten Mal. Ich zählte, um etwas anderes zu tun, als hinter Hedi herzustarren.

»Frau Sundermann. Ich kann das nicht glauben.«

Achtunddreißig Mal.

»Sie hätte weitergemacht, wenn Sie nicht auf die Todesfallzahlen aufmerksam geworden wären«, bestätigte Danner der Pflegedienstchefin die Richtigkeit ihres Handelns.

Mein Blick hing noch immer an dem Namensschild über dem Handy, auf den Anna Willms in ihrer sauberen Handschrift mit Edding *Hedwig Sundermann* geschrieben hatte.

Meine Finger drehten den neuen Füller in meiner Jackentasche.

Wahnsinn. Weil Hedi sich mit Worten nicht verteidigen konnte, war sie zur Mörderin geworden. Und statt sie zu verurteilen, konnte ich sie verstehen.

Schließlich hatte ich selbst den Federhalter auch nicht zum Schreiben in der Tasche. Ich plante einen Mord. Weil ich nicht wusste, wie ich mich anders gegen meinen Vater zur Wehr setzen sollte. Zum ersten Mal wagte ich, den Gedanken zu Ende zu denken. Ich war dabei, den gleichen Weg zu gehen wie Hedi.

Ich starrte auf das Diensthandy unter Hedis Namen, das nie wieder von ihr aus der Halterung herausgenommen werden würde. Anna Willms würde ein sauber beschriftetes Pappschildchen mit dem Namen von Hedis Nachfolgerin anbringen. Womöglich schon Montagmorgen, die Leiharbeit machte es möglich.

Rasch ließ ich den Füller los.

Ich wollte nicht wie Hedi enden. So weit durfte mich mein Vater nicht bringen. Es musste einen anderen Weg geben …

Moment mal!

Mein Blick war weitergewandert, über drei leere Halterungen zu einem anderen Telefon, das unbenutzt an der Wand hing. Zu dem darüber gehefteten Namen.

»Ist Anna Willms heute nicht da?«, unterbrach ich das Gespräch von Danner und Elsbeth van Pels und deutete auf das Handy.

Elsbeth van Pels runzelte tadelnd die Stirn. Wahrscheinlich fand sie mein Dazwischengeplapper ungezogen. »Es ist Samstag.«

Ach ja.

»Gestern war sie noch da?«

»Nein.«

Ruckartig drehte ich mich zu Elsbeth van Pels um.

»Sie hat sich krankgemeldet«, erklärte die Geschäftsführerin schulterzuckend.

Ich fühlte mein Blut in meinem Körper nach unten sacken. Mein Gesicht musste auf einen Schlag erbleichen wie bei der unerwarteten Attacke eines Magen-und-Darm-Infektes.

»Wegen ihrer Schwangerschaft?«, hakte ich nach und bemühte mich, nicht zu krächzen.

»Woher wissen Sie das?«

Ich griff mir an die Stirn.

»Wieso?«, erkundigte sich Danner, dem meine ungesunde Gesichtsfarbe nicht entgangen war.

Ich trat einen Schritt näher an das Diensthandy, um sicherzugehen, dass ich die Eddingaufschrift auf dem Pappschild richtig entziffert hatte. Die saubere Handschrift der Teamleiterin ließ keinen Irrtum zu.

»Hat sie sich persönlich krankgemeldet?« Jetzt krächzte ich doch.

»Ihr Mann hat angerufen.«

O Gott.

ANNABELL WILLMS stand in Großbuchstaben über dem Telefon.

Tag 69

BELLAS BLOG:

MITTWOCH, 19.08 UHR

Mein Eintrag von gestern war gelogen.

Ich habe Mario nicht umgebracht. Natürlich nicht.

Er hat mich am Hals hochgehoben. Das ist wahr. Aber ich habe ihn nicht niedergeschlagen. Die Wasserflasche war erfunden.

Ich hätte es gern getan. Hätte ich die Flasche in dem Augenblick erreichen können. Ich habe sie auf dem Tisch stehen sehen. Und mir gewünscht, sie in der Hand zu halten. Ich war so wütend!

Ob ein Mord mit einer Plastikflasche überhaupt möglich ist? Keine Ahnung. Ich kam nicht dran.

Mario hat mich hochgehoben und dann wieder abgesetzt.

»Überleg dir gut, ob du dich mit mir anlegen willst.«
Unsere Ehe ist kaputtgegangen. In diesem Moment.
Ich habe überlegt, ob Mario das bewusst war. Dass unsere Ehe gerade endete.
Ich glaube nicht. Ich hab es ihm auch nicht gesagt. Es hatte ja keinen Sinn. Wenn er sich aufregt, hört er nicht zu.
Ich habe die bewährte Methode angewandt, um den Streit zügig zu beenden. Ich habe getan, als hätte ich Angst, und mich im Badezimmer eingeschlossen. Mir vorgestellt, was wäre, wenn ich Mario wirklich umgebracht hätte.
Wie konnte er mich so weit bringen? Ich hätte mir selbst solche Gedanken nie zugetraut. Und eine solche Wut. Im Leben nicht. So bin ich doch gar nicht.
Und weitergedacht: Wegen Mario soll unser Kind im Gefängnis aufwachsen? Kommt nicht infrage!
Deshalb wohne ich wieder bei meiner Mutter. Seit gestern. Sie hat sich nicht gerade gefreut. Wie erwartet. Aber sie hat mich doch aufgenommen.
Jetzt sitze ich in meinem alten Kinderzimmer. Inzwischen ist es zum Gästezimmer umfunktioniert. Hat sich aber nicht wesentlich verändert, denn meine alten Möbel stehen noch drin.
Mario hat nicht damit gerechnet, dass ich gehe. Immer noch nicht. Obwohl ich meinen Wäschekorb ja schon mehrmals gepackt hatte. Er hat nicht geglaubt, dass ich ihn wirklich verlassen könnte.
»Das kannst du nicht machen, Bella! Du kannst doch unsere Ehe nicht einfach wegschmeißen! Du machst alles kaputt!«
Kann ich.
Er hat sich entschuldigt. Für seinen Ausbruch. Wie immer. Mir die Füße geküsst. Wie immer. Mir sogar recht gegeben.
Alles, damit ich tue, was er will.
Das ist mir jetzt klar.
»Ich verstehe, dass du Abstand brauchst. An deiner Stelle würde ich auch ausziehen.«

Trotzdem hat er nicht gedacht, dass ich es wirklich tue.

Bis zu meiner Mutter ist er mir nachgelaufen. Hat argumentiert. Gebettelt. Gewinselt.

Gegenargumente fielen mir natürlich nicht ein. Brauchten sie auch nicht. Er hätte mich sowieso nicht zu Wort kommen lassen. Meinen Standpunkt nicht gelten lassen. Meine Meinung wieder mal wegdebattiert.

Die Zeit zu reden ist vorbei.

34.

Anna – beziehungsweise Annabell – Willms war weder mollig noch schüchtern. Die Teamleiterin entsprach ganz und gar nicht dem Bild, das ich mir in meiner Fantasie von der Schreiberin von *Bellas Blog* gemacht hatte. Anna war nicht chaotisch, nicht einfältig und kein typisches Weibchen. Im Gegenteil, Anna Willms war kompetent, sorgfältig und zugeknöpft. Unnahbar fast. Sie hatte eine Führungsposition und wurde von ihren Mitarbeiterinnen geschätzt.

Ausgerechnet die Teamleiterin sollte die verunsicherte Frau sein, die sich zu Hause von ihrem prolligen Ehemann zusammenfalten ließ? Die sich monatelang die Probleme ihrer geltungssüchtigen Freundin anhörte, um dann im kritischen Moment von ihr im Stich gelassen zu werden?

Während der Autofahrt unterrichtete ich Danner in Kurzform über den Inhalt des Blogs und der Gefahr, in der ich Anna Willms vermutete.

Als wir das relativ neue Einfamilienhaus an der Wittener Straße erreichten, kamen mir dennoch Zweifel. Das Neubaugebiet war noch wenig besiedelt. Matschbraunes Brachland umgab das frei stehende Haus. Ein feiner Regenschleier hüllte die strahlend weiße Fassade in sein helles Grau.

Andere Möglichkeit: Sie hatte eine kreative Fantasie und Bellas gesamten Blog frei erfunden?

Ein dreistimmiger Gong dudelte freundlich und leise durch das Haus, während ich meinen Daumen ungeduldig auf den Klingelknopf presste.

Wir warteten eine Weile, doch drinnen rührte sich nichts.

»Wenn sie wirklich schwanger ist, geht's ihr vielleicht einfach ein paar Tage lang nicht gut. Das kommt doch ständig vor, oder?«, wollte Danner von mir wissen.

»Dass der Ehemann einen am Hals hochhebt, aber nicht«, entgegnete ich. »Hoffe ich jedenfalls.«

Danner stützte die Hände auf das Becken und sah am Haus hinauf zu einem zum Lüften angekippten Fenster im ersten Stock. »Und das steht alles in diesem …?«

»… Blog, ja. Kannst du die Tür aufmachen?«

»Wie bitte?«

»Du hast mich schon richtig verstanden. Privatdetektive können so was doch. Mit einer Kreditkarte, oder so! Jetzt wäre der richtige Zeitpunkt, mir beizubringen, wie das funktioniert.«

»Okay.« Er zückte sein Portemonnaie. »Detektivregel Nummer drei: Lass dich nicht erwischen.« Er schob seine EC-Karte in den Türspalt. »Klappt nur, wenn die Tür nicht von innen verschlossen ist. Nicht die Seite mit dem Magnetstreifen, sonst isse hin. Von oben nach unten den Schnapper aus dem Schloss drücken. Mit Gefühl.«

Mit einem leisen Klacken sprang das gut geölte, neue Türschloss auf.

Danner senkte automatisch die Stimme. »Die EC-Karte zu benutzen ist übrigens eher ungünstig. Wir besorgen dir ein paar Geschenkkarten von *Tchibo* zum Üben.«

Er klopfte mit den Fingerknöcheln laut gegen die aufgebrochene Haustür, bevor er zögernd eintrat.

»Frau Willms? Anna? Ben Danner, vom Pflegedienst. Ist alles in Ordnung?«, rief er in den geräumigen Flur.

Im Haus herrschte Ruhe. Der Flur war sauber und ordentlich, die hellen Fliesen geputzt, wenige Jacken an der Garderobe aufgehängt. Nur ein einzelnes Paar weiße Turnschuhe stand neben dem Regal. Hintereinander, der Besitzer hatte beim Ausziehen mit dem hinteren Schuh auf die Fersenkante des vorderen getreten und dann beide einfach stehen lassen. Machte ich auch so.

Das hier war nicht der verwahrloste Haushalt, den Bella in ihrem Blog schilderte. Ich konnte durch den Flur in ein freundliches helles Wohn-Esszimmer mit Holzmöbeln sehen. Eine offene Treppe führte in die erste Etage hinauf. Unter den Stufen entdeckte ich einen Staubsauger. Ein Markengerät der Firma *Miele*. Das Kabel noch in der Steckdose.

Mein Magen krampfte sich zusammen. Hielt sich Anna Willms tatsächlich für schlampig, fett und hässlich? Wie war es nur dazu gekommen?

Und warum antwortete sie noch immer nicht?

»Das Schlafzimmer ist oben.« Ich deutete auf die gebohnerten Holzstufen.

»Steht im Blog, nehme ich an«, brummte Danner kopfschüttelnd.

In Gedanken hatte ich Bella diese Treppe schon oft hinauf- und herunterbegleitet. Zurück zu der über sie lachenden Hochzeitsgesellschaft, nach oben vor ihren Computer – oder auf der Flucht vor dem wütenden Mario, um sich im Bad einzuschließen.

Danner wandte sich der Treppe zu.

»Hallo? Anna?«, rief er beim Hinaufsteigen.

Ich folgte ihm.

Auf halber Höhe hielt ich inne, weil Danner vor mir stehen geblieben war. Es dauerte ein paar Sekunden, bis ich registrierte, dass er gar nicht vorhatte, weiterzugehen. Ich trat neben ihn und blickte in die obere Etage.

Sah eine offene Empore mit Geländer und Blick hinunter auf die orangefarbenen Gardinen vor der Terrassentür des Wohnzimmers. Tageslicht durch große Dachfenster. Laminat in Eichenoptik. Die Tür zum Badezimmer, einen Spalt weit geöffnet. Die Klinke aus dem Holz gebrochen. Dahinter blutige Handabdrücke auf weißen Fliesen.

Meine Hände wanderten vor meinen Mund.

Danner zog sein Handy aus der Jackentasche.

Ich drängelte mich an ihm vorbei. Zum Badezimmer. Der Seifenduft vermischte sich mit einem stark metallischen Geruch, den sicher kein verrosteter Abfluss verursachte. Mein Puls donnerte in meinen Ohren.

Der herausgebrochene Türgriff lag ein paar Meter entfernt auf dem Laminat im Flur. Vorsichtig drückte ich die Badezimmertür auf, bis etwas Schweres, Weiches sie bremste.

Mein Puls machte einen Satz. Meine Augen glitten über die roten Handabdrücke auf den weißen Kacheln, schmierige Wischspuren, eine riesengroße, dunkelrote Lache, die in den Fugen der Fliesen weitergeronnen war bis an die Kante der Dusche und den Sockel des Klos. Noch nie hatte ich so viel Blut gesehen. Auf dem geschlossenen Klodeckel lag ein verschmiertes Brotmesser mit schwarzem Plastikgriff und Säge an der Schneide.

Wertarbeit aus Solingen, registrierte mein Gehirn die Prägung im Messer, um sich nicht mit anderen Details beschäftigen zu müssen.

Ich nahm meinen Mut zusammen und lugte um die halb offene Tür herum. Sah die roten Spritzer auf weißen Socken, die durchtränkte Jeans, das hochgerutschte, rechte Hosenbein. Eine feine, bläuliche Linie unter der blutverschmierten, weißen Haut am Schienbein. Eine Krampfader.

Den Würgereflex spürte ich zu spät. Und das Klo war unerreichbar!

Ich presste mir die Hände auf den Mund und rannte aus dem Bad, an Danner vorbei, zur Treppe.

35.

»Zweiunddreißig war sie«, tuschelte ein Uniformierter, während er und sein Kollege den Tatort mit rot-weißem Flatterband großflächig absperrten.

»Der Ehemann ist nicht auffindbar. Anscheinend wollte sie ihn verlassen.«

Ich saß durchnässt vom kalten Frühlingsregen vor Anna Willms gepflegter Doppelhaushälfte auf der Motorhaube von Danners Schrottschüssel. Die Arme um die an den Bauch gezogenen Beine geschlungen, das Kinn auf den Knien, zitterte ich vor Kälte. Das Wasser tropfte aus meinen Haarfransen auf meine rot gefrorene Nase.

Mir war schlecht, meine Gesichtsfarbe noch immer ungesund. Ich fühlte mich krank, als bekäme ich eine Grippe. Und mein Gehirn konnte die Eindrücke nicht schnell genug verarbeiten, alles drehte sich in meinem Kopf.

Dabei war es gar nicht das viele Blut. Oder weil ich Anna Willms besonders gut gekannt hätte.

Nein, vielmehr hatte ich sie *nicht* gut gekannt. Obwohl wir seit über zwei Wochen mit ihr zusammengearbeitet hatten, obwohl wir ihr gesamtes Team durchleuchtet hatten, war sie mir einfach nicht aufgefallen.

Zugleich hatte ich mithilfe ihres Blogs in ihr Leben gesehen wie durch eine der verregneten Fensterscheiben in ihr Haus. Dicht dran und doch nur ein verschwommenes Bild.

Nie hätte ich die tüchtige Anna mit der unsicheren Bella in

Verbindung gebracht. Es war, als hätte ich Annabell Willms von innen und außen kennengelernt und dabei zwei vollkommen unterschiedliche Menschen getroffen.

War das Schizophrenie?

Geduldig lächelnd hatte sie ihrem Mann immer wieder verziehen und sich eingeredet, dass er im Grunde ein netter Kerl war und sie selbstverständlich gleichberechtigt, wie es sich gehörte. Nur sein Umgangston war eben ein wenig unpassend.

»Familiendrama«, flüsterte eine Nachbarin hinter der Polizeiabsperrung. »Vierzehn Messerstiche, furchtbare Sache.«

Kurz sah ich mich nach der raunenden Menge um. An die zwanzig Menschen drängelten sich trotz des Regens hinter dem Flatterband.

Schon wollte ich mich wieder abwenden, als mir eine Person auffiel. Ich richtete mich auf.

Gülcan stand bewegungslos zwischen den aufgeregten Nachbarn. Ihre schwarzen Haare waren nass, das Wasser rann über ihr Gesicht. Doch die geröteten Ränder ihrer Augen ließen mich bezweifeln, dass nur der Regen schuld daran war. Unsere Blicke trafen sich.

Gülcan hatte gewusst, wer hinter *Bellas Blog* steckte. Sie hatte Anna Willms Hilfe angeboten. Sie hatte die Gefahr gesehen. Auch Anna Willms hatte nicht auf Gülcan gehört.

War ›Familiendrama‹ nur ein anderes Wort für ›Ehrenmord‹?

Ich beobachtete, wie die dunkel gekleideten Letzte-Hilfe-Leister des *Bestattungsunternehmens Schlichte* Anna Willms' Sarg durch den Regen davonschleppten.

Bella war tot. Gülcan hatte überlebt. Hedi Sundermann hatte gemordet, um sich zu wehren. Über meine Mutter brauchte man nicht zu reden. Und sogar Danner wünschte sich für seine Beziehung eine Gegnerin wie für einen Boxkampf.

War das Zufall? War das nur eine merkwürdige Lebensphase, in der zufällig alle Frauen um mich herum Gewalterfahrungen machten? Oder war das eine Realität, die ich bisher nur nicht wahrgenommen hatte?

War Gewalt die Norm und alles andere eine Ausnahme?

Mein Leben lang hatte ich geglaubt, allein zu sein. Hatte geschwiegen, aus Angst und Scham. Hatte gedacht, was mir passierte, sei zu krass, als dass mich jemand verstehen könnte.

Ich presste mir die Hände auf die Augen.

Egal. Eins wusste ich sicher: Ich wollte keine Mörderin werden wie Hedi Sundermann. Doch länger zu den Opfern gehören, das wollte ich noch weniger.

36.

»Wir sollten die Polizei einschalten, ernsthaft«, versuchte Danner noch einmal, mich zu überzeugen, als er die Schrottschüssel anhielt, um eine grüne S-Bahn kreuzen zu lassen.

Ich starrte in die hannoversche Nordstadt, die mir so fremd schien, als wäre ich Jahre weg gewesen. Die Herrenhäuser Gärten mit ihren noch winterlich matten Grünflächen, Teichen und den unendlichen Alleen blattloser Bäume, die irgendwo im Grau verschwanden. Alles so schnurgerade, so aufgeräumt, so unnatürlich.

»Die werden den Herrn Oberstaatsanwalt natürlich sofort verhaften, wenn meine Mutter und mein lieber Bruder ihr Loblied auf ihn singen«, murrte ich. »Und wenn er ihnen mit der Versetzung in ein Kuhkaff und einem Fahrrad als Dienstfahrzeug droht.«

Danner bog schweigend ab.

Ich drehte den Federhalter in meiner Jackentasche, ballte

meine Faust fest um den dicken, stabilen Schaft, löste meine Finger und drehte ihn erneut.

Ausholen, beschleunigen, mit aller Kraft zustechen. Die scharfkantige Feder, so tief ich kann, in seinen Körper pressen. Festhalten. Bis er zusammensackt, vor meine Füße fällt und liegen bleibt.

Die akkurat geschnittene Hecke erkannte ich sofort, als die Schrottschüssel mit aufheulendem Motor um die Ecke röhrte. Die schnurgerade gestutzten Buchsbäume säumten die rechte Straßenseite wie eine grüne Mauer. Der Garten dahinter unterschied sich nur unwesentlich von den protzigen Parkanlagen der Welfen und Hohenzoller. Die Kieswege waren geharkt, die Eichen uralt, der rote Backstein der Hausfront war mit Efeu berankt. Zwischen den blattlosen Kronen der Bäume erhoben sich die drei Stockwerke der Villa, die Dächer und Erker des Hauses. Rechts hinter dem Hauptgebäude lagen die ehemaligen Stallungen. Sie dienten schon lange als Garagen, trotzdem standen noch immer auch zwei blank polierte Kutschen darin. Neben dem Minitraktor für die Rasenflächen. Seit Generationen war das Anwesen im Besitz meiner Familie.

Ein ungutes Gefühl kribbelte in meinem Magen. Eigentlich hatte ich nicht vorgehabt, noch einmal zurückzukommen.

Danner stoppte die Schrottschüssel vor der gepflasterten Einfahrt, die im weiten Bogen auf die Garagen zuführte. »Das ist nicht wahr, oder?«

»Du kannst bis vor die Tür fahren.«

Danner ließ das Lenkrad los, um mit beiden Händen auf die Villa deuten zu können: »Was ist das? Ein Schloss?«

»Ich hab das protzige Ding nicht gebaut«, rechtfertigte ich mich.

»Wie viele Leute wohnen da drin?«

Ich warf ihm einen bösen Blick zu.

»Wann zum Teufel wolltest du mir sagen, dass du eine verdammte Millionärin bist?«

Eine der seltenen Gelegenheiten, Danner fassungslos zu sehen.

»Falls du ans Erbschleichen denkst, vergiss es. Das kriegt alles mein wohlgeratener Bruder.«

Zusammen mit zwei Wohnkomplexen zu je achtzehn Mietparteien und den zwanzig Hektar Restland des Gutes, von denen ich Danner bei anderer Gelegenheit noch berichten konnte.

Die Schrottschüssel holperte über das alte Pflaster. Danner parkte direkt vor den Marmorstufen, die zu der schweren Tür aus dunklem Massivholz hinaufführten. Wie der Eingang des Amtsgerichts. Oder der zur Hölle.

Meine Füße schienen schwerer zu werden. Als würden sich gusseiserne Fesseln um meine Knöchel legen.

Danner ließ seinen Blick unterdessen prüfend über die Gartenanlagen wandern. Ein Arbeiter einer Hausmeisterfirma entfernte gerade das Moos von der steinernen, weißen Knabenfigur am Springbrunnen.

Ich löste die Kappe von der scharfkantigen Metallfeder des Füllers in meiner Jackentasche. Danach drückte ich entschlossen die Klingel.

Danner legte den Kopf schief, als der vierstimmige Gong hinter der schweren Tür durchs Haus hallte.

Es dauerte, bis die Tür geöffnet wurde – und noch ein paar Sekunden länger, bis ich die Frau, vor der ich stand, erkannte.

»Liana!« Erschrocken schlug meine Mutter die Hände vors Gesicht.

Mit gerunzelter Stirn betrachtete ich ihre faltig gewordenen Wangen, ihr von Grau durchzogenes Haar, die gekrümmte Haltung ihres mageren Körpers. Während ich weg war, war meine Mutter alt geworden. Und geschrumpft. Mein Leben lang hatte ich zu ihr hinaufsehen müssen. Mein Blick wanderte hinunter zu ihren Füßen. Pantoffeln. Es war das erste Mal, seit ich denken konnte, dass meine Mutter keine High Heels trug.

»Mutter«, begrüßte ich sie erstaunt. »Was ist passiert? Verträgst du das Botox nicht mehr?«

Meine Mutter zuckte zurück, als hätte ich ihr auf die Puschen gerotzt.

Ich trat an ihr vorbei in die Eingangshalle.

»Das ist übrigens mein Freund, Ben«, nutzte ich ihr empörtes Schweigen. »Claudius hat sicher schon viel Gutes über ihn erzählt. Deshalb bin ich Vaters freundlicher Einladung gefolgt. Ben, meine Mutter Dorothea Simanowski-Ziegler.«

Meine Worte hallten durch den hohen, leeren Raum. Ich checkte kurz die Lage. Alles beim Alten: der Pelzmantel meiner Mutter an der Garderobe, der polierte Boden aus schwarz-weißem Marmor, der sich durch die Halle in den Wohnbereich bis zur Terrassentür zog, rechts vom Eingang die Treppe mit dem geschnitzten Geländer, die nach oben auf die knarrende Empore führte, die auf Höhe der ersten Etage die gesamte Halle und das Wohnzimmer umrahmte wie in einem Theater, der gigantische Kronleuchter, der schwarz glänzende Flügel, der noch immer vor der Terrassentür stand. Ein Schauer lief mir über den Rücken. Schnell wandte ich mich ab.

Danner nickte meiner Mutter zu. Ihr die Hand zu schütteln, hätte ich auch übertrieben gefunden.

Mutter schloss die Tür hinter uns. Bezeichnend, dass sie daran dachte. Denn auch wenn ihr Vorgarten das Ausmaß eines Naherholungsgebietes besaß, sollte ja draußen niemand das nun folgende Drama mithören.

»Liana, kannst du dir nur ansatzweise vorstellen, was ich

mir für Sorgen gemacht habe?«, schluchzte sie. Ihr weinerlicher Tonfall machte mich augenblicklich aggressiv.

»Du verschwindest ohne ein Wort, ohne eine Nachricht. Du hättest tot sein können, Kind!«

»So leicht wollte ich es euch dann doch nicht machen«, erwiderte ich gereizt.

Sie atmete erschrocken ein. »Sei doch ein bisschen freundlicher. Du weißt genau, wie wütend es ihn macht, wenn du frech bist.«

»Versuch nicht, mir zu drohen, Mutter. Wo ist er? Wir haben nicht vor, zum Kaffee zu bleiben.«

Ich sprach laut, um meine Stimme am Zittern zu hindern.

»Zeig endlich mal ein bisschen Respekt, Fräulein!« Die Stimme meines Vaters grollte aus dem Wohnzimmer. Es klang, als hätte meine Mutter den Kampfhund weggesperrt.

Ich fasste fest den harten, kühlen Schaft des Federhalters in meiner Tasche, bevor ich mich umdrehte.

Mein Vater füllte die Tür. Das war beachtlich, denn beide Flügel standen offen. Seine grauen Haarspitzen berührten den Rahmen über seinem Kopf.

Sein grauer Oberlippenbart zog sich in die Breite, die Kaumuskulatur wölbte sich seitlich vor, als würde er die Zähne knirschend aufeinanderpressen.

Seine Faust zuckt auf mich zu und ich weiß, dass ich mich nicht rechtzeitig wegdrehen kann. Es knackt, als der Schlag meine Wirbelsäule trifft. Der Schmerz rast meinen Rücken hinab, dunkle Punkte tanzen vor meinen Augen.

Ich verdrängte die Erinnerung an den Schmerz und die Angst davor. Diesmal würde es anders laufen. Ich war nicht mehr hilflos. Ich richtete mich noch ein wenig gerader auf.

»Nachdem du mich auf deine bekannt freundliche Art eingeladen hast, möchte ich die Gelegenheit nutzen, um dir meinen Freund Ben vorzustellen«, sagte ich.

Irritiert flitzten die zusammengekniffenen Raubvogelaugen meines Vaters zu Danner. Hinunter, weil der gut einen Kopf kleiner war. Mein Vater musterte Danners Dreitagebart, die Wollmütze auf der Glatze, den zerschlissenen Parka und die Springerstiefel.

»Du glaubst immer noch, du könntest dich über mich lustig machen?« Sein Nacken spannte sich, seine Schultern schienen breiter zu werden, sein Hals verschwand. Lange genug kannte ich diese Signale.

Automatisch stellte ich ein Bein nach vorn, hielt den Füller fest umklammert, bereit, mich zu verteidigen.

Mit aller Kraft ramme ich die scharfkantige Feder in seinen Körper. Dort, wo der Hals in den Nacken übergeht. Ich weiß, ich habe getroffen. Warmes Blut strömt über meine Finger meinen Arm hinunter, lässt den Federhalter glitschig werden.

»Sonst jederzeit gern«, antwortete ich trotzig. »Aber heute bin ich hier, um dir zu sagen, dass du mich in Ruhe lassen sollst.«

Er näherte sich. Wie ein Raubtier, das sich an seine Beute heranpirscht. Seine Augen glühten schwarz. Dass sie normalerweise blau waren wie meine eigenen, war nicht mehr zu erkennen.

Arschloch!

Ich war bereit, zu kämpfen. Egal, was es kostete.

»Wag nie wieder, mich anzufassen«, warnte ich ihn. »Sonst rufe ich die Polizei. Ich schwöre, ich zeige dich an. Lass mich endlich in Ruhe.«

Ich brach den Satz zu schnell ab, weil meine Stimme versagte. Mein Mund war trocken. Ich spürte meinen eigenen Schweiß nass unter meinen Achseln.

Bloß jetzt nicht die Lippen lecken oder schlucken. Unverändert böse starrte ich meinen Vater an, obwohl mir das Herz bis zum Hals schlug.

Ich bin kein Opfer mehr. Ich bringe dich um!

Mein Vater zögerte. Sein Blick wanderte von meiner Mutter, die immer weiter zurückgewichen war, zu Claudius, der unbemerkt auf der Treppe aufgetaucht war.

»Im Prozess hättest du nicht den Hauch einer Chance.«

Danner griff unter seine Jacke, holte seine Digitalkamera hervor: »Um das zu ändern, würde ich gern ein paar Beweisfotos schießen.«

Der Zorn meines Vaters flackerte unkontrolliert über sein Gesicht. Seine Fäuste zitterten.

Der Füller in meinen verkrampften Fingern ebenfalls.

Die Stille schien in der Eingangshalle der Villa zu vibrieren.

»Raus!«, krächzte mein Vater schließlich tonlos. »Ich will dich nie wieder sehen, verstanden?«

»Dann sind wir uns ja einig«, zischte ich zurück. Rückwärts bewegte ich mich zur Eingangstür, ohne ihn aus den Augen zu lassen.

Meine Mutter weinte. Ich sah es aus den Augenwinkeln, am Zucken ihrer Schultern.

»Tschüss, Mutter«, sagte ich deshalb doch noch, bevor ich ins Freie schlüpfte.

Danner zog die Tür hinter uns zu.

Ich trat ein paar Schritte zurück und wartete auf die Explosion, die das Haus wackeln und Rauch aus den Fenstern quellen ließ, bevor mein Vater die Haustür aufriss und auf mich losstampfte wie ein Bulle mit BSE.

Doch nichts dergleichen passierte. Alles blieb ruhig. Beinahe gespenstisch.

War die Schlacht wirklich geschlagen?

»Nette Familie«, bemerkte Danner. »Glückwunsch.«

Schweigend stieg ich die Mamorstufen hinunter. Plötzlich nahm ich das Zwitschern der Vögel wahr. Laut. Erstaunt sah ich auf zu den blattlosen Kronen der uralten Bäume. Und bemerkte die Fetzen von hellem Blau zwischen den aufreißenden Wolken. Irritiert blinzelte ich. Noch nie hatte ich den Himmel so blau gesehen.

Im gleichen Moment füllten sich meine Augen mit Wasser. Ich konnte die Tränen nicht mehr daran hindern, über meine Wangen zu kullern.

Wie selbstverständlich nahm Danner meine verkrampfte, kalte Hand in seine kräftige, warme. Endlich ließ ich den Federhalter in meiner Jackentasche los.

Tag 77

BELLAS BLOG:
DONNERSTAG, 17.22 UHR

Siebenundsiebzig Tage. Seit siebenundsiebzig Tagen bin ich verheiratet. Heute. Noch nicht mal drei Monate.

Vor einer Woche bin ich ausgezogen. Heute habe ich die Unterlagen vom Anwalt bekommen. Mit denen er den Scheidungsantrag auf den Weg bringen will. Die Papiere liegen vor mir auf dem Schreibtisch.

Eine Kurzehe. Wie Verona und der Poptitan.

Dass ich so eine Blitzehe führen würde, hätte ich nie gedacht. Ausgerechnet ich. Bella die Ordentliche. Die immer alles richtig machen will. Perfekt. Die zehn Jahre überlegt, bevor sie heiratet.

Früher habe ich den Kopf geschüttelt über solche Just-for-fun-Ehen. Die nach ein paar Wochen wieder geschieden werden. Das hätten die sich sparen können, habe ich gedacht. In ein paar Wochen kann man sich kaum auseinanderleben. Hätten sie mal vorher überlegt.

Jetzt ist es mir passiert. Wahnsinn. Und schwanger bin ich auch noch. Die Krönung der Blödheit …

Mario hat mich zum Essen eingeladen. Heute Nachmittag hat er angerufen. Um ein Gespräch gebeten. Höflich. Sehr höflich. Förmlich fast. Er will alles Weitere friedlich regeln. Ein Rosenkrieg müsse wirklich nicht sein. Ist so schon alles peinlich genug.

Da hat er recht.
Er kocht für mich. Zu Hause. Also in unserem gemeinsamen Haus. Das in Zukunft wohl nur noch Marios Haus sein wird.
Er holt mich gleich ab.
Er hat nicht versucht, mich zu beschwatzen. Dabei hatte ich mir die Antworten schon zurechtgelegt. Wie ich ihm sage, dass ich nicht zurückkomme. Ich hab sie sogar aufgeschrieben. Die Antworten. Damit ich sie nicht vergesse und er sie auch versteht.
Aber ich habe sie nicht gebraucht.
Er akzeptiert, dass ich die Trennung will.
Gibt es vielleicht doch noch eine winzige Chance? Für uns? Und unser Kind? Auf eine gemeinsame Zukunft? Im gemeinsamen Haus? Werde ich vielleicht doch keine dusselige Schnellgeschiedene?
Wenn Mario meinen Willen wirklich respektiert …
Ich denke, ich packe die Scheidungsunterlagen erst noch mal in die Schublade …

Ich danke von Herzen …

den Menschen, die mir geholfen haben, Zeit für die Arbeit an diesem Buch zu finden:

meinem Mann Detlef – für alles

meinen Eltern Dagmar und Arnold Ringe – für das häufige und oft spontane Babysitting

meinem Bruder Carsten – für die PC-Kenntnisse, die mir selbst fehlen

unseren Kindern – dafür, dass sie irgendwann mal schlafen

den Menschen, die mir ermöglicht haben, meine leicht angestaubten Kenntnisse im Pflegebereich aufzufrischen:

Irina – die ihren Spaß am Job mit mir geteilt hat

Frau Riedel vom ambulanten Pflegedienst *Beckmeyer & Riedel* – für die Einblicke in den Arbeitsalltag

Frau Stein vom ambulanten Pflegedienst *Beckmeyer & Riedel* – für ihr Interesse und Engagement bei der Arbeit mit demenzkranken Menschen

dem Team von *Ilses weite Welt* – für die Infos zu einem interaktiven Beschäftigungskonzept, das demenzkranke Menschen mit Bildern berührt

meiner Schwägerin Christine und meinem Schwager Dieter – für die die Betreuung der pflegebedürftigen Liebsten selbstverständlich ist

dem Schwesternteam des Therapiezentrums Friedrichshöhe – für die spontane Recherchehilfe

meinen Testlesern:
meiner Mutter, Farina, Annett und Annette – für eine Menge wunderbar kritischer Kommentare

und natürlich den Menschen, die aus dieser Geschichte ein Buch gemacht haben:
dem Team des GRAFIT Verlages

Mehr Lila-Ziegler-Krimis

Lucie Klassen (jetzt Flebbe)

Der 13. Brief

ISBN 978-3-89425-349-3

Die 20-jährige Lila pfeift auf das von ihren Eltern für sie geplante Jurastudium und erschleicht sich bei Privatdetektiv Danner erst einen Schlafplatz, dann einen Job. Unversehens landet sie wieder auf der Schulbank …

»Eines ist dieses Debüt von Lucie Klassen nämlich keinesfalls: langweilig oder gar deprimierend.« Die literarische Welt

»Intelligent, respektlos, humorvoll.« Neues Deutschland

Lucie Flebbe (vormals Klassen)

Hämatom

ISBN 978-3-89425-367-7

Als Krankenhauspatientin wird Lila Ziegler Zeugin, wie eine junge Putzfrau an einem Herzinfarkt stirbt. War das tatsächlich ein natürlicher Tod?

»Zweifellos beweist Lucie Flebbe auch in ihrem Zweitling ihr großes Talent.« Deister- und Weserzeitung

»Da ist es wieder, das neue Krimiwunder: Lucie Flebbe schreibt sich mit ihrem zweiten Roman ›Hämatom‹ ganz ungeniert weiter in die Spitzengruppe des deutschen Krimis.« Focus online

Lucie Flebbe (vormals Klassen)

Fliege machen

ISBN 978-3-89425-381-3

Ein Hund ist schuld, dass Lila Ziegler auf der Straße landet. Sie mischt sich unter die Obdachlosen und Straßenkids, um einen Mann namens ›Fliege‹ zu finden – ein eiskalter Job!

»Wenn Lila eine kleine Typologie von Kindergartenmüttern erstellt oder die Macken frustrierter Mittvierzigerinnen analysiert, verbindet sich die bissig-blumige Metaphorik Raymond Chandlers mit dem Lästerton, wie er in den Kolumnen von Frauenzeitschriften üblich ist – eine wunderliche, aber interessante Mischung.«
Süddeutsche Zeitung

grafit